战后冲绳文学的创伤书写

丁跃斌 著

南京大学出版社

"武陵译学丛书"专家委员会

主　编　蒋　林　汤敬安　刘汝荣
顾　问　（按姓氏音序排列）
　　　　范武邱　中南大学
　　　　郭国良　浙江大学
　　　　蒋坚松　湖南师范大学
　　　　李德凤　澳门大学
　　　　王克非　北京外国语大学
　　　　朱健平　湖南大学

"武陵译学丛书"总序

白晋湘

提起武陵,中国人大概都会想起陶渊明的《桃花源记》,因为那篇名文开首便说是武陵的一位渔人发现了桃花源这个世间美好的所在。在这里,谈论武陵渔人和桃花源不是为了寻找本区域的光荣史,而是桃花源与翻译这门学科密切相关。

桃花源里面的人"与外人间隔","不知有汉"。造成桃花源人与外界存在隔膜的原因,是桃花源人拒绝与外界沟通。他们告诉那位渔人,"不足为外人道也"。而我们知道了桃花源的存在,要感激那位渔人,因为是他走出桃花源后,对外面的人"说如此"。我想,"说如此"就是沟通的开始,而沟通也就是翻译的最高追求。武陵渔人最终没有完成沟通,他带人去寻找桃花源时,"不复得路"。武陵渔人没有找到去桃花源的道路,而这也正是今天的我们应该继续的事业,以翻译沟通世界。没有沟通的世界,不会有人类的桃花源。

晚清的林纾先生翻译的《茶花女》,曾让当时国人震惊于"外国人也有用情如此之专者",同样告诉我们沟通的必要与紧迫。

20世纪60年代,加拿大学者M.麦克卢汉创造了一个现在举世皆知的词——地球村,来说明科技对人类的影响。无论是从共时性,还是从历时性的角度来看,科技进步确实缩短了人与人之间的距离。但是,缩短绝对不能等同于消除。只要距离还存在,《圣经》里所讲的"天下人都讲一样的语言"就只能是一个想象中的桃花源。

面对距离,人类需要沟通。人类需要沟通,就需要翻译这门学科。

从这个角度而言,翻译是一件人类永恒需要的事业;每一个从事翻译的人,都是通向人类能够顺畅沟通的美好世界的奠基人。

"异域文术新宗,自此始入华土。"1909年,鲁迅为他和周作人翻译的《域外小说集》写的序言中的这句话发人深省。鲁迅等近现代中国第一代翻译人用这种大气魄为中国翻译事业树立了一个光辉的典范:翻译是一件需用大情怀从事的事业。

对于鲁迅这代翻译者来说,翻译事关民族的变革与发展,是一项让中国人了解世界,参与到整个世界"进化"道路上去的大事业。确实如此,翻译不仅是将一种语言转换为另一种语言,不仅是教育的一个专业和学术的一个领域,还拥有着更远大的担当与追求。也因为有这更大的担当和追求,翻译才成为一项伟大的事业。包括鲁迅在内的近现代中国最早的翻译者是中国的普罗米修斯,他们通过翻译将域外的火种带到中国,让我们这个古老的民族凤凰涅槃,实现浴火重生。

如今的21世纪,中国的翻译学者接过先贤手里的火种,推进中国翻译事业的发展。他们一方面将国外文明引入中国,另一方面更是将中国文明推介出去。作为武陵山区唯一的一所综合性大学,吉首大学有责任有义务发展该区域的翻译事业,将沈从文等文学大师的作品译介到更多的民族和国家,同时也把武陵山区神奇的自然风光、悠久的历史文化、浓郁的民族风情推向人类世界。

2017年11月21日

于吉首大学凤凰楼

主编絮语

吉首大学是湖南省省属综合性大学，是武陵山区规模最大、实力最强、层次最高、影响最广的综合性大学。2003年获得硕士学位授予权，2012年被确定为中西部高校基础能力建设单位，同年获得"服务国家特殊需求博士人才培养项目"，为实现转型发展战略，学校在"十三五"期间全面启动博士学位授权点的申报和建设工作。2016年学校再次被确定为中西部高校基础能力建设单位。

吉首大学外语本科办学历史悠久，人才培养质量高。从1979年开始招收英语本科学生，现有英语、翻译、商务英语和日语四个本科专业。每个专业师资力量雄厚，专业改革得当，教学质量有保障，人才培养有特色。近年来，我校外语专业学生在各类各级专业技能竞赛中成绩优秀，名列前茅，在两岸三地中国大学生莎士比亚戏剧大赛中摘过银奖，在湖南省大学英语演讲比赛中夺过冠军。本科办学30多年来，为社会各界培养了"下得去、留得住、用得上、干得好"的各类人才5000余名，据不完全统计，其中20多位校友已经成为海内外具有影响力的行业引领人才。此外，吉首大学外语学科2016年申报的翻译硕士专业学位授权点成功获批，2017年开始招收第一届翻译专业硕士生。这将为武陵山区的资源优势转化为经济优势储备人才，让武陵山区蕴含的特色旅游资源和民族文化资源等转化为国际竞争力，为武陵山区扶贫攻坚和湖南省旅游强省提供原动力。

吉首大学外语学科现有专任教师114人，其中高级职称教师45人，博士18人（含在读），外语学科积淀深厚，学术水平稳步提升。多年积淀为外语学科夯实了基础,充实了内涵,提升了实力。近年来,通过主办"民族地区外语学科发展学术研讨会""全国界面研究高层论坛""湖南省翻译协会年会"等各种专业学术会议以及邀请国内相关领域知名专家学者来校讲学等方式,进一步活跃了学术氛围,助推了学科建设,催生了高水平的学术成果。2011年至2016年,我校外语学科获得包括"中华学术外译"在内的国家社科基金项目6项;在《外语教学与研究》《中国翻译》等权威期刊上发表论文8篇,出版学术专著、译著和教材20余部。

为了把外语学科建设成为武陵山片区一流的、有影响力的学科,进一步丰富学科内涵、凝练学科特色,依据学校"立足大湘西,服务大武陵"的办学定位,充分考虑武陵山区经济、社会、文化发展的实际需求,鼓励外语学科教师致力于学术研究和翻译实践,产出一批高水平的研究成果和彰显本土文化特色的优秀翻译作品,白晋湘校长不仅亲自拟定"武陵译学丛书"名称,每年从校长专项经费中拨付出版经费,而且还就著作出版质量等事宜提出了很多切实可行的建议。在他的关心与支持下,我们一方面整合外语学科现有研究力量,聚焦学术前沿话题,成立科研团队,合力攻关具有重要研究意义的课题,推出一批高层次、高水平的学术专著;另一方面,我们以武陵山区丰富的旅游资源和灿烂的民族文化为依托,响应党的十七届六中全会提出的"中国文化走出去"伟大战略,将本土优秀的文化产品译介到国外,用翻译的方式对大湘西地区乃至整个武陵山区的民族文化和旅游资源进行保护和传承。

我们相信,通过五至八年的建设,"武陵译学丛书"一定会助力外语学科结出累累硕果!

2017年11月22日

于吉首大学逸夫楼

序

这是跃斌博士的第一部学术著作,也是我国日本文学研究界第一部系统研究冲绳文学的专门著作。

冲绳的历史可谓久经沧桑,曲折跌宕。经历了"琉球处分",成为保护日本本土和天皇的一道防线,冲绳战期间,成千上万的冲绳民众成为日本军国主义的殉葬品。战后的冲绳又沦为日美谈判桌上的棋子,成为美国在亚洲最大的军事基地。一个在夹缝中生存且被异化了的"他者",已然承载了太多不能言说的创伤。冲绳的历史,并不依赖于其见证者持之以恒的奋力疾呼,更多的是黯然无语两行泪所诉说的沉默。这个世界并没有为冲绳预留属于她的表述空间,所以,在当今东亚的知识格局中,冲绳的学者和作家们清醒地意识到,要想叙说自己的历史,必须从打造自己的话语权开始,于是现代冲绳文学便应运而生,顺势而立。

冲绳文学一直处于日本近现代文学史叙述的边缘。直到高桥敏夫在1988年版的《增补改订新潮日本文学辞典》中加入了"冲绳文学"词条,冲绳文学这一定义才明确出现。所谓"冲绳文学"是指出生于冲绳的作家以及拥有冲绳生活经历的作家创作的文学作品。

冲绳文学作品类型繁多,主要有小说、诗歌、戏剧、游记、随笔等。本书选取叙述方式较强的小说这一主要的文学类型进行研究,研究对象以四部获得芥川奖的冲绳作品为主,辅以各个时期具有代表性的冲绳作家的优秀作品。从性别上来看,既涵盖了四位男性作家的作品,又包括了四位女性作家创作的小说。在时间跨度上,横越战后七十余年,囊括了冲绳在被占领期及"复归"后至今的多位重要作家创作的作品。

本书将作为研究对象的"冲绳文学"限定于"战后",明显是作者基于对冲绳文学的整体把握。战后的冲绳文学是整个冲绳文学发展的一个重要转折点,其作品中所凸显的"战争记忆与再现""美日夹缝间的生存困境""冲绳女性的悲惨命运"等主题,都是对冲绳和冲绳人创伤经历的有力诠释。创伤理论对于研究冲绳作家的生存状况和心理状况有着切实意义。鉴于此,本书从这一角度切入,辅以后殖民批评理论、女性批评理论,对战后冲绳文学中的"战争创伤""种族创伤""女性创伤"等不同的创伤类型,以及与之相对应的修复策略进行了深入探究,整体把握冲绳文学创伤书写的脉络与走向,进而挖掘文本背后本质化的历史和现实真相,揭示冲绳作家对冲绳命运所倾注的深刻的人文关怀。在冲绳作家看来,沉迷于创伤只会加深冲绳人的精神愤恨和萎颓,使其为自己的消极思维和怪诞行为寻找托辞,并在原本已经不堪的现实中进一步沉沦。相反,只有在创伤中寻求和激发潜藏的思辨意识和觉醒意识,进而构建完整的主体性身份,才能通过自身力量来寻求民族自我发展的救赎之路。

本书在既有先行研究成果的基础上,对战后冲绳文学进行了重新梳理,是国内学术界系统研究冲绳文学的一种新的尝试。从某种意义上说,从"创伤"这一视角切入,也为研究冲绳文学开辟了一个新的角度。战后冲绳文学中"战争记忆""民族认同"和"女性抗争"等问题的触碰,有利于我们认清战争给冲绳人民带来的创伤,进而引起全人类对世界和平的思考。从这个意义上说,该研究有着重要的理论意义和学术价值。此外,用文学的形式表现冲绳的多重创伤,不仅对日本重新正视冲绳历史有着重要意义,对于促使日本正视其侵略亚洲各国的历史也有积极意义。这不仅是尊重历史的表现,也是维护反法西斯战争胜利成果的客观要求。

　　跃斌的著作即将付梓。请我作序。作为导师,无不为学生取得的成就感到欣慰,感到欢欣鼓舞。我再次将这部文稿置于案头,复读着每一个章节,眼前浮现着跃斌在学术道路上一步步前行的身影。与跃斌初次相识是在2010年冬,当时我应邀赴吉首大学讲学,作为吉首大学的一位青年教师,跃斌对知识的渴求令我印象深刻。2011年,跃斌以访问学者的身份来吉林大学进修,我作为授课教师,多有机会和他在一起谈天说地,切磋学问。跃斌思维敏捷,问题意识强,每每谈及相关问题,总能谈出自己的一些想法。2012年,跃斌考取吉林大学研究生院日语语言文学专业博士学位研究生,从我研读日本文学。读博期间,跃斌十分珍惜来之不易的学习机会,心无旁骛,专心读书,阅读了大量相关理论著作和文献资料,将研究领域聚焦于冲绳文学。通过艰苦努力,按时完成了学位论文,并获得了盲审三个A的高度评价,顺利通过答辩,获得博士学位。从本书和已经发表的研究成果中可以看出,跃斌具有扎实的理论功底和很强的研究能力。希望这部就教于大方的著作仅仅是跃斌阶段性的研究心得,衷心期待着跃斌在今后的学术生涯中,把更多的成果奉献给学界同人。

　　是为序。

宿久高
2019年11月于樵夫斋

目 录

第1章　绪论 ·· 001
　　1.1　问题的提出与研究意义 ··· 003
　　1.2　国内外相关研究的历史与现状 ······································ 006
　　1.3　研究内容及方法 ·· 012
　　1.4　几个重要概念的理解与界定 ··· 014

第2章　冲绳的历史与冲绳文学 ··· 021
　　2.1　苦难的冲绳 ·· 023
　　2.2　战后的冲绳文学 ·· 030

第3章　战争创伤 ·· 043
　　3.1　战争记忆与身体变异 ·· 046
　　3.2　战争体验与疾病隐喻 ·· 053
　　3.3　战争幽灵与跨代创伤 ·· 059
　　3.4　战争意象与记忆再现 ·· 066

第4章　种族创伤 ·· 075
　　4.1　双重意识与夹缝残喘 ·· 078
　　4.2　异化他者与身份迷失 ·· 085

4.3　权力话语与人性扭曲 ················· 091
　　4.4　文化疏离与族群隔阂 ················· 098

第5章　女性创伤 ···························· 107
　　5.1　多重压迫与沉默他者 ················· 110
　　5.2　堕落糜乱与生死悲歌 ················· 116
　　5.3　爱恨交错与身体创伤 ················· 121
　　5.4　女性记忆与精神困惑 ················· 127

第6章　创伤修复 ···························· 135
　　6.1　治疗创伤的良药——回忆与诉说 ········ 137
　　6.2　弥合创伤的门径——哀悼 ·············· 142
　　6.3　修复创伤的方法——移情 ·············· 146
　　6.4　抚慰创伤的钥匙——民俗文化 ·········· 152
　　6.5　治愈创伤的根本——重建自我 ·········· 157

第7章　结语 ································ 163

参考文献 ···································· 171

附录 ·· 187

索引 ·· 231

第 1 章

绪 论

1.1 问题的提出与研究意义

1.1.1 问题的提出

冲绳作为美国在亚洲最大的军事基地,也是日本转嫁危机的一个载体。一个在夹缝中生存且被异化了的"他者",已然承载了太多不能言说的创伤。冲绳的历史可谓久经沧桑,曲折跌宕。曾经的琉球王国是一个经济、文化繁荣的海岛城邦,后因萨摩入侵,导致其命运被彻底改写。又因"琉球处分"被迫成了日本的"冲绳县"。第二次世界大战末期,1945年4月至1945年7月的冲绳战[①]期间,冲绳成了日本保护本土的一道防线,沦为人间炼狱。随着日本战败,冲绳又以"琉球"之名,成为美国军事殖民地,被美军占领长达27年之久。1972年"复归"日本,"琉球"又变回"冲绳"。虽然名字反复更改,但始终没有摆脱被殖民的命运,战争的阴影一直笼罩在冲绳的上空。冲绳的历史,并不依赖于其见证者持之以恒的奋力疾呼,更多的是默然无语两行泪所诉说的沉默。而这沉默的背

---

① 冲绳战是指,1945年4月1日至7月2日,美日在冲绳岛展开了一场极为惨烈的拼杀。战争整整打了3个月,日军死亡10万5千余人,被俘7 400人;美军死亡7 613人,伤31 807人;此外,大约有15万冲绳民众被夺去生命。此战是太平洋战场中最后一次岛屿争夺战。

后,却是凝缩了东亚半个多世纪的战后史,及其孕育的残酷和落寞。冲绳的历史并不是用苦难和反抗就可以评说的。冲绳的社会活动家们在对抗美军基地的"持久战"中挥洒热血,冲绳的思想家们在面对前所未有的文化冲击时为这一"持久战"不断注入精神能量。然而,世界并没有为冲绳预留属于她的表述空间,所以,在当今东亚的知识格局中,冲绳的学者和作家们清醒地意识到,"要想叙说自己的历史,必须从打造自己的话语权开始,"[1]于是现代冲绳文学便应运而生,顺势而立。

冲绳文学,作为日本文学土壤中开出的一朵奇葩,是一种非主流的文学类型。长期以来一直被日本文坛所忽视,在众多版本的日本文学史中,关于冲绳文学的介绍更是寥寥无几。随着大城立裕、东峰夫、又吉荣喜、目取真俊等四位冲绳作家先后登上日本文学最高奖项——芥川奖[2]的"舞台",冲绳文学也开始在日本文坛发出自己的声音。直到高桥敏夫在 1988 年版的《增补改订新潮日本文学辞典》中加入了"冲绳文学"词条,冲绳文学这一定义才明确出现。之后,"20 世纪 90 年代《岩波讲座》的专家学者在重新整理归纳日本文学史的实践中,打破以往以日本本土文学为框架的格局,首次将冲绳文学、阿伊努文学正式纳入文学史的叙述中。"[3]此后,冲绳文学越来越多地受到日本和我国学者的关注,文学作品评论相继问世,并且取得了一定的成绩。在查阅了大量的冲绳文学相关资料后,笔者不禁思索:战争对冲绳民众意味着什么? 冲绳民众的牺牲对日本来说,是国民的殉国还是被殖民者的死亡? 二战中饱受战火煎熬的冲绳民众如何消解战争记忆的痛苦、抚慰自己的灵魂? "复归"日本

---

[1] 孙歌.内在于冲绳的东亚战后史[M]//冲绳现代史.新崎盛晖著,胡冬竹译.北京:生活·读书·新知三联书店,2010:455.

[2] 芥川奖全名芥川龙之介奖,是 1935 年由菊池宽提议为纪念日本作家芥川龙之介(1892—1927)所设立的文学奖,是面向纯文学新人作家的一个奖项。芥川奖是日本文坛上最有影响的纯文学奖项之一,对日本近现代文学的发展起到了巨大的促进作用。

[3] 王成.战争的记忆与叙述[J].读书,2005(3):11.

后的冲绳人有着怎样的迷茫与彷徨？至今仍受到本土日本人歧视的冲绳民众有着怎样无法言说的伤痛？冲绳悲惨的命运是怎样体现到文学作品中的？冲绳女性作为"多重他者"又有着怎样的悲惨遭遇？带着这些问题，笔者将"冲绳文学"作为研究对象，试图为冲绳文学的系统研究寻求新的阐释道路。之所以限定"战后"，是因为二战后的冲绳文学是整个冲绳文学发展的一个重要转折点。冲绳战给冲绳带来了毁灭性的打击，冲绳人在废墟上开始了长达二十七年被美军占领的寄人篱下的生活，即使"复归"后，被"他者化"的境遇不但没有改善，反而沦为美国和日本的双重"他者"。所以，战后的冲绳文学更加具有历史独特性与研究价值。而其文学作品中所凸显的"双重意识"、"夹缝中的生存困境"以及对"战争历史的重现"等主题，都是对冲绳和冲绳人创伤经历的有力诠释。因此，本书把研究的切入点定为"创伤"，并将本论文的题目定为"战后冲绳文学的创伤书写"。

1.1.2　研究的意义

首先，对冲绳文学研究具有拓展价值。冲绳文学作为边缘文学在日本越来越受到重视，但我国学术界对冲绳文学的研究刚刚起步，成果数量少，且多停滞在一般公论和个案研究上，尚未形成一定规模和体系。本书对战后冲绳文学进行重新梳理，试图在国内系统研究冲绳文学方面做出一种新的尝试。另一方面，创伤这一视角的切入，在某种程度上也为研究冲绳文学开辟了一个新的角度，为冲绳文学研究进一步向纵深拓展，起到抛砖引玉的作用。

其次，对冲绳作家的文化定位具有审视价值。在文学越来越边缘化的今天，冲绳作家们相信文学的力量，他们要用文学引发人们对边缘、弱势群体的关注。从这个意义上讲，冲绳作家群可以被看作是日本边缘文学的一支强劲支流。

再次,对冲绳的现实与和平具有思考价值。冲绳在看似宁静祥和的氛围中,包含了太多不和谐的因素:基地依存经济的现状;偷窃、抢劫、强暴少女等美军的犯罪问题日益严重;政府和民众间的矛盾不断升级等。战后冲绳文学中"战争记忆""种族认同"和"女性抗争"等问题的触碰,有利于我们认清战争给冲绳人民带来的"创伤",进而引起全人类对世界和平的思考,对霸权和暴力的抵抗。

最后,对促使日本政府正视历史具有启示价值。近年来日本刻意篡改教科书中的冲绳历史,企图掩盖十多万冲绳平民在战争中被迫"集体自杀"①的历史真相,妄图否认冲绳被他者化的事实。因此,用文学的形式表现冲绳被异化的创伤,不仅对日本重新正视冲绳的历史有着重要意义,而且在一定程度上也能促使日本正视其侵略亚洲各国的历史。

1.2 国内外相关研究的历史与现状

1.2.1 日本的研究历史与现状

自1954年著名评论家新川明开始关注冲绳文学至今,日本的冲绳文学研究已经历了六十多年的发展历程。依据笔者搜集的结果,截至2016年9月,日本出版的冲绳文学研究专著、论文集有10余部之多,研

---

① "集体自杀"或"集体被迫自杀",在二战期间,日本军官将部分冲绳岛上的居民召集起来,强制实施集体"自杀"。换句话说,冲绳人被命令自杀和杀死家庭成员,而不是投降。日本军队担心冲绳人可能会变成美国人的间谍,因此迫使他们相信投降是可耻的。于是,将手榴弹、绳子、镰刀、剃刀等发给冲绳人,迫使其"自杀"。然而,近年来,日本政府篡改其教科书,企图抹去这段不光彩的历史,美化战争。

究论文有 200 余篇。笔者参照冈本惠德的《冲绳文学的视野》、久保田淳、嘉手苅千鹤子等人主编的《日本文学史〈第 15 卷〉琉球文学、冲绳文学》，将日本对战后冲绳文学的研究分为"美军占领""复归高潮""平稳发展"三个时期。

第一个阶段，美军占领时期(20 世纪 50 年代到 70 年代)。战后，冲绳作为美军在亚洲最大的军事基地，时刻提醒冲绳民众铭记战争创伤。这一时期文学体裁较少，评论以期刊杂志为主。文学创作仅限于《月刊时报》《琉球春秋》和《新冲绳文学》等杂志刊载的"战记小说"。新川明的《战后冲绳文学批判笔记》(1954 年)等最初的评论也都刊载于上述杂志。虽然体裁和评论数量都很少，但这并没有影响人们对冲绳文学研究的热情。霜多正次、大城立裕、嘉阳安男、新垣美登子等一批杰出的冲绳作家的涌现，引起了日本本土对冲绳文学的关注。评论家森冈健二于 1962 年所著的《冲绳文学》中详细介绍了战后初期冲绳文学的状况，正式拉开了研究战后冲绳文学的序幕。

第二个阶段，"复归"高潮时期(20 世纪 70 年代到 90 年代)。这一时期，小说、戏剧、诗歌、散文等多种文学体裁并存，小说成果尤丰。评论家们从宏观的视野对冲绳文学进行重新梳理与阐释，横向上涵盖多种文学体裁，纵向上对其发展状况进行细化归类，战后冲绳文学研究开始形成体系。大城立裕的《鸡尾酒会》、东峰夫的《冲绳少年》、又吉荣喜的《猪的报应》、目取真俊的《水滴》等四部小说先后摘下"芥川奖"的桂冠，使日本本土评论家更多关注战后冲绳文学，冲绳文学也因此迎来了一个顶峰。小说的主题也从战争问题拓展到种族问题。冲绳大学的冈本惠德对战后冲绳文学研究的成果最为丰富。《现代冲绳的文学和思想》(1981 年)、《冲绳文学的视野》(1981 年)、《从现代文学看冲绳的自画像》(1996 年)从历史、社会、政治等多层面对近现代冲绳文学进行梳理、总结和归纳。此外，琉球大学的仲程昌德在其著作《近代冲绳文学的展开》(1987 年)

中,从战争与文学、语言与文学、文学与地域性等三方面对战后冲绳文学进行多角度的阐发。1978年大城将保在《冲绳——历史和文学》中从历史学和社会学的角度阐述了战后冲绳文学的发展动向。1996年山里胜己在《文学界》发表的《抵抗的冲绳文学》中总结了四位冲绳作家获得芥川文学奖的共同特征以及在转型期和对未来的展望。

第三个阶段,平稳发展期(2000年至今)。这一时期的冲绳文学研究进一步细化,且不乏新颖、犀利的观点,数量和质量皆有长足的发展,战后冲绳文学研究也在平稳发展中趋于成熟。仲程昌德的《美国的风景——冲绳文学的一个领域》(2008年),正视异文化对冲绳文学的影响,进而探析其中的美国因素。仲里効的《悲情的亚言语带——冲绳·交叉的殖民地主义》(2012年),从语言学的角度分别指出诗歌、小说、戏剧中被殖民与他者化的境遇。值得一提的是,作者虽未明确表明他在书中涉及创伤理论,但他对悲情的阐释颇有创伤的意味。新城郁夫作为冲绳文学评论界的新生力量,其犀利的观点和新颖的研究方法在当时引起了一定的轰动。《迎面而来的冲绳——冲绳表象批判论》(2007年)从文学角度揭示冲绳对现有体制的各种抵抗。《冲绳之伤的路径》(2014年)指出日美军事同盟的扩大已经严重威胁到冲绳人的生存权,并深入探讨冲绳作为他者如何在战后思想、文学和艺术上寻求新的生存空间。

1.2.2 国内的研究

从国内研究来看,截至2019年12月,已有6部冲绳小说被翻译成中文。中国学术期刊网络出版总库收录了冲绳文学评论论文28篇,中国优秀硕士学位论文全文数据库收录冲绳文学研究5篇。综观国内的冲绳文学研究,虽然不乏一些学者高屋建瓴的学术观点,但从数量上看,还没有形成一定的研究规模,更没有形成体系。因此,笔者拟从译介与学术论文两个方面,探讨冲绳文学进一步的研究空间。

首先,国内关于战后冲绳文学的研究最早起步于翻译。作家出版社1962年邀请金福、迟叔昌等人翻译霜多正次的两部长篇小说《冲绳岛》和《守礼之民》,这两部作品都描述了冲绳人民反对美军的统治,极力抗争的故事,曾经引起轰动。但随后,国内冲绳文学研究进入空窗期,在近60年间,国内学术界很少涉足冲绳文学的译介与传播。2002年,《外国文学》刊登了分别由王成和林涛翻译的目取真俊的短篇小说《叫魂》和《水滴》;2004年,《外国文艺》刊登了由王建民翻译的大城立裕的《鸡尾酒会》;2006年,《世界文学》登载了由董炳月翻译的又吉荣喜的《猪的报应》。至此,通过上述学者的努力,国内译介冲绳文学的门径重新开启,冲绳文学再次回到了国内读者的视野。随着译介的不断增多,关于冲绳文学的研究也逐渐开展起来。

其次,国内关于冲绳文学的研究,是一个有待充实与丰富的空间。国内最早研究冲绳文学的学者是李芒。1963年和1964年,李芒先生先后发表了《霜多正次的冲绳三部曲及其他》《冲绳风暴——霜多正次的〈冲绳岛〉》两篇论文,成为国内论述冲绳文学的开山之作。李芒将霜多正次的作品置于共产主义大背景下,深刻地剖析了冲绳人民不幸的根源,并肯定了冲绳民众对美帝国主义的反抗,其分析深入透彻,具有真知灼见,对其后的研究者具有重要的指导意义和参考价值。由于历史的原因,在我国,冲绳文学研究再次进入人们的视野是2000年以后,冲绳文学研究开始步入新的轨道,见诸国内期刊的相关论文20余篇,(其中包括笔者的11篇拙稿:《冲绳的异化创伤与文学书写——解读又吉荣喜〈猪的报应〉》《冲绳少年梦——东峰夫〈冲绳少年〉解读》《冲绳之痛:大城立裕〈鸡尾酒会〉中的"双重意识"》《战争·创伤·救赎——目取真俊笔下的冲绳小说评解》《同病漂沦各天涯——日本冲绳文学与美国黑人文学的创伤溯源与修复》《"他者"语境下的冲绳文学解读》《"复归"后冲绳文学的"岛屿"主题与文化认同——以崎山多美〈水上往还〉为中心》《冲绳女性群像的创伤与主体性建构——以喜舍场直子的〈织布女之歌〉为中心》《冲绳文学中的"女性创伤"研究》《冲绳文学中的"疾病隐喻"与"战争记忆"——以目取真俊〈水滴〉〈叫魂〉为例》《战后冲绳混杂文化的文学表征》）。王成的《用文学传递冲绳的声音——评目取真俊的短篇小说〈水滴〉》是国内研究目取真俊的第一篇论文，从身体变形的构思、水滴的象征意义、冲绳方言与日语的融合等侧面，分析了目取真俊小说巧妙的结构和深沉的主题，并指出了其在作品中表达人类记忆方面的独特手法。而后发表的《战争的记忆与叙述》通过对目取真俊的《水滴》《风音》的分析后指出，目取真俊的小说解构了战后一直流行的冲绳作为受害者的"集体记忆"，挖掘出了冲绳作为加害者的个别记忆，为冲绳文学研究开辟了新的途径。郭勤的《试析当代日本作家目取真俊的小说〈叫魂〉》，从叙事手法的多角度对《叫魂》小说文本的寓意进行了分析。2010年以后，冲绳文学研究的热度不减，虽然还未成为外国文学研究领域的"显学"，但依然不断有学者涌入这一崭新的研究领域，并发表了多篇论文，如刘家鑫的《霜多正次小说〈冲绳岛〉中的祖国情结》、黄颖的《冲绳战的文学记忆——以目取真俊的小说为中心》、周朝晖的《鸡尾酒的滋味——大城立裕：首个斩获芥川奖的冲绳作家》、李娟的《试读目取真俊的〈风音〉——以藤井为例分析战争的罪恶》、朱奇莹的《论中国的冲绳文学研究——以冲绳音乐文学研究为中心》、刘妍的《冲绳和平反战旗手的文学挑战——论目取真俊〈与面影相携〉》、陈世华的《"国家意识"的徒劳——〈棒兵队〉中冲绳人的境遇与国家认识》、陈世华和李潇潇的《〈虏囚之哭〉：复杂政治力学中的冲绳悲剧》、杨洪俊的《论〈行走在和平街上〉中的战争体验言说与主题叙事》、关立丹的《论冲绳作家大城贞俊"集团自决"题材创作》和《日本冲绳组踊与大城立裕的组踊创作》、尾西康充和张博的《目取真俊〈水滴〉论——超越冲绳语与标准语的区隔》、杨洪俊和刘榕桑《论〈行走在和平街上〉的空间叙事》等。我国学者近年来研究冲绳文学从各种角度切入，展示了冲绳文学丰富的意蕴和独特的艺术风格。但从总体上看，国内对冲绳文学的研究尚未形成体系，迄今为止，尚无研究专著问世，既有成果也仅限于对目取真俊、霜多正次、大城立裕、大城贞俊这几位冲绳作家作品的零星研究。虽然不乏一些学者高屋建瓴的学术观点，但从数量上看，还没有形成规模，也没有形成体系。

1.2.3　国内外研究趋势概述

随着近年来文学界对边缘文学研究热潮的兴起，冲绳文学在国内外的研究炙手可热，国内外学者不断地拓展研究领域，细化研究成果。六十多年来，冲绳文学研究取得了长足的进展，研究方法也呈现出多样化趋势。

首先，研究领域不断拓展。涵盖了小说、戏剧、诗歌、散文等多种文学体裁，研究范围也从社会学拓展到文化学、民俗学、叙事学、艺术学等多个领域。

其次，研究方法呈现多元交叉化。传统的实证研究和社会历史研究方法得到继承和发展，同时也出现了一些运用语言学、文化研究、性别研究理论等新的批评方法。传统实证研究与新的批评理论相互交织，共同促进了冲绳文学研究的深化。

再次，研究成果趋向细化。冲绳文学虽然还未成为文学研究领域的"显学"，但不断有学者涌入这一崭新的研究领域，从各种角度切入，展示了冲绳文学丰富的意蕴和独特的艺术风格。研究成果亦从横向整体研究转向纵向细化研究、从表层现象研究转向深层本质研究。在我国，冲绳文学研究仍是一个有待充实与丰富的空间。本书将在前人研究成果的基础上，以"创伤"为切入点，对战后冲绳文学进行深入、系统的探讨，力图揭示战后冲绳文学的整体面貌。

1.3 研究内容及方法

1.3.1 研究内容

本书在梳理冲绳历史与文学二者关系的基础上,以创伤为切入点,从创伤、后殖民主义、女性主义等角度对战后冲绳文学中的战争创伤、种族创伤、女性创伤及相应修复策略进行深入研究,进而挖掘文本背后本质化的历史和真相,揭示冲绳作家对冲绳命运所倾注的人文关怀。具体研究内容共分为七章:

第一章为绪论。首先提出研究的问题和目标,阐明目前的研究状况、研究的必要性和意义;通过梳理国内外的研究成果,提出研究的思路及方法;厘清几个重要概念的定义。

第二章介绍冲绳的历史,是对研究背景的梳理。首先,对冲绳的历史进行概述,进而梳理冲绳文学与日本本土文学的关系,最后阐述战后冲绳文学发展的两个阶段。主要探讨了冲绳历史与文学的关系,即冲绳的苦难历史成就了冲绳文学的独特性,而这一独特性往往凸显在冲绳和冲绳民众所历经的创伤体验上。

第三章运用创伤理论,辅以精神分析和伦理学的相关方法对战争创伤进行阐释。本章共由四节构成:战争记忆与身体变异、战争体验与疾病隐喻、战争幽灵与跨代创伤、战争意象与历史再现。对《水滴》《叫魂》《传令兵》《风音》等作品中所展现的创伤症候进行解读,剖析战争给冲绳人带来的创伤,进一步揭示产生战争创伤的深层次历史原因。

第四章运用创伤理论和后殖民主义理论对种族创伤进行阐释。本章共由四节构成:双重意识与夹缝残喘、异化他者与身份迷失、权力话语与人性扭曲、文化离散与族群隔阂。围绕《鸡尾酒会》《迷路》《冲绳少年》《水上往还》等作品,探讨冲绳人在不同文化中产生的双重意识以及被沦为美国、日本的双重他者所带来的痛苦和迷茫,进一步阐释冲绳作家无法使自己的灵魂超脱于思想禁锢的种族创伤。

第五章运用创伤理论与女性主义理论对女性创伤进行阐释。本章由四节构成:多重身份与沉默他者、堕落糜乱与生死悲歌、爱恨交错与身体创伤、女性记忆与精神迷惑。从阐释冲绳女性"整体创伤"及"普遍性"的《织布女之歌》到诠释冲绳女性"个体创伤"及"特殊性"的《嘉间良心中》;从"外部身体层面"揭示冲绳女性创伤的《猪的报应》到"内部精神层面"呈现冲绳女性创伤的《母亲们、女人们》,这些作品皆从不同的角度折射出冲绳女性对冲绳命运的感同身受。冲绳女性不仅受到"男权社会"的戕害,还遭到美国、日本等"强权社会"的压制;既经历过战争的残酷,又体会过种族的歧视。

第六章探讨创伤修复。在现实生活中,冲绳的创伤具有延宕性,难以治愈。但在冲绳作家创造的文学世界中,创伤借助作品的虚构加工,得以层层剖开。冲绳作家往往通过回忆与诉说、哀悼、移情、民俗文化、重建自我等文学修复方法,对作品中人物的创伤症候、表征进行修复。冲绳作家虽暂时无法改变冲绳的现状,但是通过修复与弥合作品中人物的创伤,来寄语冲绳美好的未来。

第七章为结语。对冲绳文学创伤的书写不是为了控诉与同情,而是出于对当下冲绳人所面临的各种问题的反思。再现冲绳人所遭受的诸多历史创伤,并非仅仅为了使这些创伤远离冲绳人,更是为了使它们不要再发生在任何其他人身上。这样看来,战后冲绳文学已经超越了单纯的地域范围,上升到了一种普世的人文关怀,表现出冲绳作家深刻的人文意识。

1.3.2 研究方法

整体上,本书以辩证唯物主义和历史唯物主义为指导,运用创伤理论,辅以后殖民理论、女性主义、精神分析批评等理论和方法,从历史与现实相结合的角度对战后冲绳文学所体现出的多维创伤进行解读。细节上,遵循由个别到一般的认识规律,既对具体作家、作品进行个案研究,也对战后冲绳文学的创伤进行整体性归纳。在研究手段上,力求在参考吸收国外研究成果的基础上,主要从文本解读中寻找论据,捕捉观点。具体研究方法如下:

第一,创伤批评方法。创伤批评方法是欧美新兴的一种跨学科式的批评方法。通过对作品中各类创伤症候和修复方式的分析,聚焦冲绳的历史与文化,揭露和阐释冲绳人自身存在的问题,挖掘冲绳作家对本民族命运的思考。

第二,后殖民主义批评方法。借助后殖民主义术语"他者",探讨冲绳人在不同文化中产生的"双重意识"以及被沦为美国、日本的双重他者所带来的痛苦和迷茫,进一步阐释冲绳作家无法使自己的灵魂超脱于思想禁锢的种族创伤。

第三,女性主义批评方法。运用女性主义批评方法对作品中的女性人物形象及命运进行深度剖析,揭示其创伤产生的多重原因,进而用其他类型创伤观照女性创伤,用后者来反观前者,以此凸显其中的堂奥。

1.4 几个重要概念的理解与界定

本书涉及了四个重要概念,需要进一步做出解释与界定。目前,国内外学界对这几个概念都有着各自的理解与表述，下面简要阐述这四个概念在本书中的特定意义与界定。

1.4.1 关于"战后"

国内外学者对"战后"的界定普遍集中为两种：第一种"战后"是时间概念，即战争结束至今的时间跨度，泛指第二次世界大战结束至今；第二种"战后"是具有特定内涵的概念，即战争过后的社会修复期，泛指社会经济结构和公共设施等生存基础的恢复阶段，一旦修复完成，"战后"也就随即消逝，进入"和平"时期。以上两种解释都不能全面地概括本书中的"战后"。这是因为，冲绳历史的独特性决定了冲绳对"战后"一词有着更为深刻的理解与认知。虽然战争早已结束，冲绳也在日本本土的援助下经济迅猛发展，以那霸为代表的都市化进程日益加快，冲绳一举成为世界著名的度假胜地，碧海蓝天之下尽显日本本土所标榜的"和平盛世"。但华丽景象的背后，冲绳一直隐忍着美国和日本的双重压迫。即使战争结束了，但冲绳在这七十年间，一直都处在战争阴影的混乱之中、占领之下。被美军强奸的冲绳女性和被美军拖车碾杀的冲绳平民，从某种程度上说，都是变相的"战争的牺牲者"。[①] 可见，冲绳依然没有走出战争的阴霾，战争所带来的伤痛依然深深地埋藏在冲绳人的灵魂之中。这种战争的后续影响超越了经济范畴，凸显在心理层面和上层建筑层面，并且从战后持续至今，还可能继续延续。因此，本书的"战后"集合了以上两种主流释义，并在其基础上简要概述为：第二次世界大战结束后，尚未摆脱因战争而产生的所有负面效应的历史阶段。

---

① 目取真俊.沖縄「戦後」ゼロ年[M].東京:日本放送出版協会,2005:16.

1.4.2 关于"本土"

"本土"或"日本本土"是在冲绳历史、文化以及文学中频繁出现的辞藻。"本土"一词是相对于"冲绳"而言的日本本州、九州、四国、北海道四岛,是出于消极的敷衍,作为权宜之计被创造、使用并固定下来的一个地理概念。东江平之[1]在分析了冲绳人的意识结构后指出,"'本土'这个变通语变成通用语,本身就让人不可思议。因为所有人都认为'本土'是同质化的……"[2]另一位诗人、新闻工作者,同时也是《冲绳精神风景》作者的牧港笃三,深入冲绳知识分子复杂而微妙的意识深处,将冲绳人内心难以掩藏的强烈平衡感再现于"本土"一词的释义。他带着多重曲折感,讲述了"本土"一词的产生、用法以及与之密切相关的心理之网:"……如今冲绳的确处境异常。对其异常性了如指掌而活着的一方,与注视着这种异常性而滋生出某种猜疑的一方,立场迥然有别。在冲绳,称'日本'吗?这在日本是不允许的。于是就想出'本土'一词。报纸编辑搜肠刮肚、绞尽脑汁想出的名称,不是'内地',而恰是'本土'。"[3]如此看来,"本土"作为冲绳文学中常用的术语,具备两层意义:首先,是地理、行政管辖上的归属,强调与日本的同质化。其次,是因归属问题而在心理上产生的消极对抗或隐性抵抗,强调与日本的异质化。文中的"本土"倾向于第二种层面的语义特质。

1.4.3 关于"冲绳文学"

冲绳文学的前身是"琉球文学"。琉球文学包含了琉球从13世纪开

---

[1] 東江平之(1930—),琉球大学名誉教授,社会心理学家。
[2] 大江健三郎.冲绳札记[M].陈言,译.北京:生活·读书·新知三联书店,2010:171.
[3] 同上:169.

始到17世纪的叙事歌谣、琉歌和玉城朝熏的组踊,以及整个琉球岛屿的民谣。琉球文学总体上是用"琉球语"(包括汉语、日语以及汉语中的福建闽南语等多种语言和方言)记载的。1879年日本全面吞并琉球后设立"冲绳县",此后该区域的文学被称为"冲绳文学"。冲绳文学一直处于日本近现代文学史叙述的边缘。直到高桥敏夫[①]在1988年版的《增补改订新潮日本文学辞典》中加入了"冲绳文学"词条,冲绳文学这一定义才明确出现。冲绳历史的特殊性,冲绳语言的异化性,促使冲绳现代作家在多语言的纠葛中,磨炼了表现手法,形成了独特的冲绳风格。

本书中的"冲绳文学"是指出生于冲绳的作家以及拥有冲绳生活经历的作家创作的文学作品。冲绳文学作品类型繁多,主要有小说、诗歌、戏剧、游记、随笔等,本书选取叙述方式较强的小说这一主要文学类型进行研究。但小说文本数量众多,为了使文本更具代表性,故研究对象主要以大城立裕、东峰夫、又吉荣喜和目取真俊四位获得芥川奖的冲绳作家的作品为主,辅以各个时期具有代表性的作家如喜舍场直子、吉田末子、仲村渠初、崎山多美等创作的优秀作品。从性别上来看,既涵盖了四位男性作家的作品,又包括了四位女性作家创作的小说。在时间跨度上,横跨战后七十余年,囊括了冲绳在占领期及"复归"后至今的多位重要作家创作的作品。

1.4.4 关于"创伤"与"创伤理论"

"创伤"(Trauma)亦为一种伤痛,源自希腊语,意思是"刺破或撕裂的皮肤";在医学上指的是"细胞组织受到损伤"。弗洛伊德[②]隐喻性地使

[①] 高桥敏夫(1952—),日本著名文艺评论家,早稻田大学文学学术院教授。
[②] 西格蒙德·弗洛伊德(Sigmund Freud,1856—1939),知名医师、精神分析学家,犹太人,精神分析学的创始人。

用trauma这个词比喻人类的心灵就如同皮肤组织一般，也会遭受意外事件的伤害，以此形容人类心灵也有一层"皮肤或甲壳，包裹并保护着心灵深处"。① 在《现代汉语词典》中，"创伤"被解释为"身体受伤的地方，外伤；比喻物质或精神遭受的破坏或伤害"。② 目前，学界最广泛认同的概念是"创伤是对突发性事件或灾难性事件持续占有的心理体验"③。

"创伤"作为当代流行的知识话语和研究范式，起源于19世纪英国维多利亚时期与工业事故创伤相关的临床医学和19世纪末的现代心理学，尤其是弗洛伊德心理分析，后渗透到文学、哲学、历史学、文化研究、人类学、社会学等领域。在方法论上，受弗洛伊德及后弗洛伊德心理分析的影响，逐步掺杂了女权、后结构、后殖民、人类学、社会学的研究方法。文化创伤研究涉及创伤情感、创伤心理、文化想象、文化认同、文化生存、社会死亡、文化形式、再现、媒介、意识形态、美学、公共空间政治等理论命题。④ 其当代核心内涵是：它是人对自然灾难和战争、种族大屠杀、性侵犯等暴行的心理反应，影响受创主体的幻觉、梦境、思想和行为，产生遗忘、恐怖、麻木、抑郁、歇斯底里等非常态情感，使受创主体无力建构正常的个体和集体文化身份，具有入侵、后延和强制性重复三大本质特征。可分为以下类别：心理创伤与文化创伤；个体创伤与集体创伤；家庭创伤与政治恐怖创伤；工业事故创伤与战争创伤；儿童创伤与成人创伤；性暴力创伤、民族/种族创伤与代际间的历史创伤；施暴者创伤与受害者创伤；直接创伤与间接创伤。⑤

"文学中的创伤包括医学性创伤和文学性创伤。文学中的医学性创

---

① 加兰等.创伤治疗——精神分析取向[M].许育光等译.台北：五南图书出版股份有限公司，2007：10.
② 中国社会科学院.现代汉语词典[M].北京：商务印书馆，1997：196.
③ Caruth, Cathy Unclaimed Experience: Trauma, Narrative and History [M]. Baltimore: The John Hopkins University Press, 1996：11.
④ 陶家俊.创伤[J].外国文学，2011(4)：117—118.
⑤ 同上：117.

伤,主要指人类历史上曾经发生过的事件所造成的创伤,和人类生活中真实存在的事件所造成的创伤,这也是医学、社会学、哲学、心理学、神经学、人类学、管理学等学科所研究的对象。文学作品中的文学性创伤是以医学性创伤为基础而延伸出来的创伤,是凭作者的无限想象而创造出来,在医学科学上未必有记录的创伤。文学性创伤主要是在熟悉医学性创伤的基础上所创造的人类想象的产品。文学性创伤与医学性创伤的关系,就像文学作品和客观事物一样,来源于现实又超越现实。文学性创伤的特征以医学性创伤的特征为基础而自由变化,并且经常发挥到极致。文学性创伤的实质目的是要更深刻、更生动地表现人类社会的千奇百态和人的内心世界及其运行机制"。[①]

本书中的"创伤"主要是指文学性创伤,包括身体创伤和心理创伤两个方面。通过对作品中主要登场人物的身体创伤和心理创伤的深入解读,把不同创伤类型进行分类,并揭开其创伤背后的深层次原因,用文学的创伤叙事深刻阐释当今冲绳社会的现实、冲绳人的内心世界及其运行机制。

"创伤"虽然经过了近百年的发展,但"创伤理论"(Trauma theory)这一术语是美国学者凯西·卡鲁斯[②]在其著作《沉默的经验》(1996)中首次正式使用的,主要用以阐释创伤的文化和伦理内涵。本书主要以战争创伤、种族创伤和女性创伤为依托,将创伤理论与文本解读结合,进而分析战后冲绳文学的悲情与无奈,进一步丰富冲绳文学的研究方法。

"战争创伤"源于弗洛伊德。1920年,他在研究第一次世界大战后发生"创伤后精神障碍"的军人时,惊讶地发现这些病患不断重复的梦魇是违背其自身意愿而一再重复的创伤体验。这种延宕萦绕及不完整的认知是战争的残酷画面不断回放的结果。此后,精神病学界在临床实践中

---

① 李桂荣.创伤叙事[M].北京:知识产权出版社,2010:27—28.
② 凯西·卡鲁斯(Cathy Caruth,1955—),美国当代创伤理论研究专家。

开始集中关注参战士兵和退伍老兵的战争创伤,探索用科学治疗代替道德训诫和法律惩罚。①

"种族创伤"理论是后殖民语境下的产物。其创始人范农②超越了弗洛伊德主导的西方主流人群的心理创伤理论,从多角度阐释殖民者对被殖民者造成的种族创伤。种族创伤具有特定的结构性特征。印度学者南迪阿希斯·南迪认为,精神殖民有其内在的结构性逻辑即"同构式压迫"(isomorphic oppression)。政治经济殖民固然重要,但是殖民主义的粗粝和虚假主要表现在心理层面,根植于殖民者和被殖民者更早形式的社会意识的心理状态。

"女性创伤"最早的研究者也是弗洛伊德,他与法国神经病学家夏科、简尼特对女性歇斯底里症进行了观察、分类、分析和治疗。弗洛伊德认为:"身体症状可能是来自连主体也没有意识到的精神伤害,歇斯底里症是维多利亚时代女性的流行病,可能与女性在早年受到的性侵害有关。"③到20世纪六七十年代,美国民权运动中分离出蓬勃发展的女权运动,妇女和儿童遭受的家庭暴力、性虐待、强奸等创伤,以及妇女和儿童的权益保障,成为女权运动的主旋律。

---

① 陶家俊.创伤[J].外国文学,2011(4):118.
② 费朗茨·法农(Frantz Fanon,1925—1961),法国马提尼克作家,散文家,心理分析学家,革命家。他是20世纪研究非殖民化和殖民主义的精神病理学较有影响的思想家之一,他的作品启发了不少反帝国主义解放运动。
③ 柯倩婷.身体、创伤与性别——中国新时期小说的身体书写[M].广州:广东人民出版社,2009:8.

第 2 章

冲绳的历史与冲绳文学

"要了解一个民族,就要了解这个民族的历史。一个没有历史的民族是没有根的民族。"[1]若要研究冲绳文学的发展历程,势必要回归历史,因为冲绳的历史汇集了冲绳文学精神的本质。文学是跨越时空的历史叙述,冲绳文学不仅是对冲绳历史的回顾,更是冲绳作家对冲绳历史的认知。冲绳作家将文学书写纳入历史维度,在历史真实之上建塑虚构的诗性关怀,在文学与历史间,引入精神向度,畅谈对民族命运的时代思索,最终揭开历史面纱,直面不容忘却的个人与集体的历史记忆,完成主体性的重建。

2.1 苦难的冲绳

冲绳是日本47个都道府县之一,大约有145万人口(2019年),占日本人口总数的1%,面积为2274平方公里,只占日本领土的0.6%。在这个狭小的地域中,有着不同于日本本土的独特历史与文化。每当"三线"[2]响起时,那婉转哀怨的旋律仿佛向世人诉说着她那不尽的苦难与哀

---

[1] 此句是袁腾飞面对《沈阳晚报》记者的采访时说的一句话。
[2] 琉球人使用一种名叫三线的特有古典乐器。三线的原型是从福建传入的三弦,由闽人三十六姓带往琉球,发展成为三线。此后,三线于16世纪左右传入日本九州,形成日本特有乐器三味线。

愁。若要真正读懂冲绳,就要熟识她的前世与今生。

2.1.1 战前的历经沧桑与荣辱浮沉

冲绳是琉球国的今生,而琉球国是冲绳的前世。琉球国在古时是一座海中的小岛,面积狭小,交通不便,长期政教合一,经济落后,百姓贫穷。琉球长期以来与中国都有往来,明朝时期与中国正式建立邦交关系。《明史·琉球传》记载:"洪武初,其国有三王,曰中山,曰山南,曰山北,皆以尚为姓,而中山最强。五年(1372)正月命行人杨载以即位建元诏告其国,其中山王察度遣弟泰期等随载入朝,贡方物。"随后"山南王承察度亦遣使朝贡,礼赐如中山"。"时二王与山北王争雄,互相攻伐。命内史监丞梁民赐之敕,令罢兵息民,三王并奉命。山北王怕尼芝即遣使偕二王使朝贡"①。可见,琉球三王派使者向明朝进贡,标志着琉球已成为中国的藩属国。此后,经济、政治、文化、教育等各方面都取得了快速的发展,在明朝的扶植下,从一个落后贫穷的岛国,一跃而成为"以海舶行商为业",号称"万国之津梁"的贸易中转国,并不断地走向繁荣,达到鼎盛。②

"藩属国"是中国古代的一种外交政策,是通过宗主国文化、教育、外交等手段间接影响藩属国。这种宗藩关系只是维系中国和周边各国友好关系的一种形式,并不具有统治和被统治的实质性内容。并且,作为宗主国的中国统治者,是以一种"王者不治夷狄,来者不拒,去者不追"的不治主义态度对待外国,原则上并不干涉藩属国的内政。对琉球的朝贡,也秉承"厚往薄来"原则,加倍奉还,并且把中国的优秀传统文化传播到琉球。古代中国对琉球的礼让与帮助,使琉球人对中国始终抱有感恩与崇拜之情。

---

① 明史·琉球传.卷三二三,列传第二百十一,外国四[M].北京:商务印书馆,1974:8361.
② 杨邦勇.亚洲视阈下的琉球兴亡史研究[D].福建师范大学,2012:21.

然而，与古代中国相反的是，日本早就有觊觎琉球的野心。虽然，"日本在室町末期以前一直承认琉球王国的独立地位"①，但 1609 年，日本萨摩藩入侵琉球，进攻琉球所属的奄美大岛、德之岛及冲勇良部岛，随后进攻琉球都城首里城，掠夺了大量的财物，并把琉球国"第二尚氏王朝"国王尚宁等主要王子大臣都俘虏到日本。直到 1611 年，才把国王尚宁释放回国。日本借此割据了奄美大岛在内的萨南诸岛，并让琉球国向日本萨摩藩、江户幕府朝贡。这时的琉球实质上已被掌控在萨摩藩的统治之下，但形式上仍然是一个独立的王国，与古代中国仍然保持着册封的关系。

"明治维新后，日本在对内进行改革的同时，对外部加紧了侵略扩张的步伐。趁清王朝衰落之时，开始一步步地实施吞并琉球的计划。从利用'牡丹社事件'入侵台湾到'废国置藩''废藩置县'，步步紧逼，环环相扣。"②"琉球国王尚泰有病在身，士族们群聚抗争，无奈在强悍的入侵者面前，卧病的国王被迫退出了王宫。百姓哀号四起，反抗的气氛蔓延全岛。琉球各地官员依然坚持保留王位，对日本的废藩运动不予合作。"③日本政府不顾琉球全国上下的誓死反抗，仍然强行通过"琉球处分"④，于 1879 年 4 月将其正式吞并，"琉球国"变成了日本的"冲绳县"。琉球的语言、风俗、信仰等也在改良的名义下被变相取缔。这前后 270 年的岁月，见证了琉球人受日本的压榨与歧视的历史，见证了琉球人的辛酸史，也见证了琉球国的覆灭。

从"琉球处分"到中日甲午战争时期，鉴于对中国军事、外交上的戒

---

① 李若愚.近百年来东亚历史中的"琉球问题"[J].史林,2011(8):156.
② 刘绍峰.琉球群岛地缘关系的时空演变及其区域影响[D].东北师范大学,2014:80.
③ 杨邦勇.亚洲视阈下的琉球兴亡史研究[D].福建师范大学,2012:103.
④ 主要是日本学者对日本吞并琉球的一系列政策及过程的概括用语。狭义上指 1879 年废除琉球藩、设置冲绳县的措施；广义上指整个过程。以 1872 年"琉球藩"的设立为开始，到 1879 年"冲绳县"设置，及翌年"分岛问题"的发生及终结，前后长达九年。这时期在冲绳近代史上，为琉球处分时期。

备,日本试图对原琉球统治阶层采取怀柔政策,有意延缓了其在内治方面的近代诸项改革。"例如,日本于1889年发布了大日本帝国宪法,同时制定了众议院议员选举法,翌年实施了第一届众议院议员选举,然而,冲绳却没有实施选举。"①另外,在中日甲午战争以后,冲绳在军事、外交上的价值均有所降低,不断被日本视作"边界""异族"。1903年在大阪举办的"第五次国内劝业博览会"②,设立了人类馆区,将阿伊努人、琉球人、台湾地区原住民和爪哇人等人种称为"土人",并在馆内演示其特殊的生活习性,展示其"恶风蛮习"等,以供观览。日本政府并没有真正把冲绳人作为自己的国民,只是一味在冲绳实施历史、文化等方面的同化政策,一方面加紧普及日语,对冲绳人进行奴化教育;另一方面,将冲绳排斥在近代化进程之外,肆意对其进行歧视与侮辱。沦为亡国奴的冲绳民众,并不愿接受其奴化的身份,但迫于日本政府的暗箭明枪,也不得不屈服。可以说对琉球的"废国立藩"既是日本明治政府为推行其对外扩张政策的一次试探,也是其蚕食亚洲迈出的第一步。

此后,经过第一次世界大战与第二次世界大战,世界格局发生了巨大变化,但冲绳的命运却依然没有改变。特别是第二次世界大战末期,美日为争夺冲绳岛,展开了一场极为惨烈的厮杀。众多冲绳平民被征招入伍,部分未成年男性和女性也被组成"铁血勤皇队"和"护士部队"③奔

---

① 新崎盛晖.现代日本与冲绳[J].孙军悦,译.开放时代,2009(3):26.
② 1903年3月1日至7月1日,日本政府在大阪市的天王寺举办了"第五次国内劝业博览会",又称大阪博览会。博览会分列农业、园艺、矿冶、化学、工业制作、教育学术、卫生、经济各门,一门之中又分各小类,共有8处展馆。并设立包括展示中国人在内的人类馆,留日中国学生认为这是对中国人的极大侮辱,并据理力争,使其将中国人从展览中撤出,大阪博览会事件是一系列影响到辛亥革命爆发的爱国主义运动之一。
③ 据统计,当时冲绳有12所中学的1780名少年被强迫"志愿"加入"铁血勤皇队"充实到日军部队中参加战斗,其中一半以上约890人丧生。另外,各女子学校也被命令组织女生到野战医院当随军护士,组成了以校为基本单位并被命名的山丹花、白梅、瑞泉以及梧桐等护士部队。日军在冲绳战役中强迫未成年学生加入"铁血勤皇队"成为无辜牺牲品的史实,也成为日本军国主义实施侵略扩张中惨无人道的又一铁证。

赴战场。冲绳战作为二战末期美军与日军直接交锋的地面战役,异常惨烈,美军持续三个月的狂轰滥炸,使整个岛屿变成人间地狱。此外,驻守冲绳的日军将"生而不受俘囚之辱"的军诫渗透进冲绳民众的意识中,造成了历史上骇人听闻的"集体自杀",日军还对手无寸铁的冲绳民众冠以"间谍"之名肆意屠杀。更触目惊心的是,日军为了躲避美军的袭击竟与当地百姓争抢藏身之处,甚至不惜杀害襁褓中的婴儿。冲绳战最终以日军放弃有组织的抵抗而宣告结束。两个月之后,美国在广岛、长崎投下原子弹,苏联宣布参战,加之中国战场的奋力反击,日本帝国主义宣布无条件投降。但是,对于冲绳人来说,苦难甚至恐怖的日子才刚刚开始。

2.1.2 战后的满目疮痍与悲欢离合

随着第二次世界大战的结束,冲绳的归属再起波澜。日本战败后,"冲绳"以"琉球"之名与日本脱离,由美国军队托管。麦克阿瑟①主张美国对冲绳的统治"绝对不可缺少",他在答记者会上曾扬言:"冲绳诸岛,是我们天然的国境。对美国保有冲绳,我不觉得日本人会反对。为什么这么说呢?冲绳人不是日本人,而且日本人已经放弃了战争。在冲绳部署美国的空军,对日本有重大意义,非常明显会成为日本安全的保障。"②由此可见,美国认为,冲绳对其远东布局有着极其重要的战略意义,在冲绳建立规模庞大的军事基地,有利于加强美国在远东的军事威慑力。美军接手后,强行将冲绳民众置于暂时由帐篷搭建的临时收容所。收容所的环境极其恶劣,不少人因感染疟疾等传染性疾病而死亡。配给的粮食

---

① 麦克阿瑟(Douglas MacArthur,1880—1964):占领日本的盟军总司令官、美远东军总司令官以及首任琉球列岛民政长官。他立足于美国的军事战略,从修改宪法开始,在日本实施了种种政治改革。关于冲绳,则构想与和平宪法配合,由美国推进基地建设,实施分离统治。
② 新崎盛晖.冲绳现代史[M].胡冬竹,译.北京:生活·读书·新知三联书店,2010:21—22.

也严重不足,致使很多人都营养不良。冲绳民众在满目疮痍的土地上开始了流离失所、寄人篱下的生活。直至1946年10月,冲绳民众才陆续回到原来的居住地。

由于在冲绳战中受到日本本土的不公平对待,冲绳人开始意识到自己并没有得到日本本土的真正认同,于是寄希望于美军,期望通过美军的统治回到昔日的安宁。但事与愿违,美军接二连三的暴行令冲绳民众大失所望,强奸、偷窃、抢劫、入室、纵火及公开猥亵等犯罪事件屡屡发生,冲绳人大多只能隐忍作罢。美军与冲绳民众日益加剧的矛盾,最终导致了冲绳民众自发抵抗美军暴行的"胡差暴动"。① 战争对冲绳的破坏如阴云般笼罩在人们的心头,冲绳民众对美军占领者很难产生好感。

对现实的不满,使冲绳民众沉浸在对过往的回忆中,以前哪怕并不十分美好的回忆,此时看起来也似乎无比光明。于是"复归"日本的意愿变得异常强烈。1957年1月17日,在冲绳举行了"复归日本"的大众集会。集会发布决议,要求"废除《旧金山和约》第三条的条款,即时实现冲绳完全复归日本"②。1960年4月28日,与日本国内反对《日美安全保障条约》的运动相呼应,冲绳的青年团协议会、官公厅职员工会、教职员会、妇女联合会、遗族联合会等17个团体1500余人共同结成了"冲绳县祖国复归协议会"。之后,该协议会不断壮大,最终会员团体多达54个。1967年,佐藤荣作③出访美国前夕,冲绳立法院做出决议,要求最迟在1970年4月前将冲绳"归还"日本,为佐藤荣作向美国提出"冲绳复归"造

---

① 胡差暴动是指1970年爆发于胡差市(今日本冲绳县冲绳市),由冲绳民众自发形成的对美军政的抗议事件。该行动从1970年12月20日凌晨持续到翌日早上,原因是冲绳人对于25年来的外国军政所产生的民怨,在一起作为导火线的交通事故发生后,共约5 000位市民和美国驻军的700名宪兵卷入了骚乱之中,最终导致约60名美国人受伤、27名冲绳民众受伤、80辆汽车被焚,嘉手纳空军基地内数栋建筑物遭受破坏。
② 中村隆英,宫崎正康.《史料・太平洋戦争被害調査報告》[M].東京:東京大学出版会,1995:13.
③ 佐藤荣作(1901—1975),毕业于东京大学,日本政治家,日本战后第十位首相。

势。"1968年4月28日举行的那霸市'第八次复归县民要求大会',参加者已达205 000人。由此可见'冲绳县祖国复归协议会'并非简单的认同日本政府而希望推进'冲绳复归'的民间组织,它反映了美国占领下冲绳人民对自己未来的设想及渴望自由的政治主张。"① 在官方与民间双重力量的努力下,1972年5月15日,冲绳"复归"日本。同一天,《冲绳归还协定》正式生效,日美两国在冲绳问题上的争端宣告解决,冲绳再次成为日本的"领土"。然而日本政府却罔顾冲绳民众的意愿,在与美方谈判中对美军基地的撤销问题一味退让,这一点充分说明在冲绳"复归"问题上,日本完全是出自国内政治的考量。更有冲绳人借昔日"琉球处分"之名,将这次的"复归"称作"冲绳处分"。② 历史如此富有戏剧性,100年前的1872年,琉球国被日本单方面强制"废国立藩",然而百年之后却又回到了原点。

冲绳"复归"日本后,日本政府加快了冲绳硬件设施建设的步伐,并给予某些经济援助,欲将冲绳打造成度假胜地。然而,碧海蓝天之下,冲绳"复归"光鲜的背后,历史遗留的基地问题不但没有解决,还增添了新的烦恼。"复归"之初,冲绳特有的经济、文化与日本本土的经济和文化价值观存在着很大差异,日渐明显的文化冲突使日本人从对冲绳的关心逐渐转变为歧视。除此之外,虽然美军的地租费用逐渐增高,但是美军的犯罪、环境污染、演习事故依然没有减少。冲绳民众与美军发生冲突时,日本政府屡屡"弃卒保车"的行为,也让冲绳民众认清了现实,最初标榜的"与本土看齐"的口号也显得苍白无力,冲绳民众除了失望,还是失望。经过几十年的痛苦挣扎,冲绳民众逐渐适应了日本式的生活,但在

---

① 歷史学研究会編.第一回祖国復帰総決起大会決議文[C]//日本史史料5 現代.東京:岩波書店,1997:262—263.
② 指像历史上的"琉球处分"一样,日本政府不顾冲绳人本身的意愿,强行决定冲绳的前途。

强权支配的世界,被践踏的冲绳很难找到属于自己的位置。冲绳人想要获得话语权,也只能依靠自己的努力与抗争。时至今日,冲绳依然在美军基地的包围中,头顶上战机的日夜轰鸣,让冲绳人时刻都不得安生;日本本土的歧视目光像一把把尖刀,刺伤着冲绳人的自尊。面对美国的压迫和日本本土的歧视,冲绳作家在思索之后,开始探索和构思冲绳的未来,并借助文学书写幻想琉球王国的重生梦。

2.2 战后的冲绳文学

悲惨的战争体验和向往和平的愿望激荡起冲绳民众的话语权意识,生活方式日渐美国化而衍生出的种族文化危机感,也促使冲绳作家开始思索民族的未来,并尝试通过自己的笔触将冲绳的创伤幻化于文学书写之中。

2.2.1 冲绳文学与日本文学

冲绳文学主要以冲绳人及其生活经历为背景或描述对象。由于冲绳的历史、文化传统、风俗人情、地域方言都与日本本土大相径庭,因此冲绳作家的经历和表述都具有鲜明的民族和文化特色,使冲绳文学在许多方面有别于日本主流文学,也不同于其他地域性文学,成为日本文学中的一朵奇葩。

冲绳文学在日本文学的舞台登场较晚,原因有三:其一,冲绳历史的独特性。特别是战后,冲绳屈居于美国占统之下,与日本彻底隔绝,无法受到日本文学的辐射,冲绳作家的创作受到严重影响,冲绳文学近现代化的进程也因此受阻。其二,冲绳方言的独特性。冲绳的语言具有相对独特性,与日本本土的语言有着很大的不同。作品中掺杂的冲绳方言,在本土作家看来极具陌生感。其三,冲绳文化的独特性。冲绳的巫女文化、基地文化等固有的文化差异阻碍着日本本土对冲绳文学的认识与理解。

战后冲绳作家对日本文学的发展做出了不可磨灭的贡献,冲绳文学已成为日本文学不可或缺的组成部分。冲绳作家涉足各种体裁,他们的作品几乎在日本文学各个领域中都有所体现。在诗歌方面,冲绳诗人山之口貘、高良勉等人是日本诗坛的重要存在,他们的诗篇大大拓展了日本诗歌的领域。在戏剧方面,知念正真、大城贞俊等人的剧作给日本剧坛吹来了一阵新风。在小说领域,冲绳作家的创作及其作品为战后日本文学添色不少。

战后冲绳文学作品作为政治、文化诉求的文学表达,在冲绳人中产生了极大的共鸣,同时也受到冲绳批评家的青睐。但是冲绳作为"他者""边缘",其文学还没有受到日本本土的广泛关注,读者依然不是很多。毋庸置疑,固有的文化差异阻碍着日本本土对冲绳文学的认识与理解。部分日本本土人依然用歧视、偏见的目光看待冲绳、冲绳人、冲绳文化和冲绳文学。作为冲绳民众最为敏感的群体——冲绳的作家们便肩负起历史使命,带着强烈的民族自尊心,将冲绳的创伤记忆和话语诉求通过当代日本文坛扩展开来。就文学作品本身而言,"冲绳战"是许多冲绳作家无法逾越的鸿沟,无论是在美军占领时期,还是"复归"日本以后,冲绳作家都或多或少地在其文学作品中涉猎到"冲绳战",尤其是近年来,随着叙事手法的多元化,他们的作品更具有爆发力和冲击力。日本本土也注意到了这一点,一部分人开始用同情的眼光来看待冲绳文学,但仍然没有深入思考战争惨剧背后的责任承担问题。此外,"复归"日本后,冲绳一方面感受到了经济上与本土的巨大落差,另一方面也体会到了本土对冲绳的歧视与差别对待。冲绳固有的自我失落感,大都被冲绳作家写进了文学作品之中。20世纪90年代,日本经济萧条以来,日本本土深刻体会到了经济的艰难以及美日军事同盟中的附属地位的无力感。因此,冲绳文学擅长表达的"自我失落感"和"创伤感",在一定程度上引起了日本社会的共鸣,成为日本人的普遍体验,至此冲绳文学终于进入日本文学的主流视野。冲绳文学在形成一定规模影响后,作家们更加注重在艺术上精益求精,开拓创新。同时,富有节奏感的冲绳方言也极大地丰富了日本文学的表现力。

在战后灰暗的岁月里,冲绳作家们用诗歌喻情于志,用戏剧传递心声,用小说表述内心深处的悲愤与压抑。冲绳文学的出现,使日本文学绽放出异常的光彩。冲绳文学的崛起也离不开冲绳作家的精神诉求,而这种精神诉求与冲绳历史息息相关。战后的冲绳文学,在众多冲绳作家的努力下,先后经历了美国占领时期的文学摸索(1945年战后—1972年"复归"前)和"复归"后的文学追寻(1972年至今)两个时期。

2.2.2 美国占领时期的文学摸索

美国占领时期通常指1945年二战结束至1972年冲绳"复归"日本前的27年间。这一时期的冲绳文学,从最初的"近乎空白"发展到"渐具雏形",在摸索中逐渐形成了独具冲绳特色的文学表征。冲绳的文学摸索期经历了三个阶段:战后的空白、混乱期;与政治接轨的萌芽期;文学立场的确立期。

冲绳文学摸索期的第一个阶段是1945年日本战败至1951年前后。战后初期,冲绳完全处于美国统治之下,与日本脱离,只能独自摸索前行。冲绳民众在废墟中开始新的生活,在美军设立的收容所暂避风雨,靠美军配给的粮食勉强存活。可想而知,在这种艰苦条件下很难开展真正的文学活动,只能依靠随手写在各处的俳句和短歌来抒发情感。当时的收容所不具备印刷条件,这些俳句、短歌也就没有发表的机会,但值得欣慰的是,这些衍生于传统琉歌的俳句和短歌,以口诵的形式,伴随着用空罐头盒制成的"三线"被广为吟唱,成为抚慰冲绳人心灵的良药,其中许多优秀作品也因此得以流传至今。战后冲绳真正的文学活动开始于1945年7月《琉球新报》的创刊,其中开设"心音"专栏作为战后冲绳文学的发表园地。但作品仅限于诗歌、短歌、俳句等体裁,诗人以牧港笃三、池宫城积宝、宫里静湖等从战前就开始从事诗歌创作的人为主。

直至1949年才有小说在冲绳问世。1949年2月《月刊时报》创刊,该报秉承挖掘新人的理念,进行悬赏征文,成为战后冲绳小说发表的重要阵地。1949年3月,《月刊时报》刊登了太田良博的短篇小说《黑宝石》,从此拉开了战后冲绳小说创作的序幕。作者以半自传的写作手法,成功讲述了一个有着黑宝石般眼睛的印度尼西亚少年和一位日本随军记者的纯爱故事。以《黑宝石》为起点,战前就比较活跃的小说家山城正忠随后在《冲绳县春秋》创刊号上发表了小说《香扇抄》。此外新垣美登子、山里永吉、江岛寂潮、宫里静湖等拥有战前创作经历的作家陆续在《月刊时报》和《琉球新报》上刊登自己的新作。另外,这一时期的各大报纸皆进行悬赏征文,文学新作层出不穷,大城立裕的《老翁记》、江岛寂潮《花的尽头》作为脍炙人口的佳作成功入选《月刊时报》,南祯光的《王》、峰哲也的《小青空》也随后刊发。《琉球春秋》也极力效仿,刊登了获奖作品——山田绿的《故乡》。除此之外,冬山晃的《归乡》、嘉阳安男的《春阳孤影》、国本稔的《红色的蟹》、宫良保的《神的使者》、龟谷千鹤子的《紫荆花香》等,也应势刊登在《琉球春秋》和《琉球新报》上。这些报刊一直努力从众多作品中挖掘新人,激励文学新秀,点燃战后冲绳青年对文学的热情,促使其纷纷加入文学创作,或倾吐战后的绝望与空虚,或借文字憧憬心中的理想世界。但因为经济等客观原因,以及日本本土出版物的不断涌入,1950年至1951年间,《琉球春秋》和《月刊时报》相继停刊。曾经活跃于该期刊的文坛新人也逐渐从人们的视野中消失,只有大城立裕和嘉阳安男一直坚持创作。1951年以后,《冲绳时报》和《琉球新报》成为新一轮的小说连载重镇。以《那霸巷空》为嚆矢,发表了新垣美登子、宫城松等战前就进行创作的知名作家以及大城立裕、嘉阳安男、船越义彰等新人的作品,但大部分作品尚未脱离通俗小说的创作模式与套路。

在戏剧方面,作品仅有大城立裕的《明云》、山川泰邦的《失眠的人》、川野宗幸的《年轻人之歌》、中今信的《罪的无罪》、西幸夫的《湛水师傅》,这些作品主要刊登在《月刊时报》和《电影·演剧》上,这几部作品大部分是为了话剧如期上演而创作的。战后冲绳急需上演抚慰民众的话剧,因此为了迎合大众需求,这样的作品便应运而生。但是在冲绳,无论是战前还是战后,话剧大部分都是用方言演出的"大众剧",而且都是以"歌剧"作为开端。因此,还不能说此时期的戏剧完全是文学意义上的戏剧。

在这一时期政府虽然重视开展文学活动,也因此催生出诗歌、俳句、短歌、小说、戏剧等体裁广泛的众多作品,但作品内容大都缺乏思想内涵,主题涣散,尚未体现出冲绳文学的独特表现力。另外,出于资金问题、与本土交流的限制以及作品质量参差不齐等原因,这一时期的冲绳文学无法良性发展,多次出现空白和混乱。

冲绳文学摸索期的第二个阶段是从1952年跨到1961年,主要特征是政治对抗下的文学响应。1953年7月,琉球大学的学生团体创办了《琉大文学》。首刊至第三期上连载的八篇小说中有七篇的主题是关于"死亡",其中六篇甚至描写了主人公如何一步步走向自杀。从诸如此类的"死亡主题"中,可以看出20世纪50年代初期处于美军占领下的冲绳的"压迫感"和"无力感",以及坚决抵抗现实的意志。这种意志不久便与对美军占领的激烈反抗和对文学界前辈的批判融为一体,并愈演愈烈。

《琉大文学》创刊之时,正值中华人民共和国成立不久,朝鲜战争爆发,美军因此开展了新一轮的军事防备。因美军扩张基地而导致的强征土地事件以及日本共产党的地下活动等,冲绳平静的社会表象下暗潮涌动。充斥着颓废气息的琉大文学团体,在与马克思主义、无产阶级文学相遇后,逐渐转变了发展方向。复杂的政治社会形势之下,《琉大文学》以对抗的方式推动着冲绳文学的发展。可以说,这个时期的冲绳文学活动在很大程度上依赖于《琉大文学》的发展。根据"社会主义现实主义论"[1],《琉大文学》主张在冲绳开展"国民文学运动",将作家团结起来,号召"文学应为大众服务",强调"文学领域的政治实践",这是战后冲绳能够称之为批判的首次文学活动。这一文学活动促使冲绳作家开始反省自己的作品,不断摸索新的创作手法。特别是大城立裕、池田和、太田良博等年轻作家们更是做出积极响应。但《琉大文学》因为在文学领域对抗美军统治而遭到镇压。1955年2月发行的第八期,因刊登了新川明的激进诗歌《〈有色人种〉抄》而被强行从各大书店撤架,1956年3月发行的2卷1号刊被禁止销售,文学部的活动也被叫停半年。之后刊行的《琉大文学》2卷2号刊发表了"《琉大文学》批判"特辑。以清田政信为核心人物,虽在诗歌和评论领域培养出了许多年轻作家,但小说领域却鲜有成效,只有冈本惠德的《空洞的回想》和喜舍场长顺的《黑暗之花》获得过较高评价。

　　这一阶段的冲绳文坛,较有影响的事件是霜多正次的长篇小说《冲绳岛》的面世。1957年8月,霜多正次在东京参与文学活动时发表了新作品,并荣获"每日出版文化奖"[2]。《冲绳岛》的获奖给冲绳作家带来了莫大的鼓舞。大城立裕发表在《冲绳文学》第2期上的《二世》也力改昔

---

[1] 社会主义现实主义是文学艺术的创作方法之一。社会主义现实主义,作为苏联文学与苏联文学批评的基本方法,要求艺术家从现实的革命发展中真实地、历史具体地去描写现实;同时,艺术描写的真实性和历史具体性必须与用社会主义精神从思想上改造和教育劳动人民的任务结合起来。社会主义现实主义保证艺术创作有特殊的可能性去发挥创造的主动性,去选择各种各样的形式、风格和体裁。

[2] 每日出版文化奖是由每日新闻社主办,用以奖励优秀出版物的文学、文化奖项。该奖项1947创设,每年11月公布获奖名单,颁奖仪式在东京举行。

日的写作风格与主题立意,彰显出难能可贵的时代政治性。此后1958年其又推出新作《棒兵队》,并入选全国同人杂志推荐小说特辑《新潮》,1959年的长篇小说《小说琉球处分》也在《琉球新报》上连载。始终潜心创作的大城立裕,其苦心经营终于得以花开满树。

冲绳文学摸索期的第三个阶段从1962年持续到1972年。这一阶段日本文坛的新动向对冲绳文学产生了极大影响,加速了冲绳文学立场的确立及文学创作方法的多样性。60年代后期"复归运动"的高涨,促使作家重新审视冲绳的历史与文化,并以此为契机,波及文学领域。1966年4月,冲绳时代社创办了《新冲绳文学》杂志,为大城立裕、船越义彰等老作家提供了发表园地。同时,以发掘新人为目的,从创刊号开始在诗歌、小说、短歌、俳句等领域积极征集作品。在冲绳的战后文学活动中,该杂志产生的影响也极为深远,60年代中期至70年代初的文学活动中,只要与小说有关,可以说都是以该杂志为中心展开的。在创刊号上发表戏剧《山峦开发之际》的大城,又接连在第2、3期上发表了《龟甲墓》《在逆光中》。这一阶段,"重新审视冲绳人的同一性问题""战争体验与美军占领下的现实""民俗特质与语言问题"等的相互关系,作为文学创作的主题被及时捕捉和反映出来。1967年芥川奖获奖作品——大城立裕的《鸡尾酒会》可以说是这方面的先驱。刊发于《新冲绳文学》第4期的《鸡尾酒会》荣获第57届芥川文学奖,这是冲绳文学首次登上芥川奖的舞台,对战后冲绳文学而言具有划时代的意义。

通过《新冲绳文学》崭露头角的新人有长堂英吉、星雅彦、荣野弘、谱久村雅捷等人,他们的作品多数描绘了以胡差为代表的基地街所特有的风俗人情。以生活在基地街的黑人士兵、混血儿、美军为主要对象,描绘基地街的世态炎凉,进而揭示战后冲绳民众的生存困境以及价值观的混乱。以"混血儿"为代表的另类群像,不仅仅是冲绳特有现象的时代书写,更象征着在美国与日本夹缝间喘息的冲绳人的无奈。凭借《冲绳少年》斩获第 66 届芥川奖(1972 年)的东峰夫将那份无奈通过少年之眼映射给读者。东峰夫善于使用方言写作,"文字极富自然韵律,表现出了冲绳式生活的感性"①。

二战后的 27 年间,冲绳作家不断探求"冲绳文学"的意义,以回归冲绳历史和文化为主题进行的创作已与战前大不相同。从对日本本土的"同化"视角,逐渐衍生出与日本本土相对化的视角,并将冲绳特有的神话、民俗、历史、语言作为冲绳的象征运用到文学书写中。这一方向性的突破成为"复归"后的文学航标。

2.2.3 "复归"后的文学追寻

1972 年"复归"日本后,冲绳社会发生了剧烈的变化。基础设施得到改善,经济也有了一定的发展,但是日本本土对冲绳人的歧视和排斥并没有减少,美军基地依然存在,冲绳人在"同化"和"异化"中感到彷徨和迷茫。重新回到日本文学圈的冲绳文学,依然没有得到日本主流文学的青睐,一度被认为是文学的"荒原";甚至部分日本人对冲绳文学持有偏见,认为冲绳文学基本上都是悼念冲绳战的文学。于是,冲绳文学在一片质疑声中,开启了"复归"后的追寻之旅。下面主要从"获奖情况"②和"主题"两个方面对"复归"后的冲绳文学进行简要梳理。

首先在获奖方面,"复归"后的冲绳文学出现了很多优秀作品,相继摘下了冲绳地域和日本本土的多种奖项。这一时期的冲绳文学依然以报纸和杂志为主要阵地。为了焕起冲绳文学新的生机,冲绳的联大报社接连设立了不少文学奖项。1973 年,《琉球新报》为纪念创刊 80 周年公开征集有奖小说,后来进一步延续成为"琉球新报短篇小说奖"。1975

---

① 岡本恵徳.戦後沖縄の文学[M]//沖縄文学の地平.東京:三一書房,1981:46.
② 本书将冲绳文学获奖情况进行汇总,置于附录中。

年,《新冲绳文学》为纪念创刊 30 期,设了"新冲绳文学奖"。虽然《新冲绳文学》早已在 1993 年停刊,但"新冲绳文学奖"一直延续至今。除了这两个奖项,1976 年,九州文化协会和九州各县教育委员会将设立的"九州冲绳文化奖"改称为"九州艺术节文化奖"。此后,该奖被简称为"九节奖",成为冲绳作家们活跃的领域。

  与此同时,冲绳文学也继续角逐日本文学的各大奖项。日本文学奖多如牛毛,据不完全统计多达 500 余种。但是,主流文学奖主要以芥川奖、直木奖、川端康成奖等为主。1995 年,又吉荣喜凭借《猪的报应》获得第 114 届芥川奖,1997 年目取真俊凭借《水滴》获得第 117 届芥川奖。冲绳文学相继获得芥川奖,这在日本文坛引起了一定的轰动。冲绳文学的这一盛景,让人不禁想起美军占领时期大城立裕和东峰夫先后获得芥川奖时的辉煌,但是又吉荣喜和目取真俊的获奖与上次冲绳作家获奖的时间相隔 20 余年。目取真俊获奖后,时至今日,冲绳文学在近 20 年间无人再问鼎芥川奖。此外,1980 年又吉荣喜凭借《银合欢宅邸》获得"昴"文学奖。2000 年,目取真俊凭借《叫魂》先后获得第 26 届川端康成奖和第 4 届木山捷平奖。2015 年,大城立裕凭借其小说《铁轨的彼岸》获得第 41 届川端康成奖。虽然文学奖项不能完全涵盖所有的优秀作品,也不能"唯奖"论,但是获得日本文学奖的冲绳作家人数较少,也印证了冲绳文学在日本文学中的边缘地位。

  其次,在主题方面,"复归"后的冲绳文学,在主题设定上更加多元化,既有挥之不去的"冲绳战""歧视"等主题,又有"女性形象""岛屿"等较新的主题。此外,"土著性""传统文化"等主题也逐渐受到冲绳作家的青睐。

  随着战争远去,战争记忆在冲绳人的脑中逐步淡化,但是"冲绳战"仍然是一个非常重要的文学主题。岛津与志的《骨》(《琉球新报》,1973 年 12 月 6 日)讲述了"复归"本土后在冲绳投资酒店,却在施工现场挖出人骨的故事。而对人骨的处置则是小说的点睛之处。作者希望借此揭示的是冲绳人与日本本土人对战争认识的差异。作者认为冲绳人作为战争的受害者,同样也是"复归"后经济建设的受害者。仲村渠初的《母亲们、女人们》(《新冲绳文学》第 54 号,1982 年)以女性的视角叙述既往战争的残酷。田场美津子的《假眠室》(《海燕》,1985 年 11 月号)讲述了战争中幸存的母亲与从未经历战争的女儿之间的故事。大城立裕作为冲绳作家的第一代旗手,冲绳战在其文学中有着不可动摇的地位。《太阳的尽头》(新潮社,1993 年)、《充满希望的荒野》(《新潮》,1995 年 8 月号)、《卖恋爱的房子》(新潮社,1998 年)这三部作品,大城立裕本人将其命名为"战争和文化"三部曲。这三部作品都是以深受战争伤害的主人公的新生为主旋律,并且对"战争"赋予新的理解。新一代冲绳文学的领军人物目取真俊连续推出了《水滴》(文艺春秋,1997 年)、《叫魂》(朝日新闻社,1999 年)、《群蝶之树》(朝日新闻,2001 年)、《走在和平大街上——目取真俊初期短编集》(影书房,2003 年)、《风音》(リトル・モア,2004 年)、《传令兵》(《群像》,2004 年 10 月)、《虹鸟》(影书房,2006 年)、《眼中深处的森林》(影书房,2009 年)等一系列涉及冲绳战的小说。目取真俊虽然没有直接的参战经历,却能以生动的笔触刻画出战争幸存者的痛苦、恐惧和绝望,用近似于魔幻的叙事手法,引领读者跨越时空,深入战争本身,从历史层面探讨冲绳的命运,思考冲绳的未来。

"复归"日本后,冲绳在现代化进程中远远落后于日本本土,日本本土人对冲绳人的歧视与日俱增。与此同时,美军基地问题一直没有解决,美国人对占领地的冲绳人也一直抱有歧视态度。因此,以"歧视"为主题的文学作品一度成为冲绳文学的热门选择。知念正真《人类馆》(《新冲绳文学》第 33 号刊,1976 年)以 1903 年大阪劝业博览会"学术人类馆"[①]为原型,

---

① 1903 年日本于大阪举行劝业博览会,该博览会的展示人种,原本包括中国、韩国、琉球等人种,在中国与韩国的抗议之下撤销展出。不过,已成为日本殖民地的琉球与台湾地区原住民仍被展出。

围绕陈列其中的琉球男女和驯兽员打扮的男子展开,是一部以喜剧形式展现冲绳悲剧命运的作品。又吉荣喜的《乔治射杀的猪》(《文学界》3月刊,1978年),主要讲述了美国士兵射杀冲绳拾荒老人的故事。以"猪"代替冲绳人,足以证明美国人对冲绳人的蔑视。仲村渠初的《约定》(《琉球新报》,1981年11月5日)讲述了冲绳人与日本本土人因生活习惯不同而产生摩擦的故事。作者用清晰明了的笔触刻画了冲绳与日本本土间的对立。大城立裕的《迷路》(文艺春秋,1992年),通过混血女主人的经历影射冲绳的尴尬处境。

冲绳作家也一直关注女性形象的塑造。冲绳女性形象往往以边缘群体、弱势群体的形象出现。"妓女""娼妇""性暴力受害者"成为冲绳女性的标签。庭鸭野的《村雨》(《新冲绳文学》第37号,1977年)、吉田末子的《嘉间良心中》(《新冲绳文学》第62号,1984年)等作品都将"娼妓"这一特殊群体形象刻画得十分鲜活,并痛诉其沦为娼妓的悲惨命运。但随着社会的变迁,作家笔下的冲绳女性的形象也开始扭转为隐忍、自力更生的正面形象。喜舍场直子的《织布女之歌》(《新冲绳文学》第66号,1985年)、田友子的《新城松的天使》(《新冲绳文学》第82号,1989年)、江场秀志的《午后的祭祀》(《昂》,1985年12月号)、又吉荣喜的《猪的报应》(文艺春秋,1996年)等作品都成功塑造了冲绳女性如何克服生活的艰难、努力拼搏的形象。

冲绳是由众多岛屿组成的。"复归"后,日本着力对岛屿进行开发。因此"岛屿"也成为冲绳作家关注的主题。崎山多美的《在城市的日子》(《新冲绳文学》第43号,1979年),从女性视角出发,讲述了一个女儿离开岛屿在城市生活,却深深感觉到家族"根"的丧失的故事。崎山多美基于离岛人们的意识,不断进行着关于"岛屿"的文学创作。作品《水上往还》(《文学界》,1989年4月号)描写了连接死者与生者的岛屿空间。短篇集《反反复复》(砂子屋书房,1994年)描写了冲绳的一个固有岛屿。其中,作者试图将"岛屿"普遍化的想法十分明显。小滨清志的《消失的岛屿》(《文学界》,1992年8月号),以海啸、狂风席卷着的大海为主线,对岛屿进行了全方位的描绘。山里贞子的《旅行幻想》(《文学界》,1989年6月号),是一部关于失去双臂的少年讲述"灵魂大陆"梦想的小说。此外,大城立裕的《鸟塚》(《群像》,1991年8月号),以"神灵之岛"的构思对抗收购岛屿的日本本土资本,为"岛屿"主题提出了一个全新的视角。

"复归"日本后,冲绳人的生活也渐渐与日本本土同一化。但在冲绳人的灵魂深处,依然保留着对冲绳固有文化的眷恋与不舍。于是,冲绳作家开始重新审视本民族的"土著性"和"传统文化"。玉木一兵的《神灵达利的故乡》(NOVA出版,1986年)、比嘉辰夫的《猫火》(《文学界》,1990年6月号)、大城立裕的《后生之声》(文艺春秋,1992年)、大城贞俊的《椎川》(朝日新闻社,1993年)、又吉荣喜的《猪的报应》(《文学界》,1995年11月号)等作品,将特有的民俗文化展现于文学书写中。

综上所述,"复归"日本后的冲绳文学,无论是所获奖项,还是所涉猎的主题都取得了很大的进展。冲绳文学也越来越多地出现在日本主流报刊中。对于日本文学来说,冲绳文学不仅仅是地域文学,冲绳作家所背负的振兴民族文学的责任是日本本土作家体会不到的。但是,冲绳文学想要真正和日本本土文学并驾齐驱,还任重而道远。

▼

第3章

战争创伤

冲绳战的战场上伫立着太平洋最孤苦无依的孤儿——冲绳。经历了"琉球处分"后成为保护日本本土和天皇的一道防线,冲绳战期间,成千上万的冲绳民众成为日本军国主义的殉葬品。战后的冲绳又沦为日美谈判桌上的棋子,成为美国在亚洲最大的军事基地。战争已然幻化为历史,但战争对冲绳及民众造成的创伤却如鬼魅般驱之不去,或隐或现地影响着冲绳人的现实生活。世人不禁思索:战争之于冲绳民众意味着什么?饱受战争摧残的冲绳民众该如何消解战争记忆的痛苦,抚慰自己的灵魂?这种战争创伤又是否会经代际传递?冲绳作家作为冲绳历史的叙说者,肩负起解答上述问题的特殊使命,愤然起笔倾诉战争带来的创伤感。在众多的冲绳作家中,目取真俊对战争题材的涉猎最为频繁,也最为深刻。作为新一代冲绳作家,目取真俊虽然没有直接的参战经历,却以其独特的视角于文学书写中客观地再现了这段创伤记忆,并从战争催生出的恐惧、空虚和绝望中挖掘出关于生的感悟、痛的思索,完成对受创主体的灵魂救赎。

目取真俊本人虽未亲历战争,但他的祖母和父母都是冲绳战的见证者和幸存者。目取真俊从小就在两代先辈的回忆与叙述中体验战争,感悟战争,思考战争,这也是他对战争题材信手拈来的重要原因。目取真俊经常将创作焦点锁定于冲绳战的幸存者,极力捕捉战争给冲绳人带来的肉体创伤和精神创伤,通过回忆、想象、幻觉等形式以生动的笔触刻画出战争幸存者的痛苦、恐惧和绝望,引领读者跨越时空,超越战争本身,从历史层面深入探讨冲绳的命运,思索冲绳的未来,为身陷战争创伤的冲绳寻找一剂精神救赎的良方。

目取真俊的战争题材小说虽不能说浩如烟海,却也不胜枚举。本章甄选《水滴》《传令兵》《叫魂》《风音》四部具有代表性的小说为研究对象,从战争记忆、战争体验、战争幽灵、战争意象等四个维度倾吐冲绳民族及冲绳民众在心理和生理上对战争创伤的感悟。目取真俊的战争创伤书写不仅涉及小说主题与人物塑造,还将创伤的侵蚀性、滞后性及延续性潜藏在小说的结构和意象之中。创伤对象既包括个体又涵盖族群;既包括从美军、日军刀枪下死里逃生的平民幸存者,又涵盖战后依然徘徊在战时与现实的冲绳士兵,更涉及没有经历战争的幸存者后代,这些都是极具象征意义的创伤载体。在目取真俊的笔下,创伤如同复杂纵深的迷宫,从不同途径揭示出冲绳在战争潜在层面上的生存困境和思想迷惘。

3.1 战争记忆与身体变异

记忆是人类回顾历史的重要手段,亦可说历史也是某种形式的记忆。冲绳人对战争的记忆缘起于 70 年前的冲绳战。"没有哪个地方像冲绳一样未曾参与战争的策划,却遭受了战争洗劫后的痛苦、牺牲与占领。"[1]冲绳战,无疑是二战太平洋战区最为血腥的战役。这次战役主要是 548 000 名美军士兵(在进攻阶段主要是 183 000 名步兵和海军士兵,其余是支援部队)与 110 000 名日本士兵(其中约 25 000 名是冲绳士兵和高中生)之间发生的战斗,另有 400 000 名当地平民卷入。来自海上、

---

[1] Kerr, George H. *Okinawa: The History of an Island People*[M]. Boston & Tokyo: Tuttle Publishing, 2000:465.

空中、陆地的炸弹接连不断,"铁暴风"①持续了3个月,炸弹总量相当于平均每个冲绳居民遭受到50枚炮弹的轰炸。大量平民死亡,总数超过150 000人,其中死去的冲绳人占冲绳人口总数的38%。冲绳战之残酷,由此可见一斑。然而,冲绳民众对冲绳战的记忆却是被操纵,被欺骗,最后被抛弃。他们被迫保卫的不是自己的生命和财产,而是日本本土和天皇制度。但是冲绳的牺牲并没有换来起码的尊敬,即使战后"复归"日本,也是再一次被日本以国家防卫的名义强行牺牲掉。战火虽熄,战争的阴影仍然笼罩在冲绳上空,战争给冲绳民众带来的创伤依然存在。从某种程度上说,冲绳还没有迎来真正的"战后"。如果"战争的记忆"是对冲绳历史的真实回顾,是对战争记忆集体无意识的折射,那么"记忆的战争"则是冲绳历史的文学表征,是对战争的消解与再现,也是对历史的加工与重构。

目取真俊经常借助文学书写直面冲绳战,他对战争的关注与思考在众多冲绳作家中独树一帜。目取真俊的小说中,林林总总的战争记忆如空气一般,弥漫在幸存者生存的每一方空间,使其产生难以磨灭的身心创伤。其代表作《水滴》于1997年获得"第27届九州艺术节文学奖"和"第117届芥川奖",故事正是以冲绳战前后为背景,讲述了战争结束五十多年后的某天,主人公德正因突如其来的怪病而牵扯出的一段不为人知的战争记忆。作为曾经参加过"铁血勤皇队"的德正,凭借其幸存者的身份经常应邀给学生做报告,讲述所谓的战争记忆,但德正关于战争的记忆是被他主观加工过的、被歪曲的记忆。实际上,在他的内心深处始终隐藏着抛弃受伤同乡石岭的真实记忆。德正和石岭都是"铁血勤皇队"成员,而在一次战斗中,德正喝光了同乡女学生宫城势津子留下的救

---

① 冲绳战役在英文里称作Typhoon of Steel,日文称作"鉄の雨"或"鉄の暴風"。这些代号代表战斗之激烈程度、火力之密度及盟军参战战舰和车辆数量之庞大。

命水,并将身负重伤的石岭丢弃在防空洞中,自己逃跑并苟活下来。德正刻意把抛弃石岭的战争记忆屏蔽掉,一方面是因为无法面对记忆对他的道德审判,另一方面是因为这样的行为也是对战时武士精神的倾覆。德正对战争的记忆总是处于逃避状态,从最开始抵触、恐惧到后来刻意隐瞒,甚至编造关于战争记忆的谎言。他消费了未经过冲绳战的人们关于冲绳战的记忆,而他自己也经历着思想与灵魂中关于记忆的战争。德正每次演讲完都非常后悔,他无法面对孩子们天真的目光,更无法面对自己灵魂上的愧疚。随着时间的累积,这种愧疚感渐渐成为德正挥之不去的战争创伤。

"记忆是回忆的对象,也是回忆过去的动态过程。记忆具有时间和空间的维度,表现在个人回忆过往的自己时存在的两个自我,即处于现在状态的'我'回顾或遥观过去的那个自我,而后者囿于特定的时间、地点和事件之中。"[1]《水滴》中德正的创伤始于战争中弃友逃生那段不光彩的过去,而他对真相的有意曲解与掩盖,也是其愧疚和忏悔的一种潜在表征。德正无法"见证"的战争记忆与创伤,却在半个世纪之后,借由其肿胀的身体得以发作。"意识的膨胀最终引起身体的变形"[2],在冲绳战50周年纪念日来临前,德正突然得了怪病,腿肿得像个南瓜,并不断向外渗出液体。此后的每个日夜里,德正都会看到在冲绳战中死去的士兵的鬼魂,他们身着褴褛的军服,有的缠着绷带,有的拄着拐,拖着血肉模糊的残体,一批批排列有序地抱着他滴水的右腿贪婪地吮吸,然后消失在墙壁中。德正就这样在恐惧与惊慌中度过一个个漫长的黑夜,直到见到了曾经被他抛弃的同乡——石岭,才想起那些鬼魂都是被他抛弃在防空洞里的伤兵。目取真俊用极富寓意的"水"巧妙地将德正的身体创伤与

---

[1] 王欣.创伤、记忆和历史:美国南方创伤小说研究[M].成都:四川大学出版社,2013:45.
[2] 王成.用文学传递冲绳的声音——评目取真俊的短篇小说《水滴》[J].外国文学,2002(5):40.

心理创伤结合起来。对于德正来说,战争中救命的"水",战后却犹如毒液一般在他的身体中流淌,成为创伤之"源"。战争中德正受命照顾伤兵,却因饥渴难耐喝光了留给伤兵的所剩不多的救命水,喝到身体里的水经过五十年的"发酵",聚积在其右腿中,成为鬼魂士兵的解渴之水。目取真俊笔下的水不仅造成了主人公身体上的变异,还成为唤起战争记忆的一种媒介。鬼魂士兵吮吸右腿产生的痛痒唤起了德正喝光石岭救命水后的负罪痛感,"喝进肚子里的滴滴清水就像是玻璃碎片刺痛着他的心肺"①。面对士兵的鬼魂,德正不能讲话,也动弹不得,但大脑却异常清醒,视觉、听觉、触觉等所有的感觉器官也受到身体本能的驱动而异常敏感,以痛痒等身体反应唤起一幕幕的战争记忆。其中一个士兵鬼魂的牙齿碰到了德正的脚趾,使他感到一阵刺痛,德正也因此回忆起与这个士兵相识的画面:

> 遇见那个士兵,是在提着粪桶向外走的时候。德正奋力地拨开从墙边床板上伸出来的无数双手艰难地往前走着,突然桶边被人抓住,桶里的粪水溅到了一个正躺着的士兵的脸上。这下可要挨臭骂了!德正惴惴不安。奇怪,没有任何反应。或许靠近门口的缘故,德正依稀能够看清那张被粪水玷污了的脸,他正伸出舌头贪婪地舔食嘴边的脏水,缠着绷带的胸部不断地上下起伏。他把头缓缓地转了过来,德正心里清楚,那眼窝深处的眼睛正紧紧地盯着自己。恐怕就连明天也活不过去了,德正心想,于是说了声"马上把水给你拿来"便走了。然而,这句诺言始终都没有兑现。②

至此,德正终于开始直面五十年前的过去,经受身体和精神的双重

---

① 目取真俊.水滴[J].林涛,译.外国文学,2002(5):25.
② 同上:23.

折磨,接受灵魂上的审判。借由自己身体流出来的水,实现了当年的诺言,一解防空洞中濒临死亡的士兵的饥渴。

创伤具有一种萦绕不去的特质,通过不断重复和闪回持续侵占着受创主体。"那些受过战争创伤的士兵,给人的印象是被一种恶毒的命运追逐着,或被一些恶魔般的力量掌控着。在扰乱和中断的此刻,创伤无法摆脱鬼怪和幽灵的纠缠,某种程度上也证明了过去远未澄清的真相。"①德正作为战争的幸存者,其创伤与心底隐藏的秘密有着莫大的联系,一个普通人对生的眷恋,造成他的失信与自私,使得昔日朝夕相处、同为"铁血勤皇队"队员的士兵凄惨死去。这份愧疚和自责五十年来一直困扰着他,促使其人格解体,在英勇无畏的"显性虚假自我"和自私自利的"隐性真实自我"间彷徨游离,无法承受自我身份的转化,形成"创伤滞后效应"。

相对于冲绳文学在战争叙事中常见的"被害者"形象,《水滴》中,目取真俊将主人公德正设定为战场上的"加害者",并通过战场鬼魂的出现,再现其受压抑的"加害"记忆。德正作为"加害者"的战争记忆,是目取真俊对本土把冲绳"铁血勤皇队"的强制性军事动员美化为"英勇而战的日本国民"这一政治行为的批判;德正对战争记忆的扭曲,也是目取真俊对战争真相的文学质疑。小说中,德正通过歪曲事实,迫使自己遗忘那段作为"加害者"的记忆,然而,遗忘并非记忆的消失,压抑的战争记忆在历史的前行中转化为身体记忆,借由身体的异化得以重现。在目取真俊的笔下,身体的异化不仅成为唤起德正作为"加害者"记忆的媒介,身体异化产生的水滴还被描述成具有"再生"功效,只不过这种"再生"具有虚假性。

德正的堂兄弟清裕是个游手好闲的单身汉,他在照顾生病的德正时

---

① 怀特海德.创伤小说[M].李敏,译.开封:河南大学出版社,2011:14.

发现,德正的右脚滴下的水具有回春功效,可以壮阳、生发、除皱、美颜,于是干起了投机倒把的勾当,将水装在瓶子里贩卖,从中牟取暴利,并因此受到膜拜。但是,随着德正怪病的痊愈,神奇之水也渐渐失去功效,反而变成了"腐烂之水"。之前使用过此水的人都纷纷出现头发掉光、迅速衰老等令人始料不及的副作用。

《水滴》情节的拓展,主题的设定和方言的使用天衣无缝、融为一体。目取真俊在把握战争记忆这一沉重主题的同时,又巧妙构思了清裕因贩卖神奇之水而遭群众毒打这一极具幽默色彩的情节,旨在揭示对冲绳战后虚假繁荣的一种蔑视。战后占据着冲绳正中央的美军基地,是由日本政府出钱向冲绳居民租借的土地。冲绳在经济上无法自给自足,只能依赖美军基地带来的收入和日本政府的补助金,经济施惠成为美日政府与冲绳地方自治交涉的筹码。冲绳不只是在战时惨遭蹂躏,战后也在"再生"神话破灭之后,呈现出溃败的现实。"滋润"战后冲绳干涸社会的美军基地和日本"经济振兴方案",就像德正肿胀变形的右脚滴下的"奇迹之水",只能造成短暂的"再生"效果。①

小说最后,怪病痊愈的德正前往探望被打得遍体鳞伤的清裕,受在场的酒友之邀,又开始喝酒赌博。隔天早晨在自家门口醒来的德正,决心第二天开始下田工作,想除除杂草借以暖身,却在高及腰部的草丛中发现了一个自己双臂都无法抱拢的巨无霸冬瓜。这个冬瓜原来是由他生病时右脚滴下的"奇迹之水"滋养长成的。②"深绿的瓜皮上一层细密的茸毛在阳光下分外剔透。德正禁不住叹了一口气,轻轻地踢了踢,可那冬瓜竟然纹丝不动。拇指粗的瓜藤一直长到了朱槿上,而长长伸展的

---

① Chu, Huei-Chu. From War Memories to Memory Wars: Literary Representations of Memories of World War II in Taiwan and Okinawa [J]. *A Journal of Cultural Studies*, 2011. No.12: 39.

② 同上.

蔓尖处,一朵娇艳欲滴的黄花正摇曳在一碧如洗的蓝天之下。那花灿烂得让人眩晕,德正的眼睛湿润了。"①《水滴》获得芥川奖之后,目取真俊在接受访谈中提道:战争结束后,冲绳各地都传出采收到巨无霸冬瓜及南瓜的消息。据说是因为战争中丧生的人横尸于农作物根部,尸体腐烂后成为养分。战后初期,以这些巨无霸冬瓜、南瓜为食,战争幸存者熬过战后粮食短缺的日子。《水滴》中完全没有提及冲绳与美军基地共生的战后现实,然而,正如小说结尾的巨无霸冬瓜所寓示的,战后半个世纪以来,冲绳在经济上依赖美军基地和日本政府补贴,忍受美军基地带来的人权侵犯,不但无法对战死者进行真正的慰灵,也因此无法真正进入'战后'。"②

目取真俊在《水滴》中描述的战争记忆不是完结的过去,而是幸存者在战后生活中不得不直面的伤痛。德正脚上流出的水,作为一种媒介促成了战争记忆的复苏,"被压抑在内心深处无法用语言表达出来的战争记忆,犹如雨水侵蚀而成的钟乳洞中滴下的水滴,一点一点地滴落下来。战争记忆在幸存者没有意识到的领域,影响着他们的生活方式。潜意识中独自存活的羞愧感,即使一小部分被压抑,都足以让身体和心灵变得扭曲"③。"战争记忆作为当代社会存在的敏锐痛点,反而能给人一种极为写实的感觉。"④

战争记忆是战争幸存者独有的,能够看见士兵鬼魂的就只有德正,村子里的其他人都没有发现,就连朝夕相处的妻子也看不见。或许这些鬼魂都不过是德正心魔导致的幻想。在目取真俊的笔下,通过不可言说

---

① 目取真俊.水滴[J].林涛,译.外国文学,2002(5):27.
② Chu, Huei-Chu. From War Memories to Memory Wars: Literary Representations of Memories of World War Ⅱ in Taiwan and Okinawa [J]. *A Journal of Cultural Studies*, 2011. No.12:40.
③ 村上陽子.循環する水——目取真俊「水滴」論[J].日本近代文学,2009(5):148.
④ 新城郁夫.沖縄文学という企て——葛藤する言語・身体・記憶[M].東京:インパクト出版会 2003:142.

的幻想,诠释了战争记忆特有的不可共享性和不可表达性。

3.2 战争体验与疾病隐喻

"在人类文化中,'疾病'的概念不仅仅是简单的生理现象,本身也负载着深刻的象征意义与哲学色彩。鉴于疾病在文学书写中的隐喻功用,作品中出现的疾病意象必然有比疾病本身更为深刻的内涵。"[①]对于文学而言,疾病隐喻既是一种文学修辞、叙事手法,也是创作者阐释表达空间和意义生成的载体,同时也意味着一个知识系统的建构。它吸纳最为广泛的文化象征资源,进而诉诸一系列的文化象征符号。[②] 目取真俊将"疾病隐喻"广泛用于文学书写中,并因此创作了许多优秀的作品。《走在和平大街上》《群蝶之树》《剥离》《叫魂》都将"疾病隐喻"发挥得淋漓尽致。其中,《叫魂》最具代表性。在这部小说中,目取真俊以"疾病"为切入点,聚焦冲绳普通民众的冲绳战历史体验,深刻揭露了冲绳战给冲绳民众带来的创伤。目取真俊的"疾病"小说不仅为日本文坛勾勒了一幅奇异的战争风景,更是一帧个体心灵世界的栩栩特写,得以映照出精神世界与书写行为的关系,更带出历史事件对小我存在的影响力。笔者认为:要解读目取真俊作品的疾病隐喻,必须从其战争阴影的创伤书写开始。

1999 年出版的《叫魂》是目取真俊继获得芥川奖后创作的首部短篇小说,一经推出即广受好评。翌年,先后获得第 26 届川端康成文学奖和第 4 届木山捷平文学奖。《叫魂》小说开篇,读者就被告知幸太郎得了怪病,一直昏迷不醒。幸太郎的妻子请邻居乌塔为丈夫看病。乌塔匆忙来

---

① 刘洋.疾病书写与疾病隐喻[D].华东师范大学,2013:5.
② 王冬梅.女性身体的疾病隐喻与政治编码[J].当代文坛,2010(6):73.

到幸太郎的家,发现幸太郎的体温和脉搏均无异常,只是躺在那里酣睡。突然,她看到一只比平时大两三倍的寄居蟹的蟹钳从幸太郎的嘴里伸出,乌塔断定"幸太郎是丢了魂了。自个儿没法保护身体,所以,让寄居蟹钻了进去。只要魂回来,寄居蟹马上就会逃走的"①。

乌塔是村里的巫女②,不定期为村里举行"敬神仪式",具有德高望重的地位。村里人一旦遇上什么神秘事件,或为某些怪异行为所困时常常向她求助,招魂的情况更是常见。"'招魂'仪式即'叫魂',是指冲绳本岛北部的招魂法,通常不是由祖母或母亲举行,而是由巫女代为举行仪式。"③据说,叫魂仪式时巫女拿着一个串有七枚一厘钱硬币的绳子,向家人确认孩子衣物处有无灵魂,倘若确认存在孩子灵魂,巫女便让家人把孩子衣物铺开,拿在手里,站在一旁。这时,巫女手持系有灵魂的绳子拼命引诱灵魂,然后用衣物包裹住。回到家后,巫女将施过法的衣物给在饭桌旁的孩子穿上,孩子的灵魂即得以回归。

在战争中失去父母的幸太郎从小就容易丢魂,乌塔每次都是这样帮他收魂的。幸太郎的父母都死于战时日军枪口之下,"因为尚未断奶就失去父母,幸太郎从襁褓开始就经常掉魂"④。魂魄是一个人精、气、神的凝聚。在目取真俊的笔下,魂魄的丢失也暗示着因为战争而成为孤儿的幸太郎虽生亦死。《叫魂》中幸太郎的"丢魂怪病"从冲绳战结束后就反复发作。从某个侧面来说,这也是战后创伤的持续性与渐发性的体现。每每此时,都是由乌塔来给幸太郎叫魂。乌塔是幸太郎的邻家长辈,与幸太郎的父母是多年好友,在战争中失去了丈夫,又没有子嗣,故而对幸

---

① 目取真俊.叫魂[J].王成,译.外国文学,2002(5):29.
② 根据《日本民俗宗教词典》(東京堂出版一九九八·四)介绍,所谓的巫女是指"冲绳地区响应个人请求进行占卜、判断、祈祷、与死者对话等民间宗教的人的总称,被认为是为见多识广的神人"。
③ 小嶋洋輔.目取真俊「魂込め」——癒されぬ「病」[J].葉大学大学院人文社会科学研究科研究プロジェクト報告書第184集,2009:88.
④ 目取真俊.叫魂[J].王成,译.外国文学,2002(5):29.

太郎就多了一份胜似母亲的关爱。然而,这次叫魂没有成功。虽然乌塔在海边的苏铁树下看到了幸太郎的魂,但是幸太郎的魂根本就不理乌塔,只是一直向远方的大海眺望。乌塔每天都会到海边为幸太郎叫魂,一直苦苦规劝,可是幸太郎的魂还是无动于衷。后来,村里的首领们都聚集在幸太郎家,一起商讨解决问题的办法。里长说:"毕竟,和咱们合作的是大和人。如果他们听说寄居蟹钻到了人的身体里去,一定会吓得灵魂出窍,建设计划也就泡汤了。别的地区也在招商,希望把宾馆建到他们那里去。所以,幸太郎的事传出去,他们就会造谣,说住在那个村里,好多东西都往身体里钻。本土人都是胆小鬼,好多都对冲绳持有偏见。好不容易拉来的建设项目搞不好会泡汤的。所以,幸太郎的事一定要保密。"[①]而青年会长则认为可以把幸太郎得病的事情做成宣传材料,这样更能吸引人们前来投资。乌塔严厉呵斥了青年会长,同时对里长的提议也非常不满。村里的人都各怀鬼胎,没有人真正关心幸太郎的病。最后,商议决定把幸太郎生病的事控制在村子范围内,绝对不能传到别的村子,而且大家都要协助乌塔顺利把魂收回来。

  目取真俊把幸太郎比作冲绳,这个魂也就是"冲绳之魂",寄居蟹则是美军的化身。寄居蟹在幸太郎的身体里,吸收着幸太郎的营养,迫使幸太郎丢魂则是隐喻美军长期霸占着冲绳的现实。小说中,村里首领们在商讨中出现的不同见解,就如同现实社会中冲绳的政客与社会精英在商讨冲绳未来时出现的分歧。幸太郎丢魂预示着冲绳在美国和日本夹缝间的身份缺失,而乌塔则是冲绳传统文化的象征。乌塔为幸太郎叫魂的过程,在某种程度上,预示着冲绳只有回归传统文化,才能真正找到自己的灵魂,建立自己的主体性。

  乌塔在为幸太郎叫魂的过程中,无数次勾起了自己过往的战争体

---

① 目取真俊.叫魂[J].王成,译.外国文学,2002(5):32.

验。她在海边帮幸太郎叫魂时看到海龟挖洞,海龟挖出的沙洞令她想起了为躲避战争而匿身的山洞,从而开启了她战争体验的闸门——由于美军的空袭,乌塔的村子全被烧毁,村子里的人都逃到山中的洞穴藏身,饥饿和恐惧伴随着全村人。

  一天夜晚,乌塔和同在一个洞窟里的阿美特来到海边的农田里。多数的农田都被刨过一遍,只剩下眼前这几块贫瘠的农田。当他们在山崖和露兜树丛之间的农田里刨出像大拇指一般大的红薯时,阿美特拽了拽乌塔的袖子。"当兵的来了,"她们俩把下颚埋进沙子里,屏住呼吸,注视着相距数米远的面前通过的日本兵。因为有间谍嫌疑,邻村的警防团长和小学校长被日本兵杀害了,这件事也传到了乌塔住的山洞里。乌塔她们并没有天真地相信友军会保护自己。尽管三个日本兵的影子消失了,乌塔她们还是没有动……"喂!快回来!"乌塔小声喊,但是,阿美特不听。过了一会儿,乌塔看到她一只手伸进沙子里,沙子埋到她的肩膀,开始把海龟蛋往盛红薯的袋子里放。正当乌塔焦急地等待阿美特时,突然,一阵清脆的枪声像竹子在火中爆裂一样回荡在夜空中。阿美特随声向旁边倒去。乌塔条件反射地把身体伏下去,把脸贴近沙子。随后一瞬间,又是一阵机枪的集中射击。枪声悠长的残响消失了,波浪和树叶的摩擦声响起来。乌塔抬起头望着阿美特,可是她一动也不动。从远处看见手伸向布袋口横向倒下去的阿美特,两只脚显得非常小,只有纷乱的头发随风飘动……①

  乌塔眼看着自己的好友阿美特被日本兵所杀,这使她产生了极大的

---

① 目取真俊.叫魂[J].王成,译.外国文学,2002(5):34.

罪恶感和恐惧感。她认为,如果她能及时制止住阿美特,惨剧也就不会发生。然而,祸不单行,当乌塔跑回到藏身的洞穴时,发现她的丈夫和其他的男人都被日军带走了,再也没有回来。乌塔战争体验的重现,揭示了冲绳民众在战争中躲避美军空袭,挣脱日军追杀的悲惨命运。深受战争之苦的乌塔,在给幸太郎叫魂的海边,不断经历着过去的闪回。恐惧和空虚一次次交替着向她侵袭而来。幸太郎魂魄滞留的海边,在夜色中月光摇曳,海浪澎湃。这样的夜晚,这样的月光,刹那间把乌塔的记忆闪回到战前,"皓月当空,年轻人常常聚在海边,弹着三线对酒欢歌,一直到深夜。在一次次乐此不疲的欢聚中,乌塔结识了丈夫清荣,幸太郎的父母也走到一起"①,这样美好的画面让此刻的乌塔感到一阵刺痛,这群快乐的人因为战争与她生死相隔,如今只剩下她孤零零一人,乌塔因此陷入无尽的悲凉和空虚,甚至出现了创伤的另一症候——幻听,"仿佛听到从海边传来三弦乐和对歌的声音"②。幸太郎魂魄注视的海龟又促使乌塔的记忆闪回至战时,幸太郎的母亲为了去捡海龟蛋而横尸海边,在同样的地方,如今幸太郎的魂魄又突然消失,乌塔觉得战时的恐惧感再次袭来。乌塔的战争体验是冲绳平民的血泪控诉,是冲绳战历史经验的写照。目取真俊善于打破一般的逻辑顺序,使其文学想象肆意驰骋于战前、战争期间、战后三个空间,将彼时空的事物强行插入此时空中,将创伤事件以碎片式的景象多次重复于眼前,让读者对受创者的精神苦痛进行艺术移情,从而对战争的残酷感同身受。

幸太郎的掉魂病引发了乌塔战争体验的闪回,乌塔的战争体验不同于《水滴》中德正的参战记忆,而是从手无寸铁的"普通民众"这一视角再现了冲绳战的残酷。目取真俊将小说的主人公乌塔设定为一位经历过冲绳战的普通妇女,其原因也正在于此。日本历史学家田中正俊对日本

---

① 目取真俊.叫魂[J].王成,译.外国文学,2002(5):32.
② 同上。

"平民战争受害者"做了细致的研究与深刻的剖析,并道出了他们独特的"战争体验":

> 一般平民乃至市民在战争中的苦难,不仅直接来自敌国的空袭等等,更为严重和具有日常持续性的是,来自本国统治者的侵略战争政策对个人生活的破坏,对自由的侵害和对生命的摧残。由于实行战时统制经济,造成了国民生活的贫困和营养失调,还有依据那臭名昭著的《治安维持法》《国防保安法(防谍法)》《预防拘禁》等,当时的政权对思想、信念自由的践踏、拷问和虐杀;一九四四——一九四五年在塞班、冲绳、中国东北(满洲)的"弃民"与民众的集体自杀;中国遗留孤儿;还有在久米岛上日本军人对冲绳县民和朝鲜人的屠杀等。这都是战时统治者对人民权利进行侵犯的结果。在作为"为防卫日本本土而牺牲"的冲绳,日本军将士战死者约六万六千人,与此同时这里平民的死亡却达到了十五万人。①

乌塔的战争体验和幸太郎的灵魂出窍都和"海龟"有着密不可分的联系。乌塔在海边为幸太郎叫魂时,看到了海龟到沙滩产卵,她觉得眼前这只海龟就是几十年前在冲绳战中看到的那只海龟。她霎时觉得,世间万物都在变,而只有海龟没有变化。它们年复一年、日复一日地从大海到沙滩产卵、孵蛋,再回归大海。而幸太郎的魂魄每日都在海边盼望着大海龟的出现。小说的最后幸太郎的灵魂终于等到了海龟,并和它一起消失在大海中。依据冲绳的民俗,"人到另一个世界去和小海龟回到大海去一样,都是四十九天"②。灵魂的彻底消失,导致了幸太郎肉体的死亡,但是他的灵魂却成为"永恒"。目取真俊将海龟比作"冲绳",小海

---

① 陈才俊.田中正俊与日本人的"战争体验"[J].读书,2006(6):122.
② 目取真俊.叫魂[J].王成,译.外国文学,2002(5):37.

龟回归大海,预示着冲绳跨越困境的解决之道。作品中写到小海龟们回归大海之旅中有"砂蟹""大鱼"等劲敌,只有少数小海龟能顺利游到海浪中去。小海归们回归大海之旅影射了冲绳的"复归"之路,可见,小海龟回到大海之路异常艰辛,昭示着冲绳的未来之路也并非是一条坦途,预示着乌塔的祈祷困难重重,同时也预示着"冲绳之魂"复位、冲绳迎来真正的"战后"是一个漫长的过程。

3.3　战争幽灵与跨代创伤

"鬼魂(幽灵)是时间断裂的恰当体现,是过去在当下的浮现。鬼魂出没,往往有着未解决的往事痕迹,或者那些死得太突然、太暴力以至于没有得到适当哀悼,所以经常出现在活着的人们身边。"①"在当代小说中,鬼故事被重新改写以探究创伤作为精神着魔的本质。鬼魂具体表达或实体化了新近的历史创伤,代表了一种集体和文化困扰的形式。"②目取真俊擅长以"幽灵"再现的形式为读者诠释战争给冲绳人带来的创伤。其作品中出现的战争幽灵往往能够从另一个时空引出当下人们的创伤记忆。《传令兵》继承了《水滴》和《叫魂》的魔幻现实主义手法。在叙述创伤症候的同时,揭示"幽灵"存在的意义及战争创伤的代际性传递。

《传令兵》于 2004 年 10 月发表于《群像》,是目取真俊关于战争记忆的又一部力作。小说主要讲述了"幽灵传令兵"的出现,引发了友利对父亲战争创伤的隐匿记忆,以及创伤症候再次出现在友利身上的故事。

"创伤具有滞后效应,是一种时间的断裂或停顿,这种断裂或停顿使

---

① 怀特海德.创伤小说[M].李敏,译.开封:河南大学出版社,2011:6.
② 同上:7.

经验破碎。"①而"鬼魂"是时间断裂的体现,是过去在当下的浮现,《传令兵》中的"幽灵"引出了人们的战争创伤。在小说的开头,幽灵的出现是金城引出的。金城在大街上跑步锻炼,遇到数名美军开着车向他搭话,并询问寻欢场所。金城想到,三个月前,在北部的某条街,有个读小学的冲绳女孩被三个美国士兵骗上车带走并强暴的事件,顿感不快,选择无视。但是,面对纠缠不休、紧追不舍的美国士兵,他终于忍不住一脚踹了上去,最后踹到了正打算下车的一个士兵身上。士兵们勃然大怒,金城只好逃跑。眼看就要被抓住时,他被一个陌生人从后面抱住,带他躲到了自动贩卖机的阴影里。美军士兵寻他不到便放弃了追赶。金城回头寻找他的救命恩人,却发现一个穿着旧军服的少年。只不过,这个少年没有头。在救下金城后,无头士兵敬礼,向右转,双手收至腰间,跑步离开了。

　　从小说后面的情节可以得知,金城不是主要人物,却非常关键。首先,金城的登场引出了"幽灵传令兵",并把这件事告诉了酒馆的老板友利。其次,金城所代表的是普通冲绳民众对美军暴行的不满以及对现实中美军基地一直占领冲绳的抗议。在这一点上,目取真俊认为:"至今冲绳作为美国军事战略的据点被定位为太平洋的基石。驻扎冲绳的美军活动范围远远超出了'远东'地区,波及中东,也出击阿富汗和伊拉克。可以说,冲绳战与美军基地以及现代的战争有很大的关联。"②美军基地依然占据着冲绳的土地,冲绳战给冲绳人带来的伤痛还没有散去,现在的冲绳依然时刻被笼罩在战争的阴霾下,没有获得真正的和平。美军一系列的"暴行"也深深刺痛着冲绳人敏感的神经。金城反抗美国人的举动,是对美军的不满,更是对战争的控诉。也从侧面证明了冲绳人对战

---

① La Capra, Dominick. *Writing History, Writing Trauma* [M]. Baltimore: The Johns Hopkins University Press, 2001:186.
② 目取真俊.沖縄「戦後」ゼロ年[M].東京:日本放送出版協会,2005:96.

争的厌恶以及战争给冲绳人带来的创伤的影响深远。

小说随后的情节是,金城向友利转述这个事情的经过,友利告诉金城,那个日本兵打扮的无头幽灵是个"传令兵",是他父亲在"铁血勤皇队"的战友,因为被炸弹的碎片击中而死。这个无头传令兵的幽灵,不知道战争已经结束,仍在来回奔走。接着,友利给他看了一张拍摄于1970年12月"胡差暴动"的照片。照片上,一辆车正在熊熊燃烧,周围挤满了围观的人,一个无头少年混杂其中。接着,一向沉默的友利陷入了深思,并且展开了对父亲的回忆。友利的父亲曾经作为"铁血勤皇队"的一员参加了冲绳战。战争结束后,友利的父亲娶妻生子,工作稳定,过着正常的生活。1970年,在一张以"胡差暴动"为背景的照片中,父亲发现了没有头颅的士兵,并且很快辨认出此人正是昔日的战友伊集。当年与父亲一起参加"铁血勤皇队",并且都是传令兵,一次伊集去执行任务时,始终没有回来。于是,父亲冒着枪林弹雨去寻找。小说中对此情节是这样描述的:

大雨如注,铺天盖地,漫天炮轰声,异常刺耳。美军好像要在预定的时间到来之前,用完所有的弹药,攻击愈发激烈。忽然,父亲看见带着三个幼小孩子的女人和一个老妇人,倒在了泥泞中。女人和孩子的身体散落在各处,那小小的身体上穿着的是举行仪式时的衣服,已经被雨水淋湿了,分不清哪里是哪里,各个部位和内脏落在水洼里,在暗红的水面溅起了一朵朵水花。即使目睹了这悲惨的一幕,父亲也来不及悲伤。与之相比,父亲更在意的是,伊集现在是不是正躺在某处,孤立无援?突然察觉,身体右侧传来烧灼的痛感,还有强劲的风压。下一个瞬间,身体就飞起来了。若是刹那间张大嘴,就觉得那穿透耳膜般的嗡嗡声在脑袋里回旋碰撞后,会从嘴巴里飞出来。在空中转了半圈后,后背着地,掉了下来,全身都已经麻木了,不能动弹,只剩下雨打在脸上的感觉。就这样,父亲渐渐失去了意识。在一阵窒息感中猛地抬起了头,父亲发现自己已经变成趴着的姿势,陷在了泥水中。不知道什么时候翻身俯卧的,泥巴糊了满脸。猛地咳了咳,吐出口中的泥水,用手擦了擦脸,朝四周看了看。身下的水坑里流动着的是暗红的血水。两米开外的地方,有一个人正伏倒在地。他的脖子像是被锐器齐根切断,雨水冲刷着伤口,血还在不停往外冒。手脚和身体上看不到明显的伤口,脖子上泛白的骨头突出,仍然鲜活的身体,与严酷的死状,充斥着眼球。扫了一眼附近,却没有发现头在哪儿。虽然没有办法认出是谁的脸,但在看到那俯卧的身体的瞬间,父亲就已经确信,这尸体是伊集的。父亲匍匐着向他的方向靠近,手伸向了他肩膀的地方,却迟迟不敢触碰。密集的炮火就落在自己周围,距离太近了,再这么待下去太过于危险。"我一定会回来好好安葬你的",父亲在心中默默立下誓言,转身奔向营地。①

目取真俊用这段文字将战争的残酷展现到读者的面前。友利父亲亲眼看到好友伊集尸骨分离,这对父亲造成了难以愈合的创伤。"创伤事件在它发生的时刻没有被充分地体验和吸收,只能延迟地表现在它的持续的侵入式的返回上,因此按照通常途径不能记忆和解释创伤事件。受创者'显然未受伤害'地从事发地点离开。事件不是在它发生之时被体验到,而是只有联系着另一个地点和另一个时间才能充分显现。"②友利父亲的创伤症候就是在战争结束的二十五年后才开始显现的。"幽灵"的出现使父亲彻底地迷失了自我,"整日酗酒,话越来越少,一到晚上

---

① 目取真俊.伝令兵(小說特集)[J].群像,2004(10):54—55.
② 怀特海德.创伤小说[M].李敏,译.开封:河南大学出版社,2011:13.

就像被什么附体一样,双眼无神"①,战争造成的伤痕刚刚结痂又再次渗出血液。为了寻找伊集的鬼魂,父亲甚至辞去了工作,每天晚上都拿着相机去捕捉伊集的踪迹。因为这件事,家庭关系也渐渐出现危机,作为儿子的友利生活也受到了严重影响,学业差点儿荒废。父亲最终也没有找到"幽灵传令兵",因没有兑现他当年的承诺而抱憾终生。

　　父亲去世后,友利继承了父亲一手办起来的酒馆,并将它改造成酒吧。成为老板的友利,结婚生子,生活宁静。不过,正当他打算就这么平平稳稳过一生的时候,三岁的女儿却被"没有驾照,却驾着摩托车兜风的高中生"②撞死了。女儿的意外死亡,使友利和妻子的关系也岌岌可危,最后导致分居。"跨代创伤理论是指,创伤的后果能够跨越代际;一件被一个个体所经历的创伤性事件能够被传递,因此它的影响在另一个个体或更多的后代身上重演。当不可言说的经历被阻挡在意识之外或被保密的时候,症状就会从这一代向下一代传递。创伤无需被说出即可交流,作为一种沉默的在场或幽灵,留存在下一代之中。"③友利从小在缺少和睦的家庭中长大,他目睹了父亲从一个慈父变成了他嫌弃的酒鬼。父亲的这些创伤症候或多或少地影响着友利。到痛失爱女后,友利的创伤症候也开始显现。他眼前时常浮现女儿的身影,也时常听到女儿在他耳边叫他"爸爸"。此后,友利每天都烂醉如泥,生活中常出现女儿的闪回画面,最后精神的崩溃造成了整个家庭的悲剧。若干年后,友利通过金城得知"幽灵传令兵"再次出现,于是买了相机,打算完成父亲未了的心愿。他找到金城遇到"传令兵"的自动贩卖机。

　　　　友利并没有觉得会拍到什么。电动机轰轰响着的自动贩卖机,

---

① 目取真俊.伝令兵(小説特集)[J].群像,2004(10):55.
② 同上.
③ 怀特海德.创伤小说[M].李敏,译.开封:河南大学出版社,2011:15.

和它旁边生锈了的卷帘门，还有店门口的混凝土地面，这一隅只有这些东西。友利虽然也知道自己现在做的事情有多傻，却又觉得非这样做不可。友利把相机又举到眼前，又是啪啪两下按下快门。把相机放入购物袋，友利打算回公寓了，所以朝公园大街的方向走去，就在这个时候，一个小小的身影擦身而过，飞快跑远了。在自动贩卖机的灯光映照下，那看着像是年幼的小女孩的背影，在昏暗的街道上显现出来。黄色的裙摆下，一双小脚蹦蹦跳跳，偶尔还能看见脚上穿着的是红色胶底草履做里的鞋，白色的上衣上晃动着黑色的头发。"泉！"友利叫到，开始追着她跑起来。下一个瞬间，女孩的身影消失了。停住脚步的友利向四周看了又看，同时耳朵也仔细听着，看看是否有脚步声。寒冷的空气像让一切都静止了，万籁俱寂。友利抑制着即将破口而出的呼喊，努力地调整自己混乱的呼吸。然后慢慢地走着，在四周仔细地搜寻着那个小小的身影，确定真的看不到她以后，友利从购物袋中拿出了拍立得相机。对着周围的街道和一排排的房屋不停的按着快门，但是那双手却一直颤抖不停。一边拍着照，一边想着那张无头传令兵的照片，友利终于理解当年的父亲每夜每夜拿着相机出去的心情了。①

女儿的鬼魂突然出现在友利眼前，但瞬间又消失了。顷刻间，友利终于明白了父亲的痛苦，那是对已经逝去的故人的追悼与哀思。他一边喃喃着"一切都太迟了"②，爬上了公园的高台，想用皮带上吊，却被陌生人救下。回头发现，救他的是一个无头的少年士兵。敬着礼的少年，迅速地向后转，消失在远方，友利失声痛哭。

在第二代的创伤重构中，相似的经历往往是创伤的触发点，尽管后

---

① 目取真俊.伝令兵〈小説特集〉[J].群像，2004(10)：59.
② 同上。

代人的创伤体验不一定完全相同,但能否理解父辈创伤经历的内涵往往是代际传递的重要依据。"幽灵是被压制的内容返回的一种变体,因为返回来萦绕不去的是另一个人的创伤。"① 在描述跨代创伤时,目取真俊使用"相机"来构建友利与父亲代际创伤的纽带,并用代际幽灵创伤的叙事手法将父亲失去战友的创伤传递到痛失爱女的友利身上。战争创伤以亡故的幽灵的形式,从父辈的无意识转入子辈的无意识,凸显战争创伤的延宕性。

"当代小说中的鬼魂出没,常常代表着历史上沉默的或在文化上被排除的因素的象征性返回。"② 小说中,金城感叹"那个传令兵不知道,战争已经结束了,自己也已经死了。不过,他现在大概仍想要传达些什么吧"③。目取真俊用"无头幽灵传令兵"向读者传递了如下几个现实意义:

首先,"幽灵传令兵"向人们传达冲绳仍然处在战争之中。"传令兵"至今都不知道战争已经结束,依然在奔走,他的行为在向世人传递:战争并没有结束。

其次,"幽灵传令兵"代表的是"失语"的证人。"无头"少年,虽然是传令兵,却已经是个什么都不能述说的存在。这是喻指冲绳战期间"无名的牺牲者"和战后"无法提供证词的证人"。他们是不能述说的、被湮没的记忆的回归,或者是不曾被"埋葬"的"流浪"着的记忆的形象。

再次,"幽灵传令兵"向在"绝望"中的冲绳人传达要"活下去"的命令。"传令兵"总是在充满暴力的情况下出现,尽最大可能将冲绳人从绝望边缘中救回来。向人们展现了一个被重重暴力侵入的冲绳,也传达了一个"活下去"的命令。

目取真俊打破了常规时空,用无头士兵的"幽灵"引出了友利父亲的

---

① 怀特海德.创伤小说[M].李敏,译.开封:河南大学出版社,2011:16.
② 同上:7.
③ 目取真俊.伝令兵(小説特集)[J].群像,2004(10):52.

战争记忆,"幽灵"的再次出现,也使创伤在下一代中继续传递。作者的真正意图是想表明,冲绳一直处在没有结束的"战时暴力"中,冲绳人的战争创伤仍然在继续。

3.4 战争意象与记忆再现

"意象是文学艺术中的一个专有名词,它在中西方的文学理论中均有论述。意象在西方的文学理论中被看成是有意义的象征性符号,象征符号的理论在西方的文学理论中常常被应用于文学作品的创作及评论。它的发展也是经历了由'象'到'意'的过程,在这一过程中意象逐渐趋于成熟,不再局限于是外化的形象或者是象征符号,而更多的是以情感为中心,以审美为对象,以事物为表象,以寄寓象外之意为目的的艺术表现,它有着以显层次表述蕴涵深层次意义的艺术内涵,是在主体情感与理性智慧浇灌下有着活力与生命力的艺术现象。"[①]目取真俊也非常善于用各种意象来捕捉战争记忆及战争给人们带来的伤痛。在目取真俊的创作中,大量战争意象的运用成为其小说的艺术特点之一。比如,《水滴》中的"水"和"冬瓜"、《叫魂》中的"寄居蟹"和"海龟"、《传令兵》中的"相机"等。本节选取《风音》为解读对象,试图从创伤记忆的角度来探讨战争意象所体现的思想意义与文学功能,进一步阐释冲绳作家对冲绳人的生存困境及战争创伤的探索与思考。

《风音》有三个版本,最早的版本是目取真俊于1985年在《冲绳时报》上连载的中篇小说。1997年,目取真俊对其进行了大幅度的修改,与

---

① 高巧缇.承载情感的意象之舟[D].渤海大学,2014:1.

《水滴》一起收入同一作品集;2003年,目取真俊在其拍成电影时担任编剧,并在剧本的基础上加工为长篇小说,于2004年出版发行。本书参考的是第二个版本,即收入作品集中的版本。目取真俊对《风音》反复加工、再创作,足以证明他对这部小说的重视程度。他曾经说"最开始创作《风音》,源于父亲去八重岳寻找上等兵的遗骨,但因山上树木茂密而没有找到。可是父亲确信那些尸骨依然还在八重岳中。于是我就思考,这些遗骨和幸存者有何关联?是否能够发出声音与外界相连?"[1]目取真俊在纪念冲绳战40周年(1985年)、50周年(1995年)、60周年(2005年)之际,接连推出三个版本的《风音》,也印证了这部小说对"冲绳战"的特殊意义。

《风音》主要讲述了冲绳战结束后的几十年里,"头骨哭泣"的声音一直萦绕在村子上空。日本本土记者也"慕名而来",想报道这件事儿。于是他们想得到男主人公清吉的帮助,与此同时,清吉尘封了几十年的记忆也逐渐被唤起。

"意象是一种主观认识的结果,包含着构建者丰富的思想感情,同时也展现出构建者的一种自我的审美的态度。当把意象放置在文学作品中,它是一种有意义的形象,是作者主观认识与外在事物的媒介,是作者情感的承载者,而作者就是意象的构建者,意象在文学作品里不是简单的反映事物表面的东西,而是在传达作者对世界的认识、感知,以及内心里蕴含的丰富情感。"[2]《风音》中的两个战争意象——"哭泣的头骨""钢笔"都包含了作者对冲绳战的深刻感悟,并且突出和深化了战争这一主题。"头骨哭泣的声音"唤醒的是冲绳人对战争的集体记忆,而"钢笔"则是主人公清吉的创伤根源。在小说的开头,清吉的儿子明和小伙伴在一起打赌,看谁能将装有罗非鱼的瓶子放到风葬场中,最后,明成功地爬了

---

[1] 目取真俊.沖縄「戦後」ゼロ年[M].東京:日本放送出版協会,2005:83.
[2] 高巧缇.承载情感的意象之舟[D].渤海大学,2014:30.

上去。明看到发出哭泣声音的头骨"分外亮白的颅骨的左边太阳穴旁开着一个洞,是个很小的洞。只能伸进去一个手指头。突然,明知道了头颅哭泣的原因。是风吹进了这个小洞,并从两眼中吹出,在颅骨中引起回声。"①他感觉有些害怕,赶紧爬下去和小伙伴们离开风葬场。这是头骨第一次在小说中出现,借用冲绳少年的视角将头骨发声的原理展现在读者的面前。随着小说情节的推进,头骨的意象作用也充分体现出来,勾起了人们对战争的记忆。小说中关于冲绳战的记忆是分两条线来叙述的:第一条是冲绳人清吉的记忆;第二条是日本本土人滕井的记忆。

对清吉来说,"哭泣的头骨"是永远挥之不去的痛苦记忆。他的战争记忆在接受日本记者藤井采访时被彻底唤醒,并在回忆中交代了"哭泣的头骨"的来历。冲绳战时,清吉因身体比较瘦弱,幸免强制入伍,和父母一起逃到了深山老林中躲避战争。因为长期缺少食物,清吉和父亲会经常冒着被炮弹击中的危险去寻找食物。"美军登陆已有一个多月了,粮食基本上也没有了,白天的舰炮射击停止时,村民们就爬出洞窟,获取少量的芋头和甘蔗充饥。黑夜中,清吉和父亲喜昭在离海岸线很近的田垄里挖出只有大拇指般大小的芋头后,急匆匆地往回赶。"②在返回洞穴的途中,他们发现了一个年轻士兵的尸体横卧在树林间的小溪里,并从穿着可以判断出他曾是特攻队员。父亲将这个士兵尸体背在身上,将他安放在了风葬场。

> 父亲完全没有注意到远处的大海和河流,只是目不转睛地看着风葬场岩石上铺着的白色沙砾上泛发出冷澈的光。父亲把背着的遗体放到沙砾上,马上开始脱去遗体身上沾满泥土的特攻服。清吉呆若木鸡,监视着父亲的一举一动。脱到只剩内裤时,父亲从口袋

---

① 目取真俊.风音[A].水滴[M].東京:文藝春秋,1997:56.
② 同上:76.

里掏出手巾开始小心翼翼地擦拭遗体,并开始在全身上下洒满干净的沙砾。雪白又年轻的肉体,在黎明的冷气中,看起来像是撒了磷光一样。恐怕是在昨天的攻击中,不能冲进敌人的舰船而被迫降在海上的吧。看起来还不到20岁的年轻身体,没有受任何伤,也没有腐烂。瘦削但又不失线条感的肉体中央的阴毛生长得很浓密。清吉正在父亲身后,偷偷窥视着遗体。这真是一张漂亮的脸蛋呀,之前见过的遗体基本上都腐烂了。从破损的皮肤处腐烂,流出令人恶心的脓汁,上面停满了蠕动的苍蝇。与此相反,这具死尸却有着从容的神态,但是,这更令人不舒服。它好像在注视着抬起头的清吉,想要伸手去触摸他。父亲耐心地擦拭着遗体上的泥土,从耳翼到眼角里侧,每个地方都不放过。然后把他的头轻轻放到白沙砾上。正巧那时,清吉注意到了年轻死者左侧太阳穴上有子弹穿过的痕迹。①

在这段文字中,目取真俊将年轻士兵的尸体描述得如此完美,并不是去歌颂所谓的战争美学,而是通过这种强烈的反差,让人们体会到战争的残酷。清吉和父亲准备离开风葬场时,发现在岩石的缝隙和尸体光滑的肌肤间有一个黑色的突起物。这也为清吉第二次来到风葬场埋下了伏笔。随后,清吉和父亲返回的途中,受到了炮弹袭击,"后方炸裂的舰炮的爆风吹到清吉背部,他被这股强有力的风带走好远,一个跟斗就滚到一个陡峭的洞穴里。从洞中爬出来的母亲哭泣着搂起清吉。被救起的清吉感觉到自己的胸部被一种温热的黏糊糊的东西浸湿了,不由自主地大叫了一声。当他很快知道那不是血,是岩石间隙里的泥水时,终于放松了,坐在那里一动也不动。确认清吉没有受伤后,母亲立刻去洞口的方向找父亲。父亲正躲在岩石背后抱着受伤的膝盖呻吟着。血怎

---

① 目取真俊.风音[M]//水滴.東京:文藝春秋,1997:80—81.

么也止不住,裸露的膝盖骨黏糊糊的,显得格外醒目。母子两人从两侧抱起父亲往洞里走去。父亲的呻吟回荡在黑暗的洞穴中……"①父亲的受伤深深刺痛着清吉的内心,他决定挑起家庭的重担,再次寻找食物。在寻找食物的过程中,清吉依然对那个黑色突起物念念不忘。于是他决定只身一人连夜再去一次风葬场。第二次来到风葬场的情形与第一次完全不同,这个场面对清吉来说简直就是一场噩梦,也给他造成了心理创伤。他发现那个黑色的突起物是支钢笔,然而就在他拿起钢笔准备离开时,却看到了至今难忘的一幕:

> 像涌出的泡沫一样,出现无数只蠕动的生物。其实是遗体身旁的蟹群。螃蟹的甲壳湿淋淋的,坚硬的蟹脚长着浓密的毛并且发出摩擦的声音。清吉听到了蟹群们咀嚼年轻男子发出的声音。数只蟹在沙土上滚落,爬进了坑里。这时,又同时出现了更多只蟹加入了蟹群。蟹群渐渐覆盖了年轻男子的遗体,层层重叠,从脚部开始缠绕,不休止地展开它们的钳子。在蟹群底部掀起了一个波浪,从低起伏的爪尖往颈部翻涌。蟹群们频繁地蠕动着,还来不及思考,蟹群又向清吉的方向滚落过来,眼前出现了年轻男子的脸。只剩下分不清是眼睛还是鼻子的黑色残骸了。黑夜中,年轻男子在动弹,好像在呼唤谁一样。清吉坐在石阶上,听着从年轻遗体的喉咙里发出来的声音。受到惊吓的他爬着下了石阶,忘记了美军的袭击,大声叫喊着跑到沿河的小路上。②

清吉亲眼所见的蟹群蚕食年轻士兵尸体的画面,一直无法从脑海中抹去。战争创伤的一个明显症候就是"焦虑不安",受创者感受到过度焦

---

① 目取真俊.风音[M]//水滴.东京:文藝春秋,1997:82—83.
② 同上:88—89.

虑和沮丧无助,且日夜都可能不断重复着创伤。直到战争结束,清吉依然经常会从梦中惊醒,他忘不了那个血淋淋的场景,忘不了从士兵喉咙中发出的声音,忘不了士兵被子弹穿过太阳穴上的伤痕。后来,每当起风的时候,村子里就会传来"呜呜……"类似哭泣的声音。村民们发现是风葬场的颅骨发出的声音,于是就把它称作"哭泣的头骨"。"哭泣的头骨"在村子回响了几十年,每当村民听到"风音"时,都会带着敬畏感,心情沉痛地悼念在战争中逝去的亲人。"在《风音》中,很多村民听到'哭泣的头骨'发出的声音后,会出现头痛和胸闷的症状。'风音'作为死者发出的没有言语化的声音,搔动着人们内心深处的战争伤口。"①

"哭泣的头骨"时刻提醒村民不要忘记战争的伤痛,而创伤症候在清吉身上体现得最为明显。清吉每当听到"风音"时,就会有一阵尖厉的声音伴随着阵痛从左边的太阳穴穿透到右耳后面。拿走尸体遗物的罪恶感每天都折磨着他,"钢笔"也成了清吉创伤的根源。清吉也曾想把钢笔再还到尸体的旁边,但始终没有勇气再次踏进风葬场,于是他选择了逃避。高中毕业后,清吉在日本本土工作了数十年。但是,无论他走到哪里,都无法摆脱那个年轻人的身影和哭泣声。清吉只拿了一支钢笔而已,为什么会一直饱受折磨呢? 当认为自己已经忘了时,不请自来的风音就进入了自己的耳朵,不论找什么借口都无法摆脱这种恐惧感。

"滞后性"是精神创伤的重要特点。原初的震惊感是储存在无意识中的,它的影响并不当即发生,而是被延迟到数年之后,直到出现相关的情景才重新启动。换句话说,这种感受并不直接爆发,往往延迟许久才产生效应。这就是弗洛伊德所谓的"滞后性":"压抑的记忆只有通过滞后性才成为精神创伤。"②回到村里开始新生活后,清吉最大的担心是当

---

① 目取真俊.沖縄「戦後」ゼロ年[M].東京:日本放送出版協会,2005:83.
② 杨小滨.中国后现代:先锋小说中的精神创伤与反讽[M].愚人,译.台北:"中央研究院"中国文哲研究所,2009:51.

人们开始收集阵亡者的遗骨时,会发现哭泣的头颅并确定他的来历,那自己偷盗钢笔的事儿也会败露。于是他就在村中大肆散布关于"头骨"的恐怖谣言,企图抹去这段不光彩的记忆。

"哭泣的头骨"带来的另一条创伤记忆,是围绕日本本土人藤井展开的。藤井为了采访"哭泣的头骨"一事而来到冲绳,当他看到头骨时,他的记忆之门也被打开。藤井年轻时是日军特攻队飞行员。在奔赴冲绳作战的前夜,他和同是特工队员的好友加纳一起到山上散步,两人都知道此次出征凶多吉少,临上战场前的空虚与无奈使藤井马上要大喊出"都是因为天皇"①,然而最终他却没有喊出。当他向加纳借火点烟时,加纳搂住了他的脖子,将他扔下了布满树林的山崖。三天后,当藤井醒来时,他已经躺在了医院。虽然捡回了一条命,但藤井在接下来的几周里,都是在半梦半醒中度过,四肢多处骨折,其他的骨头也很疼,只能安安静静地躺着。从前来调查的宪兵那里得知,加纳在做笔录时,说藤井是因为事故而落入悬崖的。藤井既没有肯定也没有否定,只是用沉默来回应此事。不久,就传来了战败的消息。但是,藤井丝毫没有心情去关心战争的结果,身心创伤已经让他变得麻木。藤井出院后,回到了父母身边,但是在整整三年的时间里,他终日躺在内屋,过着与世隔绝的日子。藤井经常想起赴冲绳作战前夜的事情,但是他始终回忆不起来自己是怎样掉下悬崖的。

> 他会不时地浮现这样的画面:加纳的表情,出现在火柴的光亮中。加纳的嘴唇微微地动着,仿佛在对他窃窃私语。但是,他始终也不知道加纳到底想表达什么。真的是加纳推我下去的吗?难道不是因为害怕战死而自己跳下去的吗?……这样的疑问反复在脑

---

① 目取真俊.风音[M]//水滴.東京:文藝春秋,1997:103.

海里涌现出来。这一切难道不都是在无意识状态下自己的安排吗？藤井像进入了睡梦般似的眺望着缓缓的波浪拍打的江口。他意识到了和加纳的最后一次见面也是自己在无意识中创造出来的记忆罢了。不对，加纳是在诉说着什么。难道不正是因为这个我才活下去的吗？藤井拼命回想着加纳最后说过的话。但是，所回忆起的语言，任何一句都带着恣意的味道。①

创伤记忆困扰藤井多年，他决定进电视台当记者，去搜集关于特攻队员的资料。藤井"不是被自己曾经所做之事的记忆困扰着，而是被一种令人震惊的和自相矛盾的记忆困扰着。这种记忆障碍在他自身内部产生了一种深刻而痛苦的、关于过去之真相和他自身行为的不确定性"②。他一方面认为自己是因为加纳才得以幸存，有责任去了解和调查在战争中死去的人们。另一方面，他也想洗刷对自己没有去参战的罪恶感和耻辱感。"我只是幸存下来了，只不过是为了安慰自己而在追逐着加纳的幻影。"③于是，藤井为了拍摄"哭泣的头骨"来到冲绳。冥冥之中，他感觉那个头骨是加纳的，那个"风音"仿佛是加纳在诉说着什么。

"哭泣的头骨"就像有着魔力一般，重现了冲绳和日本本土幸存者的创伤记忆。在《风音》中，目取真俊首次从日本本土的视角重新审视冲绳战，字里行间都体现出"天皇应该负起战争的责任"④的思想。在小说的最后，清吉将钢笔还给了死者，而藤井也证实了死者确实是他的好友加纳。但是二人不小心碰到了头骨，头骨因为长时间的风化，瞬间成了碎片。头骨的破碎，使村民以为头骨的哭泣声从此消失。然而小说的最

---

① 目取真俊.风音[M]//水滴.東京:文藝春秋,1997:107.
② 怀特海德.创伤小说[M].李敏,译.开封:河南大学出版社,2011:20.
③ 目取真俊.风音[M]//水滴.東京:文藝春秋,1997:108.
④ 目取真俊.沖縄「戦後」ゼロ年[M].東京:日本放送出版協会,2005:76.

后,风音再次响起,"隐约又听到了那个声音,很细,很低沉,断断续续的,乘着海面吹来的风,风音流进了清吉胸膛深处"[①]。象征战争记忆的"头骨"随着时间的推移慢慢被风化,成了碎片,但目取真俊用意象突出了战争的主题,向读者传递出冲绳人的战争记忆不会消失,永远流淌在冲绳人的血液之中。

不管是从士兵参战视角书写的《水滴》《传令兵》,还是着眼于被残害的普通民众的视角创作的《叫魂》,抑或是交织着日本士兵与冲绳民众战争记忆的《风音》,目取真俊的书写重点在于揭示幸存者对战争的恐惧和困顿。时过境迁,冲绳人将战争造成的痛楚尘封在记忆深处,但这并非意味着记忆的消逝,苦难的结束。记忆如幽灵般在不经意间浮现,唤醒幸存者曾经的伤痛经历,加剧战争对其心灵的折磨和重创,完成了在历史中的代际传递。但在战争记忆残酷性的背后,又隐匿着具有悖谬性的文学价值。凭借召唤过去这种方式,记忆成功地建构了小说人物的身份,即他们既是冲绳战"受害者",又是"幸存者",想忘又忘不掉的"战争的记忆"俨然成为他们"记忆中的战争"。

[①] 目取真俊.风音[M]//水滴.東京:文藝春秋,1997:127.

▼
第
4
章

种族创伤

"种族"就像一条隐匿的伏流奔腾于冲绳文学的历史长河。"世界历史不是个人的历史,而是群体的历史;不是国家的历史,而是种族的历史。任何试图超越人类历史上的种族或忽视种族观点的人就是挑战人类历史的中心思想。"①"琉球处分"后,冲绳成为保护日本本土和天皇的一道防线。日本战败后,"冲绳"又以"琉球"之名与日本脱离,被美国军队托管。历经战争洗礼的冲绳民众,在硝烟还未散尽时,就已经萌生出对自我身份的叩问,战争中受到的不公平对待、历史延伸的隔阂,使冲绳人意识到自己并没有真正被日本接纳,而是日本囊下的一枚"棋子",名副其实的本土的"他者"。于是,冲绳民众将希望寄托于占领者,希望美军的统治能加快冲绳的复兴,回归昔日的安宁。但很快便发现这不过是一厢情愿,冲绳民众并没有获得他们想要的自由,曾经赖以生存的土地也沦为美国称霸世界的重要军事基地,冲绳依然没有摆脱"他者"的厄运。

种族创伤是对种族殖民与种族歧视的心理的反应,对受创主体的思想行为产生极大的影响,从而出现选择性遗忘、恐惧、麻木、压抑、歇斯底里等非常态情绪,对受创主体的身份建构形成颠覆性的混乱。在冲绳一百多年的历史中,世世代代耗尽血泪只为改变凸显在他们身上的民族文化与主流文化的分裂与冲突,而"双重意识""他者身份""权力话语""文化疏离"正是其"恐慌""困惑"和"意识游离"的滋生土壤。冲绳文学作为

---

① 章汝雯.《梅丽迪亚》的艰难探索[J].山东外语教学,2009(6):87.

一种语言媒介,在人类文明高度发展而迸射的术语"种族"的观照下,揭示的是冲绳人在情感对立与身份错位的文化夹缝中的生存状况和窘困心态。冲绳作家肩负起历史使命,带着民族的爱与恨,书写着独属于冲绳自己的苦难与创伤。

4.1　双重意识与夹缝残喘

所谓"双重意识"即美国黑人在黑白两种不同文化价值观之间的身份徘徊和心理冲突。杜波依斯曾在《黑人的灵魂》一书中将"双重意识"有力诠释为"黑人生而戴着面纱,在美国这个世界里被赋予了洞察力——在这里他没有真正的自我意识,仅是用另一世界的标尺来对自己的灵魂进行衡量。这种感受非常奇特,是一种双重意识,一种无时无刻都用他人的眼光来打量和审视自己的感觉。而另一世界回馈他的却是满带嘲讽的不屑和怜悯。黑人总是受折磨于自身的双重性,既是美国人又是黑人;两具灵魂,两种思想,共处于同一躯体,永远进行着无法调和的斗争。"① "双重意识"不仅是美国黑人被奴役历史的文化沉淀和创伤遗留的精神根源,同样也是万里之外,大洋彼岸的冲绳人身份模糊和思想冲突的问题所在。琉球处分、美军占领、"复归"日本,这一系列的历史事件让冲绳人一直在日本和美国两个强势文化的夹缝间喘息,因而冲绳人的"双重意识"更具有独特性。本节以大城立裕的《鸡尾酒会》为对象,探讨在双重意识的困顿中冲绳人是如何被置于进退失据的维谷,进而揭示因生活方式日渐美国化而衍生出的冲绳文化危机,以及冲绳人在不同文

---

① Du Bois, W. E. B. *The Souls of Black Folk* [M]. Chicago: A. C. McClurg and Company of Chicago, 1903: 2.

化价值观之间的身份徘徊和心理冲突。

大城立裕凭借《鸡尾酒会》(1967年)荣获第57届芥川奖,是第一位获得该奖项的冲绳作家。大城立裕的创作题材和创作手法都在冲绳文学中独树一帜,并引领着冲绳文学的发展与走向。他虽已过耄耋之年,仍然笔耕不辍,时有佳作发表。为了改变冲绳的"他者化"境遇,大城立裕尝试将他者的创伤与无奈幻化于文学书写之中。《鸡尾酒会》荣获芥川奖,标志着作为美国和日本"双重他者"的冲绳终于在日本主流文坛发出了自己的声音。《鸡尾酒会》由前后两章构成,讲述了一个与美国人、中国人、本土日本人都有交往的冲绳人,在女儿被美军士兵诱奸后是否对其进行控告而陷入矛盾的心理,象征性地凸显了生存在美国与日本夹缝间的"他者"冲绳的苦痛。

在前章中,主人公"我"在一个闷热的下午,应美军基地要员米勒先生的邀请去其家里参加酒会。米勒先生的家坐落在基地住宅区,是有警卫保护且与外界隔绝的场所,没有警卫的许可当地人是无法进入的。而主人公因为每月都要在军队俱乐部里以米勒先生的名义聚会一次,才有机会成为基地的常客,"可以见到热情美貌、体态丰满的米勒太太,可以喝到美味的酒……我感到了自己的幸运。在住宅群中穿行着,我忘记了闷热,心里乐滋滋的"。① 在前往酒会的路上,主人公意识表层的"期待"和"兴奋"占据了统治地位,这也是对主流文化的一种谄媚的迎合。文化本身并无优劣差异,然而当两种甚至多种文化共存于同一社会环境下时,就会因为各自的经济基础形成强弱之分。迫使弱势群体接受已经成为生活秩序的不平等,从而使其默认对强势文化的认可,这也是主人公兴奋的深层原因所在。然而在感到幸运的同时,主人公也在极力压抑内心深处的不安。即使得到警卫的许可进入基地,主人公依然不放心地追

---

① 大城立裕.鸡尾酒会[J].王建民,译.外国文艺,2004(1):45.

问"一直走,没事吧?"①这样的询问显得敏感而凝重,是主人公不安与不信任的漠然昭告。走在像迷宫一样的基地住宅间的路上,主人公陷入了十年前因为迷路而感到的恐惧,即使在自己熟悉的城市里,也充满了无力感。当主人公想到"我是应了米勒先生的邀请,如果被谁抓住的话,只要说出米勒先生的名字、电话、门牌号就没事了"②时,主人公作为冲绳人在哺育自己的土地上感到无助,同时也为得到了可以进出基地的"身份"而感到沾沾自喜。这正是其错位身份的深刻暴露。萨义德③指出"他者"是殖民者在殖民过程中,将被殖民的一方置于主导性主体以外的一个不熟悉的对立面,通过它的存在,使得主体的权威得以界定。美军之所以在冲绳的土地上自视优越,正是他们把冲绳民众看作是没有力量、没有自我意识、没有思考和统治能力的被殖民者的结果。

在看似友好平静的聚会中,当谈论到孩子问题时,米勒先生问"孩子们都好吧?"④主人公说:"我只有一个女儿。她喜欢英语,正在上夜间英语会话班,您太太也教她哦。"⑤米勒作为强势文化的代表只是礼貌性地问了一句,而主人公却用好几句来回答。看似不经意间的回答,其实包含了很多信息。首先,强调"女儿",为后来女儿遭到强暴埋下伏笔。其次,刻意强调女儿正学习英语,体现的是在主人公的教导下,女儿正逐步向主流文化靠近。并且,提到米勒太太是她的老师,蓄意拉近与代表主流文化的米勒的距离。再次,主人公的回答,也体现出被压迫民族的自卑和对主流文化的谄媚。在自卑情结主宰的冲绳社会中,美国人的优越被渲染到如此程度,以至于使主人公完全失去了对真实的种族身份的认

---

① 大城立裕.鸡尾酒会[J].王建民,译.外国文艺,2004(1):44.
② 同上。
③ 爱德华·W.萨义德(Edward W. Said,1935—2003),著名文学理论家与批评家,后殖民主义理论的领军人物。
④ 大城立裕.鸡尾酒会[J].王建民,译.外国文艺,2004(1):46.
⑤ 同上。

知和感受。米勒夫妇都认为主人公可以再生一个孩子,那样会更幸福。但主人公脱口说道:"看上去是幸福。但是,那需要坚实的物质基础。"①但米勒说道:"冲绳人动辄就把生活困难挂在嘴上。"②主人公虽然表面上尽可能地伪装成"上等人",但是身体中的冲绳血脉还是撇不掉。冲绳的苦难与贫穷是占领者不能体会的。米勒对冲绳人总说自己贫穷非常反感,那种不经意间表露出的傲慢与一直以来刻意伪装的友好实在不甚相符。米勒夫妇作为殖民者的代表不会认真思考造成殖民地贫穷的原因,他们认为殖民地民族的劣根性才是造成冲绳贫穷的根本所在。主人公与米勒表面上很融洽,并且有很多话题,实际上却对他很反感,只是强忍着内心的真实想法,去随声附和主流的声音。因此,整个聚会主人公一直都在矛盾和自卑中度过。小说中,米勒先生就是美国白人文化的象征,凭借其强者的优势不断向弱势群体灌输自己作为统治者的正当性。一个突发事件打破了聚会的平静。聚会上美国人莫根的孩子丢了,米勒发动大家帮忙去找。主人公和中国人孙氏一起去挨家挨户地寻找。

> 深更半夜的,虽说是光明正大的事,但是一个冲绳人和一个中国人,结伴到美国人的住宅,一家一家地询问有没有迷路的美国孩子——这似乎总让人感到心里不踏实。第一件麻烦事,就是必须介绍自己。"就说是莫根先生的朋友,"孙氏笑着这么说。"对呀,"我也不禁苦笑了起来。结果还很顺利,我总算放下心来。有幸的是,一说是莫根先生的朋友,家家都非常配合,说是已经接到电话了,但家里人都不清楚,而且都非常的热情。③

---

① 大城立裕.鸡尾酒会[J].王建民,译.外国文艺,2004(1):47.
② 同上.
③ 同上:51.

主人公在寻找孩子的过程中充满着不安和矛盾,作者将其刻画得很生动,并在文学书写中将其双重意识与身份困惑迂回道出。既渴望展现"是美国人的朋友"的那种优越感,又怕自己是冲绳人的身份让住宅里的美国人心生芥蒂。主人公彰显其身份,渴望真正成为"上等人",但其内心的冲绳人身份仍然让他感到有些自卑。此时主人公的"双重意识"被描写得入木三分。这种感觉其实是冲绳人在经历被奴役、战争的历史后所共有的一种集体无意识,主人公就是在这种美国自我和冲绳自我中游走穿梭。作为美军占领下的冲绳人的代表,主人公既对美国给予他的社会地位感到满足,又对美国对他的歧视和偏见感到气愤。一方面,为了生存而不得不依附于美国人的主流文化,另一方面,骨子里的民族记忆又无时无刻不在抗衡。这种环环相扣的思想冲突最终造就了挥之不去的种族创伤,为主人公打上了精神殖民的创伤烙印。

在小说后章中,主人公从第一人称的"我"变成了第二人称的"你"。如果说前章中的"我"是强权文化的代言人,那么后章中的"你"就是冲绳文化的化身。后章中主人公在酒会上品味过"被选中的幸运"后,回到家却被告知女儿遭到自家租客的美国兵强奸,于是埋藏在心底的民族情愫彻底爆发。前章中即使闷热也并未影响"我心情不错"[①],是"被选中的幸运"掩盖了内心的不安和不信任。而后章开头的闷热感觉却支配了全身。身体发出的热,无疑是主人公面对女儿的遭遇而迸发出的绝望和愤怒的直接体现。在兴奋与不安、迎合与愤怒的思想罅隙间飘荡,酿成了主人公一家刻骨铭心的创伤。主人公经过一夜的思想挣扎,决定起诉。美国兵对女儿施暴后被女儿推下山崖受了重伤,于是恶人先告状,翌日女儿被美军带走,当时家里只有主人公和妻子二人,黑暗中笼罩着沉闷的空气,主人公和妻子一天都没有吃饭。"妻子想起来哭一阵子,哭累

---

① 大城立裕.鸡尾酒会[J].王建民,译.外国文艺,2004(1):44.

了,又两眼直直地盯着什么,样子十分可怕。"①自己的女儿被强暴,警察抓的竟然是女儿。主人公夫妇无法接受这样残酷的事实。主人公决定继续起诉,来到了检察署。检察署对他女儿的遭遇非常同情,但是也只能公事公办,严格按照司法程序走,并进行了说明:

> 首先,女儿被侵犯之事和女儿伤害他人之事,将被分开处理。其次,对美国人的审理是在军队进行,对女儿的审理是在琉球政府的法庭进行。女儿现在被带到 CID,可能是因为那美国人向军队起诉了,为了便于调查,以后还是会被移交到这里的。要这样就好了,你说,你工作的行政机关是政府。他说,但是要知道,上面还有监督这个政府的政府,但是,他下面的说明,却使你感到紧张得有些透不过气来。
>
> 其一,在军队的审理是用英语进行的。而且,所谓强奸案件,是取证非常困难的案件,近乎没有胜诉的可能。一般是建议不要上诉,即使已经上诉的,实际撤诉的例子是很多的。
>
> 其二,琉球政府法庭,对军队要员没有传唤出庭作证的权力。即使被告人申诉自己是正当防卫,只要罗伯特·哈里斯不被传唤到庭作证,其取证是不可能的。
>
> "这么说来……"这时你完全慌乱了,用颤抖的声音说,"只有忍耐了吗?"②

女儿被强暴事件与伤害事件需要分开处理,强暴事件由政府审理,伤害事件由美国军部处理。但是依照基地法律,政府无权传唤美军涉案

---

① 大城立裕.鸡尾酒会[J].王建民,译.外国文艺,2004(1):54.
② 同上。

人员,肇事者又不愿接受调查,所以真相无法澄清,女儿只能陷入尴尬两难的境遇。女儿的案件再一次证明了冲绳人作为"他者"的无奈,冲绳人依然悲惨地被束缚在种族歧视的桎梏中。作为父亲,主人公想起自己的美国朋友——米勒先生,希望通过他的帮助,为女儿洗雪沉冤。但米勒在得知其来意后,不愿对自己国家的士兵进行控诉,便拒绝了主人公的请求,酒会上的伪善面具最终还是脱落了。于是,主人公顿悟:冲绳人永远成不了像米勒那样的美国人。可见,自我意识已经在其身体里萌芽。

  主人公思想意识转变的另一个情节是对米勒太太外貌的描写。前章,在前往酒会的途中,主人公非常期待"见到热情美貌、体态丰满的米勒太太"①。在酒会开始后,主人公又觉得"米勒太太穿着黑色连衣裙,前胸袒露,现出雪白的肌肤,光彩照人"②,以至于后来不断窥视米勒太太丰满的肩膀和艳丽的身姿。但是在后章中,因女儿被强暴事件去求助米勒先生而被拒绝时,主人公注意到的竟然是米勒太太那臃肿的双重下巴。曾经向往的美好东西,一旦被真相撕裂就变得丑陋无比。主人公不只是认清了美国人丑陋的嘴脸,也逐渐认清了自己的身份。小说中,主人公又去找了酒会上的其他朋友,所有人都劝他放弃起诉。主人公需要帮助时,没有一个人主动站出来帮他,这让他非常寒心。最后的希望落空后,主人公开始犹豫并最终决定放弃起诉。偶然听说一个在基地做女仆的冲绳人,因为一点不能称之为错误的错误遭到起诉,主人公压在心底的隐忍和愤恨瞬间爆发,终于顿悟到冲绳人只有凭借自己的力量崛起,才能真正捍卫自己的权力。于是,终于打破沉默,毅然踏上起诉之路,到法庭上去真正"发声"。

  大城立裕曾经说过:"冲绳问题的实质不是政治问题,而是文化问

---

① 大城立裕.鸡尾酒会[J].王建民,译.外国文艺,2004(1):45.
② 同上。

题。"①"双重意识"是冲绳人身份追寻历程中难以逾越的鸿沟,也是冲绳作家进行文学创伤书写的经典话题和永恒主题。沉重归属感和双重意识交织出现在大城立裕的笔下,变相地诠释着冲绳作家那种无法使自己的灵魂超脱这种尴尬的思想禁锢的种族创伤。

4.2 异化他者与身份迷失

"异化是一种创伤,异化在人的情感上引起的反应是一种无能的感觉和对生活意义的迷惘状态。异化使人无法找到自己生活的位置,生活没有目标,情感没有寄托,不知道自己要去往何方,也不知道自己的存在有什么意义。异化带给人的痛苦是根本性的,因为它涉及人的生存意义这样的人生重大问题,所以,从人的他者角度研究异化,可以看到异化是创伤的同义词。"②

冲绳被日本政府包装成旅游胜地后,在和平与安详中却暗流涌动。尤其是近年来,日本政府肆意篡改历史教科书,抹煞冲绳十多万平民被强迫自杀的历史,妄图否认冲绳被他者化的事实。战后冲绳作为日本转嫁危机的载体,成为美国在日本的军事基地,一直被美国和日本本土看成是文化和政治上的"他者",不断遭到被异化的威胁,在传统与现代的夹缝间喘息。经济贫困引发的落后,日语与冲绳方言产生的摩擦,不同风俗习惯导致的歧视,都是冲绳被"他者"化的印记,使得冲绳不得不面对一种尖锐的冲突:一方面,冲绳精英们所评述的对象正是他们归属的

---

① 周朝晖.鸡尾酒的滋味——大城立裕:首个斩获芥川奖的冲绳作家[J].书屋,2014(9):73.
② 周桂君.现代语境下跨文化作家的创伤书写[D].东北师范大学 2012:90.

共同体；另一方面，他们又试图与其分离，因为他们的艺术灵感来自他们不曾归属的外在主体。冲绳作为美国和日本的双重他者，本身就具有"混杂性"。① 冲绳固有的传统文化不断受到日本文化和美国文化的冲击，冲绳也逐渐成为被异化了的他者。

具有混杂特质的冲绳人，在强势的外来文化的支配下，并没有放弃寻找属于自己的真正身份。本节以大城立裕的另一部名作《迷路》为中心，对女主人公松代的"巫女"超能力进行分析和论述。松代的超能力并未得到身边朋友的认可与理解，在现实社会中不断受到歧视和排挤，这给她的身心造成了巨大的伤害，并逐渐导致了其身份的迷失。

1991年6月，大城立裕的小说《迷路》在《文学界》首次刊登。翌年，与另三篇小说《无明的祭祀》《厨子瓮》《巫道》一起收录在《后生之声》小说集中，推出了单行本。《迷路》描写了一个拥有巫女超能力的混血女性，以此象征受制于美国基地和日本文明的冲绳文化。"'他者'往往暗示边缘、属下、低级、被压迫、被排挤的状况"②。小说主人公松代本身就具有"他者性"和"混杂性"。松代的母亲是冲绳人，父亲是美国白人，因父亲在越战中死亡，母亲抛下她，和一个黑人私奔去了美国。白人的外貌再加上被母亲抛弃的命运，使得松代从小就成为周围人歧视和嘲讽的对象。松代自幼和外婆相依为命，语言、饮食及生活习惯等都与普通的冲绳人无异。接触过她的人都会认为她是一个奇怪的人，一副洋人的皮囊，却一句英语都不会说。她从上小学的时候开始就帮助奶奶做线香③，上高年级时还做过收空瓶子的兼职。松代只会做豆腐、炒蔬菜等简单的冲绳菜，她不喜欢面包和牛排，虽然在西餐厅当过服务员，但从来都没觉

---

① "混杂性"一词从词源上来讲指两方面的内容。一方面指的是生物或物种意义上的杂交，特别是人种方面的混杂；另一方面指的是语言，尤其是不同语系、语род或方言之间的混杂。
② 张剑.他者[J].外国文学,2011(1):118.
③ 线香即无竹芯的香，也叫直条香、草香。

得西餐好吃过。松代外表虽然是金发碧眼的美国人,内在却是个很纯正的冲绳人。自身的矛盾性与杂糅性,导致松代最终成了被异化了的他者。虽说松代在奶奶的呵护下成长,但还会经常想念母亲,整日想去美国。在七岁那年,松代发现自己有了超能力。从那以后,松代就经常去冲绳各地朝拜。当奶奶偶尔问起是否还要去美国时,松代就会坚定地摇摇头。

在奶奶帮助下,松代逐渐找到了精神寄托和灵魂归宿。随着年龄的增长,松代的超能力不断地得到印证,她感知到身边的人可能发生危险时,就会头痛,这时她只有朝拜,才能消除那个人的灾难和自己的疼痛。"拥有异能的冲绳女性被称为'巫女',也被称为'萨满巫师'。巫女拥有典型的萨满巫师的特征。被称为巫女的女性都会经历一段食欲不振、做恶梦、患皮肤病、头痛、视力衰退、人格破坏的时期。在接受超自然使命的同时,也在接受自己新的人生,作为人的一些特征慢慢消退,开始获得异能,能够看到精神世界的不幸。"[①]松代的超能力,证实她是冲绳的"巫女",一个长着美国白人面孔的冲绳"巫女"。松代是巫女的事情在当地传开后,人们都用质疑的眼光看待这个巫女中的"异类",因为她实在与既往的巫女形象大相径庭。偶尔也会有人请她进行朝拜,但她都会拒绝。奶奶去世后,她便离开了家乡,迁居至大都市。

小说中,松代在医院照顾住院的好友佐知期间发生的一系列事情,再次印证了松代的他者身份。松代像往常一样,穿着冲绳碎花小衫,来医院看望佐知。但是,她经常在医院弯弯曲曲的走廊中迷路,到处向人问路。小说中的医院就是西方文明的产物。松代作为有着西方人外表的人,在象征着西方文明的医院迷路,寓意着西方文化并不接纳松代,她在西方文化中只会迷失自我,找不到归属感。佐知的病情不见好转,松

---

① リース・モートン.大城立裕文学におけるポストコロニアル[A].いくつもの琉球・沖縄像[M].法政大学沖縄文化研究所編,東京:法政大学国際日本学研究センター,2007:245.

代也开始感受到神灵的力量,她必须立刻在医院为佐知做法保命,但找遍整个医院却始终没有找到可以朝拜的地方。松代的经历暗示,在西方殖民文化的压制下,冲绳传统文化找不到属于自己的沃土,已经逐渐衰落。

松代和医院格格不入,还体现在她与一个护士的冲突上。那个叫仲宗根芳江的护士因为松代是混血儿,明显地歧视她。

> 松代对佐知枕头摆放的方位很在意,她认为床和枕头朝西不吉利。因此来到病房后,松代下意识地脱口说道,
> "床的方位不好,可能不是一件好事哦。"
> "没办法啊,这是规定,不能换啊。"
> 护士矮着娇小的身子,尖牙利嘴地驳回道。后来松代认为自己的身高异于冲绳人,才使得护士对她不那么友好。
> "你一直说规则、规则,那到底是医院的规则重要还是人命比较重要?"
> "啊……"护士一脸懵状,不知该如何应对,于是板着一张脸愤愤地说:"你管得太多了吧。"
> "大家都赶紧好好养病,快点出院吧。"
> 护士这样说的时候,松代顾忌其他的病人,没有接下去,只是脸色很难看。
> "病人也好,护士也罢,说这话的人还是第一次见到。"
> 护士一边说着,一边将体温计放入口袋。到了傍晚,松代回去之后,娇小的护士来量体温的时候问道:
> "你那个朋友,是混血儿吧。"
> "嗯,是的。"
> "那个混血儿真怪。"护士一边测着体温,一边说。

佐知只是垂着眼睛笑着。①

从这之后,松代和护士之间的关系就势如水火。在与护士的矛盾中,松代的"混杂性"和"他者性"也充分显现出来。松代不仅拥有两个种族的混杂性,还同时拥有普通人和巫女的双重身份,而巫女身份也成为护士攻击的借口。护士很断定地说道"你是巫女吧。""巫女……啊。"②松代一时间不知道应该怎么回答她,她认为自己和那些普通的巫女③不一样。从松代与护士的对话可以看出松代性格的敏感性。在这部小说中,大城立裕用混血儿巫女影射了冲绳社会的混杂性和不断被他者化的事实。就像大城立裕曾经说过的那样,"冲绳文化是一种多文化交际的,同时又含杂一种殖民属性的大杂烩文化。松代所代表的这种后殖民式的冲突,就是美国和冲绳的冲突"。④

"身体是知觉的载体,个体的人只有在自己的身体中才能发现自己的意识、经验及身份;没有身体,人的主体将处于无所附依的状态,个人乃至人类的经验、生活、知识和意义都不复存在。"⑤对于松代而言,她的身体和行为让别人对她产生歧视。而医院和护士就像一面镜子,把松代的他者性凸显出来。象征着殖民文化的医院和护士,代表着西方文化价值观对杂糅化身体的规训与否定。松代的身份不仅没有得到西方文化的认同,后来在策划为佐知朝拜的过程中,她作为冲绳巫女的身份同样也没有被男友玉井和女同事顺子所认可。当松代不断地向顺子提出要去为佐知朝拜时,顺子总是有些犹豫。一方面,顺子担心她们两个都外

---

① 大城立裕.迷路[M]//後生からの声——大城立裕短編集.東京:文藝春秋,1992:9.
② 同上:38.
③ 冲绳社会上有很多卖淫的巫女,但是那些不是她们自己想要那样的,而是被迫成了那样,她们并没有罪,反而是牺牲者。
④ 大城立裕.光源を求めて——戦後五十年と私[M].那覇:沖縄タイムス社,1997:297.
⑤ 应伟伟.莫里森早期小说中的身体政治意识与黑人女性主体建构[J].当代外国文学2009(2):47.

出,没有人照顾佐知。另一方面,顺子对松代还是没有完全信任,认为她不可能行使好巫女的职责。虽然后来顺子勉强答应了松代的请求,却对松代冷言冷语:"与担心佐知相比,你这么做不就是为了证明你自己有这个能力吗?"①松代对好友的质疑非常难过,但也无可奈何,因为在朝拜时她还需要顺子在旁边的协助。与好友的不理解相比,更让松代崩溃的是,就连和她相处多年的男友玉井都不支持她的做法。

"请让我在那做朝拜吧,军队那边就拜托你去疏通啦。"松代央求道。

玉井边穿衣服边说,"那佐知在医院谁照顾啊?"

"有保姆呢。"

"你这是在说混蛋话!"

松代感到很惊讶。她第一次听到玉井用如此严厉的口吻说话。而且说的还是不认可做朝拜的话。

"但是只把佐知托付给医院,我觉得还是不靠谱。医院里又没有造神。"松代说着,感觉到一阵凉意。心想,难道作为文化财产课长的玉井不应该更加理解朝拜、神仙、圣地吗?

看到松代有些不高兴,玉井说,"虽说朝拜也很重要,但是病人还是得先听医院的话。"

他说着已经穿好西装站了起来。

松代仅仅穿着一件冲绳无袖衬衫望着他,白色的衬衫和灰色时髦的西服显得格外刺眼。看起来和医院医生的白色大褂一样有一种压迫感和恐惧感。②

---

① 大城立裕.迷路[M]//後生からの声——大城立裕短編集.東京:文藝春秋,1992:36.
② 大城立裕.迷路[M]//後生からの声——大城立裕短編集.東京:文藝春秋,1992:32—33.

从上述引文中得知,男友玉井是冲绳的文化财产课长。但是,虽然他的外貌是冲绳人,但是骨子里已经被西化。穿着西装打着领带的冲绳男人,已经忘记了或者已经不相信自己本民族的传统文化。他更加不能接受自己女友这种疯狂的行为。就像作品中说的那样,松代认为玉井和医院的医生一样具有压迫感。这种压迫感不仅代表殖民文化,也进一步体现出冲绳传统文化逐渐被西方文化所侵蚀同化,成为"他者"的现实。或者更糟糕的是找不到任何属于自己的位置,这就是人们在完全无能为力的情况下的孤独感受。人们将不能充分考虑到伴随这种放任自流状态的那种强烈痛苦。男友的一番话,让松代感到孤独和恐惧。"孤独感也是创伤的具体表现形式,它是一种个人的体验。孤独感让人觉得不被他人接纳,进而感觉找不到自己在社会上的位置。"[1]她认为奶奶去世后,玉井是她在世上的唯一亲人。可是不知何时,她竟然"萌生出一种与顺子和玉井为敌的不安感"[2]。松代的不安感,是对自己身份的不安。作为杂糅化的产物,松代既不属于美国,也不能完全融入冲绳,因而间接导致了松代身份的迷失。

4.3 权力话语与人性扭曲

米歇尔·福柯[3]的权力话语理论阐述了权力、知识和话语之间的关系,他认为知识象征权力,话语是权力的表现形式,控制了知识权力话语

---

[1] 周桂君.现代语境下跨文化作家的创伤书写[D].东北师范大学 2012:108.
[2] 大城立裕.迷路[M]//後生からの声——大城立裕短編集.東京:文藝春秋,1992:33.
[3] 米歇尔·福柯(Michel Foucault,1926—1984),法国哲学家、社会思想家和历史学家。他对文学评论以及文艺理论、哲学、批评理论、历史学、科学史、批评教育学和知识社会学有很大的影响。

的文化力量也就取得了文化控制地位。有批评家引证福柯的理论指出："自从17世纪以来,人一直被缚在一个复杂的、规诫性的、规范化的全方位的权力网络中,这个权力网络监视、判断、评估和矫正着他们的一举一动。在社会场域中并没有'基本的自由空间',权力无所不在……从某种程度上讲,每一种人际关系都是一种权力关系。"① "这种权力关系对人的影响就是人性被套上枷锁、被扭曲。"② 正如福柯在《疯癫与文明》中所阐释的,话语被谁掌握,谁就有了说话的权利。在美国和日本本土的霸权话语中,冲绳人失去了表述自我的权利,在构建自己的历史时,常常处于一种"失语"状态。冲绳人一直都忍受着来自美国和日本本土的嘲讽与歧视,倍受政治压迫、经济剥削和文化霸权的欺凌。他们作为一个特殊的种族,背负着沉重的包袱游走在另一个世界,悲惨的战争体验与对和平的向往激荡起冲绳民众的话语权意识。本节主要以《冲绳少年》为对象,从语言、身体、记忆三个维度,探讨美国、日本霸权话语下的冲绳人无力追求自我的困境,及深入骨髓的强权意识所导致的冲绳民众人性的扭曲。

东峰夫凭借《冲绳少年》斩获第66届芥川奖。东峰夫以冲绳作家这一边缘群体的身份,叩响了反抗权威的大门,向我们讲述了一个处在社会边缘、被压迫、受歧视的民族的苦难史。小说中大篇幅地使用了冲绳方言,为冲绳文学带来了一阵清风。《冲绳少年》讲述的是一个生活在冲绳基地区的少年离家出走的故事。从少年的独特视角向读者诉说了冲绳在失去话语权后的种种悲哀与无奈。

"从所体现的信仰、价值和范畴看,话语就是言语或书写,它们构成了看待世界的一种方式,完成了对经验的组织,再现了其交际语境的语码。话语构成了一种意识形态,把这些信仰、价值和范畴或看待世界的

---

① 贝斯特,科尔纳.后现代理论[M].张志斌,译.北京:中央编译出版社,2004:63.
② 周桂君.现代语境下跨文化作家的创伤书写[D].东北师范大学,2012:71.

特定方式强加给话语的参与者,而不给他们留有其他选择。"①东峰夫对语言和书写的主体进行了探索,《冲绳少年》大量使用代表殖民国家话语的片假名和冲绳方言,这两者看似矛盾,但实际是作者将"语言和殖民地"进行了完美的阐释。

在规范的日语表述中,一般情况下,外国的人名或者地名都用片假名书写。《冲绳少年》中出现了很多片假名人名,既有美国人,也有冲绳人。作者试图用这一语言表述形式,向读者传达作为他者所独有的冲绳人的悲情与无奈。首先,从小说的名字上就能看出这一匠心独具的特殊意味。"オキナワの少年",其中的"冲绳"没有直接使用日语中的常用汉字"冲绳",而是用了片假名"オキナワ"。用片假名书写的"オキナワ"既代表着冲绳本身,又暗示了在被美军占领的残酷现实中,冲绳的性质发生了改变,已成为被边缘化的他者。名字中的另一个词"少年"没有用片假名,暗示着少年将最终完成从他者到主体的构建。在小说中,与出卖肉体相关的人名都是用片假名表示,如"ミチコー""チーコ""ヨーコ"等。因被占领而变质的冲绳是"女性化的""异质化的"。此时,片假名是作为女人们和外国男性发生性关系的符号而使用的。这些名字暗示着冲绳被殖民化,片假名作为他者的声音,象征着对被占领现状的反抗。

此外,《冲绳少年》中的很多对话都夹杂了冲绳方言。作为殖民地的冲绳没有用标准日语或英语,而是大量使用冲绳方言,这对他者的身份建构有重要意义。其中,"べろやあ"②这个词是出现频率最高的。在小说开头的对话中,"べろやあ"是对女性出卖身体以及冲绳被占领的现实的不满与无奈。有这样一个场面:母亲怕少年送报纸迟到,把少年摇醒,少年条件反射地以为又要来借床,急忙说"べろやあ,やな香気し"。还

---

① 陈永国.话语[C]//西方文论关键词.赵一凡等编.北京:外语教学与研究出版社,2007:226.
② "べろやあ"是《冲绳语辞典》(国立国语研究所)中的"beeruhjaa","bee"是表达"讨厌、拒绝"等含义的粗俗话。

有,主人公的妹妹每天挑水再倒进水缸里,非常辛苦。可是一个喝醉了的美国士兵竟然把尿撒在了水缸里。母亲又命令妹妹重新挑水。一般来说,母亲对孩子的疼爱是无以复加的,但主人公的母亲竟然不去责备犯错的美国士兵,而是让自己的孩子去弥补美国士兵犯下的错,让还没发育成熟的身体去挑水。这也体现出,母亲在强权和利益的驱使下,人性发生了扭曲。诸如此类不合理的事,主人公都用"べろやあ,べろやあ"进行语言上的反击。在美国占领下的土地上,少年对一切与美国相关联的事都发出了"べろやあ"的声音,这是发自内心的厌恶与拒绝,是他者的语言上的反抗。

福柯所指的话语不仅包括语言行为,还包括身体在内的具有权威主体性的一切行为。在美军高压统治下,很多冲绳人迷失了自我。有的出卖肉体,有的出卖灵魂,人性发生了扭曲。以恒吉的父母为例,刚开始搬到镇里来,他们尝试过各种生意,都失败了。为了养家,父亲控制住几个妓女,并把自己的家变成了为美军提供性服务的场所。妓女刚来到正吉家时,父亲和母亲就边吃饭边商量准备用欠款束缚住妓女的事。为了赚钱,父母竟然心安理得地将自己的同胞置于"刀俎之下"。恒吉就是在这样的家里成长着,身心受到了巨大创伤。恒吉面对冲绳女人被其他国家男人玩弄的残酷现实,选择了用身体表达对强权的不满,试图挽回冲绳男人已经丢失的尊严。而刚刚萌动的少年的"性"成了父亲口中的"营生",并在父亲开设的"妓院"中受到束缚和扭曲。小说中有这样一个场景,母亲因为美智子要接客而来借床,但恒吉因为在看书,所以没有开门。在美智子的催促下,母亲劝说道:"恒吉,快点。十五分钟就好了,很快。"[①]美智子作为最底层的冲绳女性,受金钱驱使,已经无视自己身体被践踏与凌辱,迫不及待地将自己的肉体出卖给殖民者。而母亲在旁边

---

① 東峰夫.オキナワの少年[M]//沖縄文学選.岡本恵徳ほか編.東京:勉誠出版,2003:151.

的催促也成为美智子出卖肉体的"帮凶"。因为恒吉的抵抗,美智子只能转移到隔壁的茶水间。随后,隔壁传来了脱衣服的声音,接着是露骨的笑声,然后是床板的晃动声、剧烈的喘息声和呻吟声。这些刺耳的声音使正值青春期的恒吉无法忍受而进行了自慰。从之前开门让出房间,到这次拒绝开门,并且还进行了自慰,这是作为他者的少年通过身体进行的一次强力抗争。通过自慰来满足青春期生理上的需求,但更深层次的意义在于少年已经用自己的身体对现实状况发出了不满的抵抗。

少年的"听"是被动的,并非带有主动性的窃听,即使在自己家里,也没有权利选择,只能被动地接受。东峰夫借此凸显的正是冲绳民众在自己土地上无权选择的被压迫感。与被动的"听"相对应的是主动的"看"。少年看到的是满目疮痍的被占领的冲绳。例如,在海边小船上看到美国军舰闪闪发光的彩灯;在村口屋顶上看到被军事设施照亮的彩色夜空;在海湾入口处看到航空母舰的白色幻影;在家门口看到被美军汽车占用的残破大街;在学校里看到美军拉起的生锈铁网……种种占领景象刺痛了少年纯洁的双眼。"听"和"看"等感官上的变化,是东峰夫通过主人公身体感官的信号输出,凸显了作为"他者"的恒吉隐匿在内心深处的反抗意识。对飞扬跋扈美军的忿恨,对基地街生活的无奈,对因讲冲绳方言而受到歧视的委屈;对同样受尽屈辱的父母的沉默的困惑,种种不满充斥在一个正在成长发育的少年体内。作为冲绳人,他的命运和所有同胞一样,背负着民族的感伤与苦痛。

"记忆不论是在人类还是在低等动物界都起着重要作用,我们的一切历史都是靠记忆来确认和建立的,可以说,没有记忆的人就没有了自己的历史,而一个人的自我身份确立和建构都是以自己和同族人的历史为依据的。所以,没有了记忆的人就等于没有了自我。"[①]"人类对自己的

---

① 杨绍梁,刘霞敏.创伤的记忆:"他者"的病态身份构建——浅析莫里森新作《慈悲》[J].天津外国语大学学报,2012(6):68.

存在和身份的认知都是以记忆的延续为前提的。一旦丧失了记忆,或中断了记忆的连续性,身份就无法得到确认,自我就没了灵魂,存在就成了虚无。"①《冲绳少年》中穿插着许多恒吉的回忆。恒吉的第一次回忆是喂养山羊的往事。搬到胡屋街的前一年,一家人在美里村住,养了四头山羊,割草喂羊是恒吉的工作。

> 有两头是作为援助物资送来的外国的山羊,栗色的毛,茶色的眼睛……有一天,父亲拿着白铁锯去割山羊的角,因过于贪心,切的太短而伤到了山羊的肉芽组织,渗出血来了。虽然我抱着山羊头试图控制它,但看到如此情景我也觉得心酸,无奈只能闭上眼睛。接下来,父亲又把另一个角给割掉了。在这之后不久,山羊崽出生了。是栗色的可爱的小山羊……小山羊掉进田地旁边的粪坑里死掉了。母山羊的奶老是滴滴答答地往下掉。然后就再也没产崽儿了。爷爷过世后,我们搬到了镇上。卖了老家的房子。山羊也卖给了村里的某个人。已经不能产崽儿的母山羊,应该早就被杀掉吃肉了吧……不管怎样,和现在的我没有关系了。②

少年每当回忆起这个场景经常会做噩梦,割山羊角给少年的心里留下了难以抚平的创伤。东峰夫用"外国山羊"代指冲绳。父亲虽然是冲绳人,但他在美军权力的压抑下,人性已经扭曲。因为贪心,他残忍地割掉了山羊角,致使其伤口流血不止。面对象征同胞的山羊的苦痛,他丝毫没有同情之心,由此可见其内心的麻木与冷漠。其实,少年非常想救那两只山羊,潜意识里是想拯救自己,拯救冲绳。而那救命的稻草是什么,此时的少年还不知道。对于冲绳的民众来说,在美军的统治下,还能

---

① 张德明.西方文学与现代性的展开[M].北京:中国社会科学出版社,2009:139.
② 東峰夫.オキナワの少年[M]//冲縄文学選.岡本恵徳ほか编.東京:勉誠出版,2003:136.

勉强维持生计，尽管有些生计是那么无耻、无奈和无助。但是，少年在思想上已经厌倦了这种寄人篱下的生活，他想改变现状。"他者的存在浓缩在一系列殖民意象中。"①少年记忆中的栗色山羊其实是他者的意象。山羊的不幸遭遇正象征着冲绳的命运。

小说中还有一处回忆令人印象深刻。少年和父母一起回到爷爷的村子时，"大人们抱在一起哭的事儿好像昨天刚发生一样。六岁的我哭着，也第一次看到大人们哭。那是迄今为止人生中最难忘的事。但是，已经过去很久了。父亲和母亲现在早就不会哭了"。②从这段独白可以看出，少年是非常喜欢和家人在一起的，因为那时的父母还有血有肉，还能表达自己的情感。而现在的父母，已经彻底堕落，良知丧失，道德泯灭。他们的人性被扭曲，没有了自我，甚至都不会哭泣了。而少年经常劝父母放弃这个用同胞肉体赚钱的生意，但父母却对他说，这也是没有办法的事，要不怎么供你读书呢。父母的话，再次深深刺痛了少年的心。他知道父母所做的这一切也是为了维持一家人的生计，错并不在父母。那错到底在谁呢？他的思想在躁动着，反抗的萌芽在不断地生长。

当现实与梦想存在很大差距的时候，人们就开始想要改变。恒吉对美军的横行霸道不满；对生活在冲绳风情街的现实不满；对在学校因为说冲绳语而受到歧视不满；对同样受尽屈辱的父母的沉默不满。种种不满体现在一个正在成长发育的少年的身上。作为一个冲绳人，他的命运和所有同胞一样，世世代代忍受着本民族的创伤与苦痛。小说中描写了作为美军基地的各种不公平的现象，冲绳作为美军的他者，话语权被剥夺，政治、经济上被边缘化。小说开头，母亲叫恒吉起床为"接客"腾出房间，恒吉非常不愿意，但也没有办法，"'与像狗一样的畜生睡在我的床上'，

---

① 陶家俊.他者的表征——析两部维多利亚小说中的殖民话语[J].外国文学,2001(5):67.
② 東峰夫.オキナワの少年[M].沖縄文学選.岡本恵徳ほか編.東京:勉誠出版,2003:148.

我心里呐喊着,飞快地往外跑去。待在家里的话,就会听到呻吟的声音和床摩擦发出的声音,所以想要逃离"。① 小说开头这段描写为后面恒吉的"逃离"埋下了伏笔。少年反对父母开情色宾馆,却无能为力,只能以"奔跑"这种行动来表达对现实的不满与无奈。

《冲绳少年》是一部带有自传色彩的小说。作为冲绳作家的杰出代表,东峰夫为冲绳民众申诉,哀其不幸怒其不争,但却始终摆脱不了历史的宿命,被置于一种尴尬的他者境遇。东峰夫通过这部作品,描写了少年对现实的不满和对梦想的追逐。从某种意义上说,对冲绳主体性的重新建构也起到促进作用。

4.4 文化疏离与族群隔阂

"离散"最初用来特指犹太人的背井离乡。本质上,任一可具名的人类族群移动到任何空间距离的行为均可称为"离散"。不仅包括显著数量的人被剥除国籍并驱逐出境的现象,还包括以殖民为主要目的,要征服并占领领土的人群批量移动的行为,进而,除了说明犹太人的离散之外,离散还应延伸包括其他种族离散。扩而言之,离散指那些离开家园但仍然在精神层面和社会文化层面与其保有关联的人群或现象。② 离散与现代性的产生有密不可分的关系。

1972年,冲绳"复归"日本以后,冲绳社会结构急速变化。日本加大对冲绳旅游业的开发,大量资本进入冲绳,但投资热过后,造成了冲绳本

---

① 東峰夫.オキナワの少年[M].沖縄文学選.岡本恵徳ほか編.東京:勉誠出版,2003:134.
② 丁玥澍.离散与乡愁:后殖民语境下的身份认同[D].云南民族大学,2012:21.

岛①以外其他岛屿的荒凉。冲绳诸岛又称冲绳群岛，位于奄美诸岛和先岛诸岛之间，由主岛冲绳及伊平屋、伊江、粟国、久米、庆良间等70多个岛屿组成。冲绳本岛居于日本西南诸岛的核心位置，岛上有那霸市、宜野湾市等城市。冲绳本岛是现代化的产物，是日本本土文化的象征。而其他众多岛屿的现代化进程较慢，岛上还保留了较为纯正的冲绳传统文化，故为冲绳传统文化的象征。"复归"后，岛上的资源被大规模破坏，迫使岛上的冲绳居民背井离乡，涌向充斥着主流文化的冲绳本岛或日本本土。然而，这些冲绳诸岛上的居民，一方面不愿与过去和传统决裂，另一方面其异化的生活又不能被主流社会接纳，从而沦落为名副其实的"边缘人"。社会主流群体的歧视和偏见，不可抑制地加深了这一群体对故乡的眷恋。本节以崎山多美的《水上往还》为研究对象。小说中的西表岛，因地理隔绝性和土地资源的缺乏，在资本主义与殖民主义的双重冲击下，背负着多重创伤，只能面对衰颓、废弃的命运，岛屿出身者纷纷抛下故乡，主人公的"离散"造成了与家乡的"文化疏离"，隐喻了冲绳这一共同体所经历的分裂、过渡和重建。

崎山多美，1954年生于冲绳西表岛，琉球大学国文学系毕业，著名冲绳女性作家，两次获芥川奖提名。崎山多美的多部作品都探讨"岛屿与迷失"这一主题，代表作《水上往还》1989年发表于《文学界》。

《水上往还》把舞台设定在冲绳"西表岛"。② 二十年前，来自日本本土的旅游开发商大肆收购岛上的土地，但旅游热退去后，岛上的经济迅速衰退，民不聊生。明子一家就在那时搬离了西表岛。父亲金造决定离开岛屿时，受到岛上人的指责，他们认为金造忘本，即便故乡再穷也不应

---

① 指冲绳县最大的岛，县政府所在地。
② 西表岛位于石垣岛西面约18公里处，面积289平方公里，是日本琉球列岛八重山群岛中面积最大的岛屿，也是冲绳县内仅次于冲绳岛的第二大岛。岛屿的90%为亚热带森林所覆盖，仅有少数沿海平地适合人居住，加上自古以来为疟疾发生地，一直人烟稀少。

该离开。金造当时是负气离开的,他想在冲绳本岛闯出一番新天地,并断绝了与家乡的往来。金造与家乡长时间的"离散"造成了"文化疏离"。"'文化疏离'是文化认同的倒置,反映出一种文化上的茫然感,指这样一种状态:对与自己有密切关系的文化产生出不知所措的态度,在感情和理性两方面都发生难以亲近的感受,一方面不能认同目前生存状态下的文化,一方面又不能进入自己熟悉的文化,成为摇摆在几个文化间的'摆荡者',个人有相当程度的陌生感、孤独感、被抛弃感和失望感。"[①]"作品是由作家创作的,作品的背景则是作家生活背景的一部分。"[②]崎山多美曾在自己的散文中表达了她对"岛"的感觉,"我曾在西表岛生活十四年,虽然现已不居住在那里,因此就岛而言,我是一个外来者。我的离开并非自愿,而是因为家庭中不可避免的环境因素,但我一直对于我的离开有种莫名的羞耻感。"[③]崎山多美在西表岛长大,但长时间的"离岛"使她离梦里的故乡越来越远,她曾为迷失的故乡而恸哭,并将这种情绪映射在其作品中。小说中的明子就是以崎山多美为原型塑造的。明子一家从西表岛来到冲绳本岛后,尽管生活条件改善了,却受到了主流社会的歧视,而被歧视的根源也来自她的故乡"西表岛"。西表岛所属的八重山诸岛自古以来被称为"先岛",受到冲绳本岛的多方歧视,在就业、婚嫁、租房等日常生活方面都与本岛大相径庭。冲绳本岛的歧视,给离岛居民的身心都造成了创伤。明子的性格比较孤僻,不愿与人沟通。而父亲金造则患上了一种怪病。父女俩把他们的不幸都转化为对西表岛的"恨",于是他们讨厌岛上的一切传统文化,断绝与家乡人往来。

小说中,明子祖母的去世加深了他们与族群之间的隔阂。明子的祖

---

① 梅晓云.文化无根:以 V.S.奈保尔为个案的移民文化研究[D].西北大学,2003:70.
② 周桂君.现代语境下跨文化作家的创伤书写[D].东北师范大学,2012:21.
③ スミンキー・ポール.崎山多美の『水上往還』——不明瞭な境界に彷徨うアイデンティティ[J].沖縄国際大学外国語研究,2010(14):29.

母当时强烈反对离开西表岛,但是拗不过儿子和孙女的意愿,最后只得顺从。祖母在冲绳本岛居住不到一个月,就因无法适应本土式的都市化生活,坚持要回故乡居住。全家人无论怎么劝阻也不能使祖母改变主意,最后只得把祖母送回故乡。祖母独居在老家,子女不在身边,但有邻居们的陪伴,日子过得还算清闲。但一场小感冒却夺走了六十六岁祖母的生命。明子一家非常震惊,仓促回到岛上奔丧。在明子一家还没到时,村民已经擅自办妥了祖母的死亡手续,对葬礼的细节也多方干涉。岛上居民对明子一家的态度非常冷淡,认为是长子没有尽孝道才让老人归西。整个葬礼过程中,都弥漫着一种"惩罚抛弃岛屿、对祖母不够体贴的子孙"[1]的气氛。作为长子的金造只能唯唯诺诺地听从同村人的安排。祖母临死前还立下遗言,不准将遗骨与牌位带出岛。因此,这十七年来都是邻居帮忙祭拜。明子一家对"岛屿与祖母"的双重遗弃,造成了与本族群之间的嫌隙,父亲金造发誓至死都不再与故乡岛民见面。其实,造成明子一家与本族群之间的隔阂的深层次原因还是冲绳传统文化。在传统的冲绳社会中,长子是有特权的,长子与其他兄弟姐妹不同,有责任保护家族的祭坛,传承家族的姓氏。作为家族的未来领导者,长子在家族权利方面享有特权和义务,如长子是家族的领头人,有权继承家族财产,有权组织举行祭祖的宗教仪式。而金造并没有履行他作为长子的义务,他将母亲遗弃在岛上,后来也没有看管好母亲的灵位牌和家族的祭坛。此外,灵位牌在冲绳传统文化中也有着重要地位。灵位牌是祖先灵魂的象征,也是崇拜祖先的客体。冲绳传统文化认为,祖先的灵位牌必须由长子供奉,如果不遵循该规矩,就会对家族命运产生消极影响。在小说中,金造和明子已经受到了诅咒:金造患上怪病,明子则非常自闭。随着金造的病情加重,父女俩决定将祖母的灵位牌接回,由自己亲自

---

[1] 崎山多美.水上往還[J].文學界,1989(4):118.

供奉。

"文化疏离当然也是一般文化变迁的过程,所谓疏离总是对自己固有文化的常常是不情愿的疏远和痛苦的拒绝。"①面对无法割舍的传统文化,曾经发誓不再回岛的金造食言了。但是长久的族群隔阂,还是让金造不想与岛上的居民碰面。于是他们拟定了周详的计划以避开居民的耳目。一般,从冲绳本岛到西表岛首先要乘飞机到石垣岛,然后换乘往返石垣岛与西表岛之间的客船。然而,若乘坐客船,便很难避免遇到认识的同乡居民,所以金造特意请同乡的船夫卡雷爷爷,在半夜用小型渔船载送父女两人。一行人好不容易抵达西表岛海滨,在金造的要求下,卡雷爷爷前去查看岸上是否有村里人走动,却迟迟不归,期间金造的病症再一次复发。故乡虽然就在眼前,明子父女却无法上岸。在海上等待的明子感觉好像漂流了许久:

> 虽是今天早上才刚从街上出发,因这非日常且不习惯的旅行,明子感觉上好像已经过了好多天。她感到似乎已经跟金造像这样在水上漂流了好长好长的时间。究竟两人真的能踏上岛屿吗?会不会就这样漂流到其他地方去?只要金造拒绝与村落的人碰面,若卡雷爷爷不回来,不谙船只操作方法的女儿与病人的去处,就只有深夜的海。②

"横在岛屿之前的黑暗海洋,不但象征父女与故乡之间的断绝,同时也象征着失去故乡的父女,在城市当中与社会隔绝的生活状态。被丢弃于黑暗海洋中的前后不着'地',以及'水上漂流'的漂移不定,具象化与旧有共同体切离、无法获得新归属的悬浮状态及不安全感。'究竟两人

---

① 梅晓云.文化无根:以 V.S.奈保尔为个案的移民文化研究[D].2003:70.
② 崎山多美.水上往還[J].文學界,1989(4):120.

真的能踏上岛屿吗？不会就这样漂流到其他地方去？'文化疏离使归乡的路途,显得如此遥远。"①

　　折腾一阵子后,父女二人才得以上岸。因为是夜间,在手电筒照映下,明子看到的岛屿笼罩在黑暗之中,仿佛"二十年以前就停止不动"一般。明子开始感谢父亲的时间安排,如果是在大白天抵达,"面临强光照射下的亮白景物,明子相当狼狈地不知将视线投在何处"②。上岸后,父亲金造本打算拿到牌位后立即返船离开,但在卡雷爷爷的说服下,终于默许让老邻居中村初婆婆举行简单的祭拜仪式后再离开。在冲绳传统文化中,要迁移灵位牌必须找冲绳的灵媒举行相关仪式。但如此一来,不但得与村人碰面,还将被迫待在村里好几天。虽然阿初婆婆并非专业灵媒,但从祖母生前到死后她一直协助照料,而且年纪较大,比较熟悉仪式过程。与金造交涉完成后,一行人进入旧居与阿初婆婆会合,阿初婆婆随即开始祭拜的仪式。阿初开始吟唱,好像在与明子祖母的灵位牌交流似的,金造也很顺从地躺下,"就好像他相信阿初的话就是祖母的话一样"③,阿初告诉金造他母亲已经原谅他。阿初婆婆的祭祀行为,也逐渐唤起了明子对祖母及家乡的记忆。长久以来的离乡之痛仿佛在阿初婆婆的叨念声与海浪声中愈加明显。明子隐约听到远处有什么声音在召唤她,于是追寻声音来到一条林荫小道,昔日与祖母相处的过往渐渐浮现在明子眼前。"她见到了她的祖母,山芭蕉香蕉纤维树树皮正在剥落,那时的明子还是个依偎在她身边的孩子。"④此时,明子的创伤记忆被彻底唤醒,她从心里对祖母和家乡释怀了。作者试图通过明子表明自己对家乡的离别之苦与回乡之痛。祭拜仪式完成后,阿初取下灵牌,庄严地

---

① 朱惠足.两个归岛书写:夏曼·蓝波安(兰屿)与崎山多美(西表岛)[J].中外文学,2009(4):148—149.
② 崎山多美.水上往還[J].文學界,1989(4):121.
③ 崎山多美.水上往還[J].文學界,1989(4):124.
④ 同上:126.

用布包裹起来。金造此时想动身离开,但是卡雷爷爷和阿初都劝他留在村里过夜。金造同意了,但条件是必须在天亮之前离开,他依然不想见岛上的其他居民。此时的金造是矛盾的,虽然他在传统文化面前感到非常放松,但是他依然没有释怀对故乡的"恨"。

明子在金造睡着后,偷偷溜到船上,卡雷爷爷带她到 U 河中小游。卡雷爷爷驾船载着明子绕向东方海岸,抵达纵贯岛屿的 U 河。经过三个近似荒废的村落后,卡雷爷爷出生的村落依稀可见,那就是以前矿夫聚集的地方。此时,卡雷爷爷回忆起当年一个叫松尾的同村男子。"'松尾除了采矿之外没有任何才能,不管在岛上待几年都学不会耕田或出海,却光是说大话'。矿坑没落后,因为太太是西表岛人,加上小孩接二连三出生,他无法如其他男性一般离开,'为了与那样的村人维持对等的关系,只能自行在村落秩序外部的地方谋生',经营商店。数年后,小孩长大了,松尾坐上不知情的卡雷爷爷的船到 U 河说要去钓鱼,等卡雷爷爷如约回来接他时,看到的却是他悬挂树头的尸体。明子记得松尾开的商店,也记得矿坑没落后,新移入者进入废弃的矿区,团结起来对付留守矿夫的情景。作为外来者村落的小孩,明子的家庭也曾参与驱逐留守矿夫、扩张势力的行动。勉强留下来的松尾,为了在一个排他的共同体中生存,只能选择经营个体商店,而非代表村落秩序的共同杂货店。"①

松尾的遭遇是冲绳内部共同体分裂的体现。不能融入本地文化,在压力与歧视下隐忍,只能让个体走向消亡。明子深知父亲与族群的隔阂很深,所以她想做出改变。上文中提到阿初婆婆唤醒了明子的记忆,这次与卡雷爷爷的旅行则促成了明子想要建立新的共同体的决心。然而明子本身就是个矛盾体,虽说她接受了岛上的传统文化,但是满脑子现代文明思想。明子想改变现状,却无从下手,这一点与冲绳学者对其本

---

① 朱惠足.两个归岛书写:夏曼·蓝波安(兰屿)与崎山多美(西表岛)[J].中外文学,2009(4):150—151.

土政治和事件的处理方式如出一辙。这是因为,这些冲绳学者完全是靠其所掌握的日本本土和西方现代化知识来进行理解和判断的。这种认知激化了评论主体与客体的矛盾,使主客体在评论过程中不断陷入被同化和异化的混乱之中。回顾历史可以发现,现代化元素的渗透,使得冲绳不得不面对这种突如其来的冲突。一方面,知识界的精英所评述的对象正是他们归属的共同体;另一方面,因为他们的艺术灵感来源于他们不属于的外在主体,他们又试图与其分离。

  双重意识、身份迷失、人性扭曲、文化疏离这种环环相扣的冲突最终造成了挥之不去的种族创伤,给冲绳打上了精神殖民的创伤烙印。沉重的归属感和种族隔阂交织出现在本章论及的四部冲绳小说的字里行间,变相地诠释了冲绳作家那种无法使自己的灵魂超脱于这种尴尬的思想禁锢的种族创伤。四部小说为我们描摹了一幅冲绳在多重文化夹缝中被"他者"化的创伤图,以沦肌浃髓之笔再现了冲绳民众对冲绳命运的失望与希望,诉说了冲绳作家面对文化身份迷失所产生的焦虑与沉思。面对美国的压迫和日本本土的歧视,冲绳作家在思索之后开始对冲绳的未来进行彻底的探寻与大胆的构想。冲绳作家构建话语权的尝试,在某种程度上也间接地鼓舞了世界其他弱势族群争取话语权的斗志,为边缘族群的身份重塑提供了借鉴和启迪。

▼
第 5 章

女性创伤

《圣经·创世纪》记载,夏娃作为世界上第一个女人,幻化自男人亚当的肋骨,自此便奠定了女性的从属性、他者性地位,沦为名副其实的"第二性"。从分娩造成的肉体疼痛到社会观念演化形成的思想束缚和心灵压抑,处处呈现出女性不同于男性所需要承受的创伤。冲绳女性更是不同于一般女性,不仅受到"男权社会"的压迫,还遭到美国、日本等"强权社会"的压制;既经历过战争的残酷,又体验过种族的歧视。因此,她们清楚地知道,所谓人类进步的历史,往往隐藏着非人道的、残忍的、野蛮的,且伴随着性别、种族和阶级的暴力压迫。冲绳女性处于社会底层,她们一生都在与种族、性别造成的伤痛抗争。父权制下的冲绳女性背负着太多的压制与禁锢,承载了太多无法言说的伤痛。在美军、大和、男权当道的社会,冲绳女性身体受到创伤,心灵也被扭曲。多重身份的冲绳女性在历史创伤中不断失声,沦为沉默的他者。并且,在特定的历史环境下,部分冲绳女性沦为美军的泄欲工具,不断沉沦,致使其身份迷失。伴随着女性主体性的迷惑,女性独特的创伤记忆也随之开启。创伤记忆使冲绳女性正视身心所受的创伤,直面与男人爱恨交错的情感。在本章中,笔者试图将"女性"置于历史叙事中,从共性与个性、外部与内部等角度辩证地阐释冲绳的女性创伤。

5.1 多重压迫与沉默他者

冲绳女性,因冲绳特有的历史与文化,常常被迫陷入性别、战争、种族冲突的各种压迫之中,进而丧失弱小的话语权,最后沦为沉默的"他者"。20世纪70年代末,冲绳"复归"日本后,与日本本土间的交流日益密切,迁居冲绳的本土人与日俱增,冲绳的"本土化"和"都市化"倾向日益凸显。社会结构的骤然变化使得冲绳与日本本土的摩擦越来越频繁。日本本土文化的侵入让冲绳人感到不适,生活方式的差异也加剧了原本就根深蒂固的隔阂。《织布女之歌》正是将此作为背景,以主人公由起的情感创伤为主线,中间穿插讲述了祖母和母亲的不幸经历。通过家族三代女性不同的创伤体验,揭示了冲绳女性的历史创伤。作者喜舍场直子作为现代冲绳女性,更是借助女性的独特视角再现了冲绳三个转型期所经历的多舛命运,并在文学书写中寄托了冲绳作家对冲绳命运的忧深思远。喜舍场直子的《织布女之歌》是1985年第11届"新冲绳文学奖"获奖作品,本节以该作品为研究对象,通过对小说中家族三代女性的不同创伤进行分析归类,逐层为读者拨开冲绳女性的深重而悲怆的创伤,进而揭示冲绳在三个转型期所经历的多舛命运,凸显冲绳女性创伤的"普遍性"。

《织布女之歌》中,外祖母作为家族的第一代女性,见证了冲绳被日本吞并的悲惨历史,最后沦为父权制的牺牲品。外祖母无名无姓,一直以"外祖母"作为称呼。因家里贫穷,十岁时就被卖到妓院。根据小说内容推断,外祖母被卖的时间大概是1910年前后,也就是"琉球处分"后的三十年左右。"也恰巧是第一次世界大战结束后的萧条期。冲绳的农村卖女儿和饿死的事件频频发生,为了充饥,冲绳人不得不吃有毒植物苏铁,所以此时的冲绳也被称为'苏铁地狱'。"①被日本强行纳入版图后的冲绳人苟且生活,冲绳已然成为日本本土的"殖民地",冲绳男性也因此在精神上遭到阉割,丧失了主体性身份。来自日本的压迫与歧视,使得冲绳男性的心理日渐扭曲,并将其无法承受的痛苦转嫁到冲绳女性的身上,最终冲绳女性便成为冲绳男性和日本本土的双重"他者"。外祖母的遭遇只是"琉球处分"后所有冲绳女性不幸的缩影。

在父权制的压迫下,女性只能遵从男性的要求,服从男性的命令,没有自由,也没有独立的思想。她们无心也无力去反抗男性的权威,经常被男性当成商品进行交换。外祖母被自己的父亲变卖换钱,却不能反抗,只能无声地接受。外祖母在妓院惨遭无数男人蹂躏,用自己的身体为代价,换取了家人的温饱。相比肉体的疼痛,那种被当作商品交易,任人摆布的现实更给她增添了心灵的创伤。外祖母的母亲,同样是冲绳女性的代表。得知女儿被卖时,异常愤怒,但与丈夫的对抗也如同以卵击石。"我被领走的那天早上,母亲的衣袖都湿透了,我知道那是为我哭的,所以想快点被带走……"②"从心理学的角度来说,人在幼年时所受到的不恰当的照料方式,包括在生活上尤其是情感上的疏忽和早期的分离,都会导致发育过程中思维以及行为的异常,并在心灵上留下难以磨灭的阴影。"③外祖母被妓院带走之时,创伤的种子便根植在外祖母幼时的心里了。后来,幼年的外祖母沦为了妓女,饱尝人间沧桑,失去了贞操,其作为个体的独立身份被彻底剥夺。

处女情结某种程度上也是男性在传统道德方面对女性的一种禁锢。

---

① 新崎盛晖.现代日本与冲绳[J].孙军悦,译.开放时代,2009(3):27.
② 喜舎場直子.女綾織唄[M]//沖縄文学全集 第9卷 小説 4.沖縄文学全集編集委員会.東京:国書刊行会,1990:199.
③ 丁玫.艾·巴·辛格小说中的创伤研究[D].上海外国语大学,2012:95.

直到外祖母的妹妹要出嫁,为了不让婆家人知道姐姐是妓女,在外祖母二十多岁时,全家的亲戚花了一大笔钱将外祖母从妓院里赎出来。归来后的外祖母听到有人在背后议论她是妓女时,既不去争论反驳,也不大哭大闹,而是更加注重外表,好像刻意在保持自己的气质。外祖母的行为是典型的"创伤后应激障碍"——禁闭畏缩。禁闭畏缩的症状之一就是将自己的部分痛苦记忆尘封起来,直至彻底走出创伤的阴霾。外祖母越是在人前显得不在乎,越是说明她不敢面对曾经作为雏妓的过往。但是,面对他人的嘲笑和议论时,其平静的外表下,隐藏着滴血的伤口。外祖母挺着大肚子回到了村子,至今也没有说出孩子的父亲是谁。从小说的字里行间我们能感到,外祖母的回忆伴随着很多无奈。外祖母的身心创伤虽然年代久远,但还没有彻底结痂,只要稍微触碰依然会渗出血来。

如果说第一代女性——外祖母的创伤是琉球被日本吞并后的动荡社会造成的,那么作为家族第二代女性,母亲的创伤主要是战争造成的。冲绳战成为冲绳文学书写中的典型内容,而战争留给人们的创伤则是一场难以苏醒的噩梦。主人公的母亲"妙"自从出生便注定是场悲剧。她的母亲曾经是妓女,而自己的生父是谁,也无从知晓。妙结婚不久后,丈夫金城幸雄就被强制征兵,后来误传出丈夫已经死亡的消息。妙在得知噩耗后,伤心欲绝,整日以泪洗面。冲绳战给冲绳人的心理世界造成了无以复加的创伤,尤其对失去丈夫的女人更是毁灭性的打击。然而,当妙还沉浸在悲伤中时,家族的亲戚们共同商议决定,让妙与丈夫的亲弟弟金城幸弘结婚。"在父权社会,女性在男权主导的法则下永远处于'沉默'的状态。"①妙没有丝毫的话语权,只能默默地接受家族的安排。不幸的是幸弘后来也被征召入伍。妙提心吊胆,总怕第二任丈夫也回不来。战争结束后,上天和妙开了个巨大的玩笑,兄弟俩都平安地回来了。但

---

① 丁玫.艾·巴·辛格小说中的创伤研究[D].上海外国语大学,2012:78.

现实没有给予她选择的权利,就在她内心矛盾之时,幸弘离家出走,远渡"大和"。幸雄则另娶他人,结婚生子,后来变得每日郁郁寡欢,在一次事故中不幸身亡。

妙的两段婚姻皆因战争而支离破碎,而妙在那以后便没有再流过一滴眼泪。妙身上出现的创伤症候"麻木"不能简单地说是谁引起的,在战争年代,作为双重他者的女性,她们没有能力去改变现状,只能默默忍受。这其中也包括性暴力。"战争与性暴力相伴而生,这是军律所无法规范的。战争本身就包含着强暴的隐喻。"[1]小说中,妙曾被日本士兵强暴,"穿着破烂衣服的日本兵进来了。把吓得畏缩在母亲身边的由起招呼过来抱了出去,表情如凶神恶煞一般。男人和母亲搏斗了很久。母亲和男人打了多次平手,最终耗尽了力气。由起觉得母亲快死了。那个男人松开了裤子,感觉有些奇怪。男人坐在母亲上面抽搐着,最终不动了。后来男人又把家里的粮食全都给带走了"。[2] 整个施暴场面,作者仅用寥寥几笔就将母亲无济于事的反抗和日本士兵令人发指的丑恶行径展现在读者眼前,使读者对冲绳女性的无果反抗感同身受。"性暴力不是性欲望的暴力表现,而是通过性来实现的暴力。"[3]战争中的强暴给冲绳女人带来了毁灭性的灾难,冲绳女人此时受到冲绳男人、美军、日军的三重压迫,已由个人创伤演变为集体创伤,由个人身份迷失到集体身份迷失。

由起作为家族第三代女人,也是女性创伤的延续者,向读者展示了冲绳在"复归"后,新时期冲绳女性的创伤。20世纪70年代后期至80年代前期,冲绳最为显著的特征是飞速发展的"日本本土化"和以那霸市为中心的"都市化"。小说中,由起随波逐流,只身到那霸发展。然而,冲绳

---

[1] 韩冷.战争与强暴的同构[J].河南广播电视大学学报,2007(3):55.
[2] 喜舎場直子.女綾織唄[M]//沖縄文学全集 第9巻 小説4.沖縄文学全集編集委員会.東京:国書刊行会,1990:195—196.
[3] 韩冷.战争与强暴的同构[J].河南广播电视大学学报,2007(3):55.

和本土的文化冲突使由起像受了惊吓的小猫一样,刻意与外界疏远。随着年龄的增长,年近三十的由起先后交往了两个男人,一个是冲绳人,一个是日本人。这两个人的出现也是由起噩梦的开始,他们对由起造成的创伤,暗示着冲绳文化与本土文化冲击下冲绳人的彷徨与迷惘。

  接近而立之年的由起,被公司里五十多岁的部长看上了,在威逼利诱下,部长得到了她的身体。由起清楚地知道部长是有家室的,自己不过是他的性伴侣而已,更明白这种关系不那么光彩,但她就是很享受这种情爱。"要想了解一个人的思想,一定要对他的经历,尤其是童年和青年时期有所了解。"①由起从小在缺乏父爱的家庭中长大,战争期间还目睹了母亲被日军强奸的画面,这些都对她幼小的心灵造成了巨大的创伤。"女性,这个与生俱来便带着细致和纤柔的群体,在成长的过程中更易受到伤害。这些伤痛可能来自家庭内部的残缺,可能来自时代和社会的外部压迫,也可能来自成长过程中的撕裂性蜕变。"②童年的阴影,使由起对男人多了一份恐惧,但父爱的缺失又让她对上了年纪的男人有一种莫名的好感,因此她潜意识里才如此渴望部长的"宠爱"。但由起对这段感情的期望不过是镜花水月,终究难逃现实的残酷。后来,由起意外怀孕,堕胎之时,部长却销声匿迹,将她一人留在冰冷的手术台上。"雨使劲地拍打着玻璃窗,由起像青蛙一样躺在了手术台上。手术进行了四个小时,在意识还没完全恢复时,由起扶着医院的有些脏的墙壁,坐出租车回到了公寓。"③手术过后,由起带着疼痛未消的身躯回到公寓,终于在夜晚降临后盼来了部长。然而由起并没有得到想象中的安慰,取而代之的是身体被性欲强盛的部长再一次侵害。"那晚他终于来了,急促的

---

① 贝贝尔.我的一生[M].北京:生活·读书·新知三联书店,1965:2.
② 丁玫.艾·巴·辛格小说中的创伤研究[D].上海外国语大学,2012:94.
③ 喜舎場直子.女綾織唄[M]//冲绳文学全集 第9卷 小说4.冲绳文学全集编集委员会.東京:国書刊行会,1990:197.

敲门声,使由起有些哀伤。虽然只过了一天,由起身子消瘦了很多,用模模糊糊的双眼,看着这个蛮不讲理的男人。他钻进了被窝,接着在床上传出了有节奏的呻吟声。他身上的气味像是冻住似的,让由起喘不过气。"①部长对由起身心造成的伤害,使由起在相当长一段时间内,出现了典型的创伤症候——闪回和抑郁。"如果说身体的束缚与凌辱带来的创伤是可见的,显性的;那么情感上遭受的创伤则是不可见的,隐性的。"②作者通过描写由起的身心创伤,向读者诠释了冲绳男权社会对女性的压迫。

　　由起和部长的不伦之恋结束十余年后,遇到了自称是自卫队队员的日本本土人西村隆之,并且开始与其同居。外祖母和母亲绝对不允许冲绳女人与日本自卫队员交往,由起一直瞒着她们。半年后,警察找到由起,让她配合调查西村隆之的相关事件,事情闹到了由起的公司,由起因此辞职,回到了乡下的家里。由起已经怀了西村隆之的骨肉,当她得知被这个男人欺骗后,情绪一度失控。作者颇具匠心的设计背后,暗示的是本土对冲绳的利用与操纵。这一幕与当年外祖母身怀六甲回到村子异常相似。这样的情节设计并非巧合。喜舍场直子作为冲绳女性作家,借助女性这一独特视角,通过一家三代的悲惨命运呈现出冲绳女性的创伤。其目的在于凸显这种创伤的代际延续性和普遍性,即从个体伤痛体验推及冲绳女性这一整体创伤体验。喜舍场直子以其独具匠心的文学设计将冲绳的命运影射在祖孙三代的女性身上,有意将冲绳女性化,以此突显冲绳的"他者"身份,而三代女性不同类型的创伤,也象征着冲绳在三个转折期所经历的多舛命运。

---

　　① 喜舍場直子.女綾織唄[M]//沖縄文学全集 第 9 巻 小説 4.沖縄文学全集編集委員会.東京:国書刊行会,1990:197.
　　② 丁玫.艾·巴·辛格小说中的创伤研究[D].上海外国语大学,2012:108.

5.2 堕落糜乱与生死悲歌

"娼妓"是人类社会由来已久的一种社会存在。妓女作为社会中一个特殊的阶层,成为见证历史的一种特殊表象。冲绳历史的悲剧性亦可从这一社会群体中管窥一二。战后经济萧条造成的贫困,基地士兵性别单一造成的性恐慌等,使冲绳的娼妓数量激增,成为战后基地存在的普遍现象。美军占领时期,在胡差、北谷、金武,县志川等"基地街",曾群集了以卖春为职业的"妓女"近万人。娼妓形象作为非主流人群对主流意识形态的讽刺与颠覆,也成为战后冲绳文学中一个具有代表性的创作主题。

吉田末子是战后冲绳为数不多的女性作家之一,她以此为背景创作了小说《嘉间良心中》,并一举夺得 1984 年度第 10 届新冲绳文学奖。故事以冲绳的嘉间良为背景展开,主人公"清"是一名在基地街为美军服务的娼妓,在她年老色衰时偶然结识了年轻的美国逃兵塞米。清被塞米的年轻所吸引,渐渐地沉沦在这一忘年畸恋中难以自拔。在同居的半年里,清为了塞米花光所有积蓄,但塞米还是厌倦了这种被"包养"的生活,最后决定回部队自首。为了留住塞米,清绝望地点燃了屋里烷气,与睡梦中的塞米共赴黄泉。吉田末子在细节处理上非常到位,她把处在社会最底层的女性形象刻画得入木三分,将"娼妓"这一特殊群体的情感世界鲜活地呈现在读者面前。"这是一部打动人心的作品,在简洁的叙事中,将年老色衰的娼妓形象与情感世界活现于读者面前。以一种通俗性的写作手法再现娼妓生存的恶劣环境,并以此准确地捕捉到冲绳的历史镜头。作者把视点聚焦在女人的心境与心理活动上,给作品增添哀乐的同时也不由地为其鼓掌。"①"虽然在题目上没有过人之处,勉强算得上通俗读物,但到最后竟有着不可思议的力量,令人震撼。"②

基地街的娼妓受到冲绳人、日本本土人、美国人的三重压迫,承受了世人无法想象的创伤,并且逐渐在创伤中丧失了自我。清虽然是基地的娼妓,但她的堕落绝非出于主动,而是迫于战后的社会现实。因为过于贫困,无奈为了整个家才出卖肉体的。被迫成为娼妓的绝非只有清一个人,曾经一起生活过的几个姐妹,经历大都如此:

> 以"攒钱补门牙"为口头禅的澄子流落到哪儿去了呢?来自伊平屋的弘美,虽然愚笨却总是因为能替父母亲偿还借款而洋洋得意。③

从上述引文中可知弘美的家乡在冲绳最北端的伊平屋,而主人公清的家乡在津坚岛,可见,这些娼妓大都出身于冲绳本岛以外的"离岛"。④ 20世纪50年代开始,在冲绳本岛基地街,为美军提供服务的第三产业悄然兴起,这也拉大了本岛与离岛之间的经济差距,很多离岛女性迫于生计到基地街为美军提供性服务。小说中清和她的姐妹就是因为各自家中的困境,被迫离家为妓的。然而,她们的付出并没有得到相应回报。以清为例,自从做了妓女,和丈夫只见过两三面,而且每次见面都感受不到一点点温暖,丈夫总是借着酩酊大醉故意冷落她。面对丈夫,清已经失去了作为妻子的身份。自己的两个孩子也已年过三十,成了家,有了下一代,但也因为她的妓女身份与她断绝往来。面对儿子,清也失去了

---

① 島尾敏雄.第十回「新沖縄文学賞」選評[J].新沖縄文学,1985(62):186—187.
② 大城立裕.第十回「新沖縄文学賞」選評[J].新沖縄文学,1985(62):187—188.
③ 吉田スエ子.嘉間良心中[M]//沖縄文学選.岡本恵徳ほか編.東京:勉誠出版,2003:200.
④ 离岛意指远离主体的岛屿。

作为母亲的身份。至此,清作为冲绳女人的身份丧失了,她被丈夫和自己的孩子乃至整个冲绳抛弃了。清虽然憎恨命运的不公,但也没有能力改变这一切,只能默默地接受美军娼妓这个身份。

从事娼妓的职业本就不是什么光彩的事,但是转眼58岁的清因为年老色衰,连娼妓的身份也被剥夺了。"面庞浮肿发黑,脖子变细,连皮肤也失去了光泽,细小皱纹覆盖的黄色皮肤已经松弛,失去弹性,挂在脖子周围。两只细细的手腕上留下了时间的印记,手背上的静脉凸起,手掌也泛黄得让人不忍直视。胸部下垂,没有光泽。过于柔软的腹部被一堆皱纹覆盖着。"①清站在镜子前,看着自己老去的肉体,心中感到很失落。她曾经赖以生存的身体资本,也逐渐失去了效力,她不得不拖着老迈的身体去街上拉客,最后还得面对经常被拒绝的事实。一次,清疲惫地躺在公园的长椅上,有个美国军人,看到她的背影来搭讪,但当清回过头后,美国军人吓得往后退了一步,连忙说认错人,便掉头走开了。清对此的反应早已习以为常,在这个弥漫着欲望、暴力的社会中她已经生无可恋了。准确地说,身体的变化导致她现在连"娼妇"的身份也丧失了。

"'身体政治意识'是指个体在身体被控制、侵犯与规训的条件下,如何有意识地利用被摧残、被毁损的身体来行使自己的权力,重建被贬损的主体意识,从而改写或重新确立自己的身份。"②作为受到三重压迫的"他者",清虽然还没有通过政治运动或其他手段来维护自己权力的意识,但是由于身份的缺失,她只想在内心深处找到一个归宿,重新确立自己的身份,证明自己还活着。这也构成了清异常享受与塞米的同居生活的原因,清被近乎完美的年轻男性的身体所吸引,与之过着糜乱的生活。

---

① 吉田スエ子.嘉間良心中[M]//冲绳文学選.岡本恵徳ほか編.東京:勉誠出版,2003:193.
② 应伟伟.莫里森早期小说中的身体政治意识与黑人女性主体建构[J].当代外国文学,2009(2):46.

在与塞米的性爱中,不管是肢体上,还是意识上,清永远处于主动。小说中,作者透过略显露骨的文字,向读者呈现了一幅幅堕落糜乱的激情画面。吉田末子通过描述一个娼妇的堕落生活,揭示了冲绳底层女性灵魂深处的孤独与无奈。清与塞米的性爱不同于她之前的经历,曾经在日本本土、冲绳、美国三重男权压制下残喘苟活的她,不论在肉体上还是在精神上都是被动的。而塞米则是她主动包养的。小情人塞米,半年间就花光了她的全部积蓄。清只好拖着年迈的身体再去街上拉客,奈何又拉不到。没有经济来源后,清不惜当卖自己的首饰。而首饰,作为装扮女性的饰品,是女性身份的象征。清变卖了首饰,连自己的女性身份也丢失了。清不顾一切地讨好塞米,是因为只有和塞米在一起,她才能以残败的身体为武器,通过放纵的性爱,找回自己片刻的身份——美国年轻男子的情人。实际上,清的行为是对男权主义的反叛,是对冲绳现实的批判。半年后,塞米开始慢慢厌倦了这种被包养的生活。敏感的清察觉到塞米的变化后,依然小心翼翼地维护着这段忘年的孽恋,用不多的零钱不断地给塞米买美式香烟、薯片。直到有一天,清回家发现塞米不见了,虽然心里认为一个逃兵不可能走太远,但是她还是怕塞米离开他,于是她开始疯狂地寻找。与其说她害怕失去塞米,不如说她更害怕失去自己暂时的、也是唯一的身份。

  吉田末子用细腻的笔触将清紧张、失落、急迫的心情完美地描述出来:"难道他回部队了? 不可能,他应该不会回部队。如果回部队了我就再也见不到他了,说不定他已经回房间了。"[①]清越想越着急,像疯了一般地臆想着。天黑后,清回到房间,发现塞米依然不在。就在她马上就要崩溃时,塞米破门而入。清终于找到了她的塞米,找到了她唯一的身份。

  当清得知塞米第二天一早就要回部队自首后,很想以微笑作为回

---

① 吉田スエ子.嘉間良心中[M]//沖縄文学選.岡本恵徳ほか編.東京:勉誠出版,2003:203.

应,但她脸部肌肉突然变得僵化,因为她控制不了自己内心的恐惧。她费尽全身力气才找回的塞米,就要离她而去,她不能接受这样的现实。清的身体躺在塞米的身边,但内心早已沉入地狱。但为了挽回塞米,清还是做了最后的挣扎:

"塞米,和我一起逃吧,去我的老家,在那儿的话不会被任何人发现,而且岛上有好多好多空房子呢。"

"去津坚岛?"

"嗯,没有人住的房子有一大堆,虽然房子旧了些,但有庭院,也有地。我割庭院里的草,你就修补坏了的窗户和地板。"①

塞米闭上眼睛摇摇头。清再次请求时,塞米竟绝情地说了句:"够了,一切都结束了。"②此时,清彻底绝望了。当然,塞米根本不知道自己对清有多么重要,不知道自己已经是她活着的唯一希望,更不知道自己是能给予清唯一身份的关键所在。

冲绳女作家扮演着双重角色,一方面,她们以独立的世界观解构压迫者的历史叙述;另一方面,她们把充满智慧和洞察力的女性书写作为对抗的工具,以修正和重写正统的历史。吉田末子对小说结尾的处理,即是最好的证明。最后的挣扎在绝望中幻灭,清走进浴室,从头到脚仔细地清洗,似乎要把她那一世的罪恶都洗掉。然后开始精心地梳妆打扮,本来想穿件美丽的连衣裙,后来她还是选了冲绳样式的和服,并且盯着镜子看了好一会儿。清在挑选殉情前的衣服时,特地选了那件自己家乡的服装,意在表明她对恢复自己原始身份的那种渴望。看着打盹的塞

---

① 吉田スエ子.嘉間良心中[M]//沖縄文学選.岡本惠徳ほか編.東京:勉誠出版,2003:205.

② 同上。

米,清将门窗紧闭,打开了烷气开关,毫不犹豫地点燃了打火机。"男性与女性的关系一直是一种权力支配的关系,是人类文化中最为根深蒂固的压迫关系,女性只有从根本上打破这样一种权力结构,才有实现自我的可能。"①清用这样一种方式继续寻找她的身份,而塞米则是被迫殉情的,死得难免有些悲惨与无辜。清对死亡的选择在某种程度上也是对当时冲绳社会所进行的无声批判,是冲绳女性对现实不满的抗议。作者将冲绳娼妓因跨越传统道德樊篱而导致的身份的迷失进行文学加工,为读者谱写了一曲荡气回肠的生死悲歌。

5.3 爱恨交错与身体创伤

身体作为当代文化理论的关键词,不仅仅指生理学意义上的肉体,而是与社会政治、历史、文化等相互关联,承载着复杂的社会和文化意义。"身体作为一种感性的生命存在,一方面体现着反理性主义的快感、力比多、欲望和无意识的客观存在,另一方面无法割裂地与阶级、种族、性别以及权力政治和意识形态有着深刻复杂的历史关联。"②由此可见,身体创伤也不局限于生理学上肉体的创伤。本节以"身体"为媒介,重点讨论由肉体创伤引发的多维度创伤。冲绳女性的性格"也热辣、也哀愁"③,在男权支配的社会中,她们一直扮演着"他者"身份。在这一点上,冲绳女性的命运和"冲绳"有相似之处。因此,在某种程度上说,冲绳女

---

① 应伟伟.莫里森早期小说中的身体政治意识与黑人女性主体建构[J].当代外国文学,2009(2):49.

② 王岳川.全球化消费主义中的传媒话语[C]//论审美文化.张晶主编.北京:北京广播学院出版社,2003:249.

③ 陈言.冲绳:也热辣,也哀愁[N].光明日报,2011年05月17日:14版.

性的爱恨情仇往往和冲绳的历史交织在一起。又吉荣喜在《猪的报应》中,将冲绳女性的创伤通过身体隐喻表现出来,揭示了男权社会中冲绳女性爱恨交错的心理状态及其萌发出的反抗意识。

又吉荣喜,1947年出生于冲绳县浦添村,是一位具有代表性的冲绳作家,出版的多部小说被译成英语、法语和意大利语。1975年,凭借《海沧沧》获首届新冲绳文学佳作奖;1976年,《狂欢节斗牛大会》获第4届琉球新报短篇小说奖;1978年,《乔治射杀的猪》获得第8届九洲艺术节文学奖;1980年,《银合欢宅邸》获昂文学奖。值得一提的是,《猪的报应》获得1996年第114届芥川奖,意味着他的文学生涯攀上一个新的高峰。《猪的报应》的故事围绕男主人公正吉和"月之滨"酒馆的老板娘美代、女招待畅子、和歌子四人去真谢岛旅行而展开。又吉荣喜用高超的叙事手法和巧妙的艺术形式为读者勾画了一幅冲绳现代女性爱恨交错的创伤图。

"创伤是一种经验的断裂或停顿,这种断裂或停顿使经验破碎,具有滞后效应。书写创伤就是书写事后影响,我把它称为创伤写作或者创伤后写作,或者从普遍意义上说,书写创伤是一种能指活动。它意味着要复活创伤'经验',探寻创伤机制,而且在某种程度上说,要分析并'喊出'过去,研制出与创伤'经验'、有限事件及其不同组合中,以不同方式显示的象征性效应相一致的过程。"[1]又吉荣喜将冲绳的创伤投射到一些名不见经传的小人物身上,以此凸显创伤的普遍性。《猪的报应》是一部用诙谐的语调道出的伤感故事。三位女主人公身上都背负着各自的悲哀和创伤。而这种创伤,一方面,通过身体书写得以彰显;另一方面,通过创伤症候的闪回和幻觉得以体现。

作为生命存在的客体,身体无可避免地遭受着时间和空间的双重侵

---

[1] La Capra, Dominick. *Writing History, Writing Trauma*[M]. Baltimore: The Johns Hopkins University Press, 2001:186.

蚀,带着或隐或显的伤痕走向衰老和死亡。身体作为一个复杂的容器,不仅是精神的化身,也是伤痛的载体;不论是生理上的创伤,还是心理上的创伤,都会外化于身体发肤。尤其对于女性来说,身体是她必须遭逢的一个复杂问题。从女性自身的生命历程而言,她需要面对身体的变化,如月经和停经,生育、哺乳、节食减肥等问题。女性的身体已经成为权力斗争的场所。小说中,三个女人都曾遭到至爱的抛弃,怀过孩子,子宫或多或少地受到损伤。这种损伤或许并不在身体显眼的地方,却与生产的疼痛一同留在记忆深处。而那些因为流产而留下的明显伤疤,却无法简述成一次偶然意外,因为它与叙事者整个创伤故事的缘起紧紧纠缠在一起,强迫受创者回忆曾经所经历的苦痛。为了打开生孩子的产道,和歌子白皙柔软的大腿上留下了十几个红黑色斑点;为了打掉背着丈夫与情夫所怀的孩子,美代小腹上横着一道长长的疤痕。女人的情感创伤在某种程度上被物化在其各自的身体上,通过身体上的烙印来见证灵魂深处的隐形创伤。

  小说中三位女主人公的创伤,除了凭借身体伤化的艺术形式呈现出来,还大量使用了闪回、幻觉和过度联想等创伤症候来传达。所谓闪回,是指在睡梦或白日梦中再现创伤画面或类似记忆场面,反复出现梦、噩梦、错觉和幻觉。

  又吉荣喜笔下的和歌子,被牙科医生男友所抛弃,抛弃的理由竟然是他们的孩子流产。后来,和歌子经常失眠,以致产生幻觉:"想自杀的时候,半夜里男人到我的房间来拉我的手。院子里有棺材呢。也不是看到过,可是能看到的。我感到害怕,开了台灯。应当是睁着眼的,可看不到男人的脸。不过现在想,应该是那个牙科医生吧?"[①]一个谜一样的男人将她引向棺材,最后又将男人的身份定为前男友。这样的闪回画面,

---

① 又吉荣喜.猪的报应[J].董炳月,译.世界文学,2006(1):187.

其实也在暗示前男友的抛弃给和歌子造成的创伤,对她而言就像死过一回。最具代表性的要数和歌子对正吉讲述的噩梦:

"是父亲!"

"……"

"后面母亲也……"

"……"

"后面还有爷爷……很多很多,还有很多很多我不认识的人。再后面的人看起来似乎都小一些,可是,看得很清楚。都盯着我看,越过前面的人的肩膀和脑袋。"

"……"

"……可是连一个笑的人都没有,我,害怕……"

"……"

"正吉……我,觉得祖先们,是接我来了。我呢,到濑底大桥去投水自杀过一次。不知怎么回事,拿着个提包。只有包掉了下去,变成了一个黑点儿,很久落不到水面上。太高了,我脚下畏缩了,浑身发抖回去了。"①

和歌子的父母、姐姐、爷爷,所有的至亲都不在人世了,这些亡灵在梦中再现,无疑引出了和歌子摆脱不掉的多重创伤。被男友抛弃,又没有家人的安抚与陪伴,孤苦伶仃地在酒吧做女招待,每天和不同的男人周旋,一颗划满了伤痕的心找不到可以安放的家。所以现实中她选择过自杀,潜意识里更愿意投奔另一个世界去追寻她的至亲。

酒吧老板美代,和丈夫一起生活了九年也没有为丈夫生过孩子。她

---

① 又吉荣喜.猪的报应[J].董炳月,译.世界文学,2006(1):185—186.

从来没有对丈夫动心过,于是在外面背着丈夫怀了别人的孩子。出于良心上的谴责,她还是把孩子打掉了,但是也没有挽回丈夫自杀的结局。从此之后,美代总是能听到男人和孩子的声音:"现在我能听到男人的声音。从参加社交联谊会的郊游去万座毛的时候开始。从那个时候起,这个声音就跟着我,直到现在!不是一个人,成年男人和小男孩儿,没有出生的。不是丈夫的孩子,所以堕胎。实际上我是想生下来的!是个男孩儿。女护士说要是知道了会常常想,就没有告诉我,可我知道肯定是个男孩儿。在我肚子里,脚蹬手刨的。"①确切地说是她丈夫和未曾谋面的孩子的声音日日夜夜地纠缠着她。一次,她梦见了一个人,"谁呢?像是个小孩,不停地挠我的肚子"②。美代的幻听和幻觉缘于她内心的愧疚和自责,是她的不忠把丈夫推向了死亡的深渊;是她的放纵造就了一个无辜的生命,而世俗的压力又让她亲手扼杀了这个美好的生命。她就像一个逃亡的刽子手,既对沾满鲜血的双手感到恐惧,又怕自己的罪行被昭示,这种矛盾和纠结最终造成了她的创伤。

至于过度联想,畅子的故事似乎是最好的例证。畅子与前夫的女儿患有严重的哮喘病。

"我的孩子已经是中学生了。就这么一个女儿,却有哮喘的毛病。她经常发烧,说梦话,有时候烧退了也不能恢复正常。不吃不喝,抽抽搭搭地哭。和朋友在一起,也是不停地哭,结果招人厌恶,谁都不来了。白天黑夜不停地哭,是有什么原因吧?原因出在我老公?无论怎样都觉得在我老公。他不原谅我!"③

---

① 又吉荣喜.猪的报应[J].董炳月,译.世界文学,2006(1):161.
② 同上:182.
③ 同上:145.

畅子把女儿的怪病归结到自己身上。丈夫去世后,畅子嫁给了丈夫的弟弟,她认为是自己的乱伦行为遭到了丈夫的怨恨。也正是因为这样,畅子总是产生幻觉,觉得丈夫就在身边,不曾离开过,可是却怎么也触碰不到。由此可见,创伤主体无法在第一时间全然接受整个受创场面或事件,但是潜意识中存储的片段和记忆却在之后的一段时间内反复闪回,如鬼魅般地纠缠着受创者。

三个女人有着各自的故事,各自的哀伤,但她们的创伤都存在某种共性,即都失去了至亲,都遭到至爱的抛弃。这不禁让人们想起冲绳,一个有着相似经历且命运多舛的岛屿。文学是再现创伤的有效艺术手段,那些无以言说的伤感和体验,通过文学创作得以重现。"事实性地报道一个创伤事件并不足以传达伤痛,而只有文学,以象征、比拟和其他修辞手法,以间接的方式才能更近、更精确地靠近创伤。"[①]又吉荣喜作为冲绳先锋作家的杰出代表,娴熟地运用象征、比拟的修辞手法,将冲绳的创伤命运折射到三个女主人公身上,将冲绳女性化,旨在凸显和揭示冲绳的"他者"身份。女性在文学中常常被视为男性的"他者",处于社会的从属地位,而冲绳恰恰被美国和日本本土看成是文化和政治上的"他者",不断遭到被异化的威胁。冲绳一直在传统与现代的夹缝间喘息,经济落后、日语与冲绳方言产生的摩擦、风俗习惯不同导致的歧视,都是冲绳被"他者"化的印记。

---

① 费尔曼.见证的危机:文学、历史与心理分析[M].刘裘蒂,译.台北:麦田出版社,1992:117.

5.4 女性记忆与精神困惑

记忆与创伤是唇齿相依的关系。虽然说残酷的战争是冲绳人的集体记忆与创伤,但在多重压迫下,冲绳女性对战争的记忆又有着极大的特殊性。在《母亲们、女人们》中,冲绳女性反对日本自卫队的态度是非常坚决的,这也源于她们独特的战争记忆。冲绳女性冲破男权社会的重重枷锁,将"反战"世代相传,同时也揭开了内心深处的伤疤。本节主要以《母亲们、女人们》为中心,探讨"男权社会"与"强权社会"双重压迫下冲绳女性对战争的独特记忆以及现实生活中主体意识的困惑与觉醒。

冲绳女性作家仲村渠初创作的小说《母亲们、女人们》,是 1982 年第 8 届新冲绳文学奖的获奖之作。仲村渠初用平缓的文风与对白,从女性的视角叙述战争的残酷及冲绳人对日本自卫队的反感,在某种程度上使读者产生强烈的共鸣。故事发生在那霸近郊的农村,分别以同在村公所工作的美纱与和子两个有着截然不同性格的年轻女孩为两条主线进行叙述。美纱母女这边,是通过邻居老奶奶唤起了母亲的战争记忆。另一边和子母女则通过本土老妇人的来访,使母亲不愿提及的战争记忆浮出水面。和子家里的女性都极力反对小儿子参加日本自卫队,并与强权的父亲展开了激烈的争辩,最后父亲妥协,母亲取得了胜利。

小说中的女性对于战争,都有着直接或间接的记忆,并深受其伤。其中,创伤症候最明显的就是镰户奶奶。她在战争中失去了所有亲人,之后开始变得沉默寡言,战后这些年都是一个人艰难且平静地生活着。但是,当她看到日本自卫队出现在村子,并且听说自卫队要帮忙收割自己家的黍子时,就像变了一个人似的,开始疯疯癫癫地到处说大和军队①又来了,又哭又喊,甚至还一遍又一遍地跪地请求别让大和军进入她家的田里。

"创伤是一种破坏性的经历,这个经历与自我发生了分离,造成了生存困境;它造成的影响是延后的,而影响的控制是艰难的,或许是永远不可能完全控制的。"②镰户奶奶的创伤症候也是延后几十年才出现的。日本自卫队的出现对她产生了强烈的刺激,她尘封的战争记忆因此被再次开启。当镰户奶奶看到飞机在天空中出现时,也会勾起对战争的记忆。在冲绳战中,镰户奶奶当时带着两个孩子去挖土豆,突然头顶上来了一架飞机并投下炸弹,击中了两个孩子。失去亲人的痛苦使镰户奶奶如惊弓之鸟一般,不能再承受与战争相关的一切。所以,镰户奶奶反对自卫队的态度异常坚决,几近疯狂地表达着自己的不满。村里人对镰户奶奶的遭遇都很同情,并感叹"因战争失去了丈夫和孩子的冲绳女人很多、很可怜"③。由此可见,镰户奶奶的遭遇不是个案,战争给冲绳女性造成的创伤具有普遍性。战后,非常多的冲绳女性成了"未亡人"。她们在男性意识至上的社会中,失去了自己的男人,也就意味着失去了一切。没有精神支柱的冲绳女性即使活着也是一种煎熬,这也是战争创伤对冲绳女性而言的特别之处。

镰户奶奶是美纱这条线的关键人物。镰户奶奶发病,使美纱母女的生活发生了改变。美纱母亲发现邻居镰户奶奶发病后便把她接到自己家里照顾。美纱一开始是拒绝的,但母亲说出了她的理由:"我妈妈在战争结束后就去世了,我还没来得及给她尽孝,现在我只想为镰户奶奶做

---

① 冲绳人也将日本本土军队称为"大和军队"。
② La Capra, D. *Writing History, Writing Trauma* [M]. Baltimore: Johns Hopkins University Press, 2001: 41.
③ 仲村渠ハツ.母たち女たち[M]//冲绳文学全集 第8卷小説 3.冲绳文学全集编集委员会.東京:国書刊行会 1990:253.

点什么,哪怕一点点也好。"①虽然母亲这么说,但是美纱还是坚决反对。最后,母亲只能征求远在东京读书的儿子的意见,她认为儿子早晚要继承这个家的,儿子的意见很重要。母亲的行为,说明了男权主义在冲绳女性的意识中是根深蒂固的。在得到家中唯一男性的同意后,母亲把镰户奶奶接进了家。随着时间的推移,美纱从母亲那慢慢知道了镰户奶奶的不幸遭遇。与镰户奶奶共同生活的经历,使美纱开始感到战争离自己并没有想象中那么远。一次,镰户奶奶把美纱的母亲错认成在战争中死去的自己的大女儿吉子。美纱通过母亲慢慢知道了镰户奶奶的不幸,开始感到战争离自己并不远。半夜时,镰户奶奶还经常会出现"梦魇"。

"吉子、诶、利子呢……怎么会……怎么不动了?"两只手也不知道在指着些什么。美纱突然被这一举动吓到了,她仿佛看到了躺在镰户奶奶身旁的两个孩子。她顿时脊背一阵发凉,整个人僵在了那儿。"吉子,我该怎么办啊,这是我的两个孩子吗,他们在我面前死了啊,孩子他爸也不在了,以后谁来和我吵嘴啊……吉子,吉子,我该怎么办……吉子,吉子你告诉我啊……"说着,她向美纱伸出了手。美纱只是无奈地注视着她。"美纱!"随着母亲响亮的一声,美纱赶紧坐了下来,握住了镰户奶奶的双手。"吉子……吉子……"这时她又欣慰地叫起美纱来,渐渐地眼泪也'啪嗒啪嗒'地掉了下来。②

美纱这一代年轻女性本来没有直接的战争记忆,对战争的认识也只停留在书本和家人的叙述中。但在镰户奶奶反复这样几个晚上后,美纱开始对战争有了新的认识,并出现了创伤症候——梦魇。美纱在半夜被

---

① 仲村渠ハツ.母たち女たち[M]//沖縄文学全集 第8卷小説3.沖縄文学全集編集委員会.東京:国書刊行会1990:257.

② 同上:281.

自己的尖叫声惊醒,"'刚刚做了个梦,梦到子弹向我飞过来,我试图躲闪却还是被击中了。我还以为自己死了呢,就吓得叫了起来。''你能别老是想着战争吗?'说罢,母亲给美纱盖好被子,关上灯离开了。黑暗中,美纱回想起刚才那可怕的梦。可接下来的两天她还是做了同样的梦。"①"精神创伤是传染的。当看到受创者的症候时,有时情感上会感到无法负荷。因此能体验到和患者一样的感受,但可能程度稍低的恐怖、愤怒和绝望。"②被战争记忆困扰的美纱,开始重新审视自己的男友吉川。吉川是个帅气的男教师,但骨子里对自卫队始终保有一种很深的情怀。开始,当美纱听说吉川在学校宣传自卫队,并鼓动学生参加时,她还不以为然。但现在美纱觉得自卫队的事情关系到冲绳的和平,也关系到对冲绳死去亡魂的尊重。她决定和男友分手,但是她真的非常喜欢吉川,母亲也常常劝她。面对间接获取的战争记忆与直接体会的现实处境,美纱变得进退两难,精神上产生了极大的困惑。三思之后决定尝试和吉川进行一次约会,看看吉川对自卫队的真实想法。于是和吉川有了下面的对话:

"镰户奶奶的事儿,您怎么看……"

"什么怎么看?"

"就想知道战争之后的几年、十几年后再看到自卫队的士兵,仿佛又回到那段战争岁月的事儿,您怎么个看法……"

"你看你都说了是'士兵'了,自卫队可不是什么军队。"看到说话时笑着的吉川老师,美纱心里一阵莫名的痛,她发现自己还是喜

---

① 仲村渠ハツ.母たち女たち[M]//沖縄文学全集 第8卷小説3.沖縄文学全集編集委員会.東京:国書刊行会 1990:285.

② 朱迪思·赫尔曼.创伤与复原[M]//施宏达,陈文琪,译.北京:机械工业出版社,2015:131.

欢这个人的啊。这让美纱很是矛盾。

"不过,镰户奶奶……"美纱欲言又止。吉川老师接着说道"那老奶奶是病了吧,你总是一本正经地听她说话吗?"美纱似乎察觉到吉川老师话中带刺,她顿时感到脊背一阵发凉。

"日本的宪法里是废除了战争的,这点你知道吧……所以说是不可以随便组建军队的。可我不明白为什么会有自卫队……可能它不算是军队吧。至于老奶奶总是说'士兵''军队'什么的,在我看来那只是出于一个病人之口,我是没什么感觉……"

没感觉?镰户奶奶的家人都死于战争,她独自承受了三十多年的煎熬,对战争异常敏感……而你竟然说"没什么感觉"……那就算你笑起来好看又怎样呢,还不是个冷血之人……①

从这段对话中可以看出,作为冲绳男人的吉川对待自卫队的态度很暧昧。不是冲绳男人忘记了日军给冲绳带来的伤害,而是在男权社会,他们更加希望在政治上表明自己的立场,证明自己的态度。而作为冲绳女性的美纱,虽然没有直接的战争体验,一开始也对战争了解得不多,但镰户奶奶的战争创伤使她对战争有了新的认识。面对民族大义,美纱最终选择了舍弃儿女私情,并主动与男友分手。这足以看出美纱的女性主体意识已经觉醒。

小说中的另一条线是围绕和子一家展开的。和子把坐在路边的一对陌生老夫妇请回家做客。通过交谈得知,老夫妇是从日本本土来的,他们的儿子曾参加日本军队,在冲绳战中死亡。日本老妇人对冲绳充满了偏见。她认为儿子是为冲绳人如今的幸福生活而死的,因而她痛恨冲

---

① 仲村渠ハツ.母たち女たち[M]//沖縄文学全集 第8巻小説 3.沖縄文学全集編集委員会.東京:国書刊行会 1990:287.

绳。和子反驳道"老奶奶，你这都说的些什么话……你不觉得很可笑吗？"①母亲却异常冷静地让老妇人接着把话说完。"我恨冲绳，恨透了这个夺走了我宝贝儿子生命的地方。要是没有这个小岛，要是它很久很久以前就被海水淹没的话，我儿子就不会死了。就因为有了这个丁点儿大的岛，有了你们这些所谓的冲绳人，我儿子才注定会死去。为了让你们重建家园，让你们生儿育女他才死的啊。我那唯一的儿子啊……竟然为了这些素未谋面的人而死……要是没有这个岛他就不会死了啊……"②通过这段描述，一方面，可以看出日本老妇人并未深入了解她儿子死亡的原因，反而还认为日军和美军在冲绳激战是在帮冲绳人。这个理由就像日本侵略亚洲，而抛出"大东亚共荣圈"一样可笑。日本人时至今日也没有正确认识他们对冲绳人乃至亚洲人民所犯下的罪行。另一方面，也说明不同种族对战争的记忆是不同的。同样的冲绳战，日本本土和冲绳有着不同的记忆。听完老妇人的话，和子的母亲说自己的哥哥也因战争而死，外祖母的后半生经常重复"如果没有战争儿子就不会死，如果他当时没有参加战争就好了"③之类的话，并在不断自责中郁郁而终。和子母亲对战争是痛恨的，并且反战态度鲜明。她坚决反对小儿子参加自卫队，并且联合三个女儿一起和一家之主的父亲斡旋。母亲平时对父亲百依百顺，但在小儿子是否参加自卫队的事情上，她彻底"忤逆"了家里的最高权威，先后五次和丈夫争吵，在女儿们看来，母亲疯了。母亲的行为证明她的战争记忆被重新开启。在她看来，参加自卫队就是鼓励战争，就是让自己的儿子为天皇去送死。她敢于挑战丈夫的权威，说明她已经逐渐从精神困惑中走出。终于，母亲在第五次和父亲据理力争时，获得

---

① 仲村渠ハツ.母たち女たち[M]//沖縄文学全集 第8巻小説 3.沖縄文学全集編集委員会.東京：国書刊行会 1990：262.
② 同上。
③ 同上。

了胜利。父亲终于同意不让儿子参加自卫队了。

《母亲们、女人们》是在冲绳普遍反对自卫队的情感背景下创作出来的。作者通过冲绳女性来阐释这种情感,从两代人对战争的差异行为来探究不同生活方式背后的历史原因。笔者认为,该小说的命名还有一层含义,"母亲们"是从自然属性的角度切入,突出母亲们的战争记忆;而"女人们"则强调社会属性,突显女性主体意识的觉醒。从小说中也可以看出,殖民地的男性思想更容易被奴化,他们竟然说是为了支持国家——那个曾经把冲绳当作炮灰的国家,那个不顾冲绳人死活的国家。小说中,冲绳女性深知这个国家永远不是自己真正的国家,因为她们的战争记忆还存在,而且还会世代传递下去。

从阐释冲绳女性"整体创伤"及"普遍性"的《织布女之歌》到诠释冲绳女性"个体创伤"及"特殊性"的《嘉间良心中》;从"外部身体层面"揭示冲绳女性创伤的《猪的报应》到"内部精神层面"呈现冲绳女性创伤的《母亲们、女人们》,这些作品皆从不同的角度折射出冲绳女性对冲绳命运的感同身受。为此,冲绳作家扮演了双重角色:一方面,他们以独立的世界观解构压迫者的历史叙述;另一方面,他们把充满智慧和洞察力的文学写作作为对抗的工具,以修正和重写正统历史。

▼
第6章

创伤修复

从 1879 年被日本吞并失去故国,到 1945 年冲绳战的人间炼狱,再到 1972 年"复归"日本后受尽差别对待与歧视,冲绳一直在东亚一隅舔舐着伤口。历史的伤痛延续至今,美军基地、战争威胁、语言同化、日本歧视等现实问题一直困扰着冲绳人。冲绳作家肩负起再现冲绳创伤的使命,用他们的笔锋为读者刻画出一幅幅带着血与泪的冲绳创伤图。文学中的创伤始于冲绳作家对冲绳历史与命运的感悟。现实中,冲绳的创伤具有延宕性,难以治愈。冲绳作家无法改变冲绳的现状,于是他们寄希望于文学创作,试图通过对作品中人物的创伤进行修复与弥合,以此祈求冲绳能有一个美好的未来。上文中,笔者分别论述了战争、种族、女性三种创伤类型,但创伤修复的方法却不能按照这三种类型进行分类,因为不同的创伤类型可能出现相同的创伤症候。因此,冲绳作家往往通过回忆与诉说、哀悼、移情、民俗文化、重建自我等方法,对文学人物的创伤症候与表征进行修复,以此满足文学创作的需要,使文学创作得到艺术升华。

6.1　治疗创伤的良药——回忆与诉说

在文学作品中,创伤一旦出现,就需要治疗。"回忆"是恢复过去经验的过程,是治疗创伤的重要方式。"回忆是人获得关于自己的历史、身份和自我认同的途径。"①回忆具有时间和空间的维度,表现在个人回忆过往的自己时存在两个自我,即处于现在状态的"自我",以及回顾或遥观过去的自我,而后者囿于特定的时间、特点和事件之中。②"在个人身份观和各种反观心态之间,存在重要联系……个人通过回忆,就有了特别的途径来获知有关他们自己过去历史的事实以及他们自己的身份。"③也就是说,回忆能够使碎片化的创伤叙事不断涌现,使其回到事件的起点,并整合记忆,激发潜意识,从而完成对自我的认同。

多米尼克·拉卡普拉④认为治疗创伤是一个回忆并发声的过程。朱迪斯·赫曼⑤也认为创伤只有通过"回忆"才有希望康复。创伤的治疗与回忆叙述是捆绑在一起的。创伤事件之后,受创者的创伤经历受到意识潜在的抑制,要想走出创伤,受创者必须将创伤经历由潜在记忆转化为现实诉说,以健康的渠道摆脱创伤的羁绊,最终完成自我的重新审视。《猪的报应》中,在猪闯入酒吧之前,三位女主人公被抛弃的经历是她们不愿意触碰的创伤,在她们的记忆中,与此相关的一切也被有意识的扼制,即使对自己爱慕的正吉也都三缄其口。但是,猪的到来改变了一切,作为唤起创伤的使者,猪勾起了她们不愿提及的过去和伤痛,开始了向正吉的诉说之旅。首先揭开倾诉序幕的是酒吧女招待畅子。她的前夫在婚后的第五年,还不知道畅子怀孕的喜讯时,就因盲肠炎撒手人寰。后来畅子嫁给了丈夫的弟弟,这个男人却总是盯着年轻的女人,还带着女人回家鬼混,畅子哭着对正吉说:"我,可是遭背叛了啊!那个男人呢,结婚的时候本来是老实的,可是,我的年龄一天天地长,他对年轻女人就

---

① 柯倩婷.身体、创伤与性别——中国新时期小说的身体书写[M].广州:广东人民出版社,2009:9.
② 王欣.创伤、记忆和历史:美国南方创伤小说研究[M].成都:四川大学出版社,2013:45.
③ 康纳顿.社会如何记忆[M].纳日碧力戈,译.上海:上海人民出版社,2000:20.
④ 多米尼克·拉卡普拉(Dominick LaCapra,1939—),美国著名创伤理论学者。
⑤ 朱迪斯·赫曼(Judith Lewis Herman,1942—),美国著名创伤理论学者。

开始眼睛发直"①。通过向他人诉说自己因为年龄被第二任丈夫抛弃的事实,畅子已经开始面对自己的苦痛。"有不长年纪的人吗?没有吧?那个女人也会重复我的命运吧。"②可见,在倾诉过程中,畅子已经在创伤再现中寻求解脱的可能,试图开始构建自己的主体性。

另一个女主角和歌子,父母、姐姐都不在人世了,孤零零一个人,后来爱上了一个牙科医生,却因为流产遭到了男友的无情抛弃。和歌子是这样诉说这段故事的:"都死了!父亲母亲、姐姐、婴儿,只有我一个人没死……"③在回应畅子"你的婴儿,没了?"④这个问题时,和歌子用"他一定是在什么地方!"⑤予以回击。对和歌子来说,这不仅是肯定孩子曾经存在的事实,也是对自己创伤的勇敢面对。最后和歌子用"不过,对人说,心情会好起来啊。"再一次证实了倾诉在其创伤复原中的神奇效力。与畅子、和歌子不同,酒吧老板美代最初在面对藏匿内心深处的创伤时,选择了逃避这一消极方式。当大家在诉说中感受灵魂的洗涤时,美代却认为"即使对人说也不能解决!"⑥直到经过腹泻的试炼,才对正吉坦白。她懊悔地承认怀上了其他男人的孩子,逼得丈夫最后自杀,孩子也打掉了。这一伴有忏悔的回忆成为其治疗创伤的一剂良药。在倾诉过程中,美代与过去妥协,并发生改变,能够坚强地迎接未来的生活。三位女性在相互倾诉创伤的过程中,渐渐地公开内心深处的孤独和羞怯;在相互倾听的过程中彼此了解,慢慢学会梳理创伤,最终彻底卸下了创伤的包袱。

在文学作品中,有些回忆是通过从一个叙述者过渡到另外一个叙述者而实现的,这种"多重式内聚焦"使不同人物的意识能够无所不在地渗

---

① 又吉荣喜.猪的报应[J].董炳月,译.世界文学,2006(1):154.
② 同上:155.
③ 同上:146.
④ 同上.
⑤ 同上.
⑥ 同上:147.

透。"回忆就像做梦一样,在从潜意识过渡到意识这一过程中,复杂的时间形式和人物的精神都经历着深刻的变化。"①也就是说,回忆的主体和客体之间,虽然存在一定的时间和空间上的距离,但是主体往往能影响客体。《织布女之歌》中,外祖母作为回忆的主体,坦然地面对自己曾经的创伤记忆,并以相对平和的心态对待倾诉的客体——外孙女由起。外祖母在回忆过程中,不但使自己的创伤得以修复,同时也拉近了回忆的主客体之间的距离,使"客体"由起顿悟,灵魂得到升华。虽然外祖母已年过九十,但她不仅没有遗忘过去的不幸,反而记得非常清楚,只不过她把这些记忆都尘封在脑海的深处。外孙女由起身心受到打击回到家里后,外祖母为了开导由起,不惜将自己的创伤往事全部回忆给她听。"'外婆,过去这个村子,发生过令人悲伤的事儿吧?''什么事呢? 从90年代算的话,悲伤的事儿和高兴的事儿还很多呢。'"②祖孙二人的对话,拉开了外祖母记忆的闸门。外祖母首先从19世纪90年代开始回忆,讲述了那些悲伤的事情:十岁就被卖到妓院当妓女;也曾目睹战争夺去了村里很多人的性命;唯一的女儿嫁了两次人,但最终也孤苦伶仃,与她相依为命,等等。

"我们现在回忆以前发生的事情。由于这个关系,今天在我们回忆的时候,出现在脑海中的不仅仅是以前发生的事情本身,而且在回忆这一刻,一部分我们自己的感觉和思想也混杂在回忆之中。"③外祖母在讲述的过程中,不时流露出愤怒的表情。通过回忆和诉说,外祖母将这些年积压的情绪都释放了。回忆能够揭开伤疤,但阵痛过后,能加快创伤修复的进程。有研究者曾经讨论过叙事记忆与创伤记忆的关系,认为

---

① 吕国秋.回忆:填补缺失的历史——评莫里森的小说《宠儿》[J].乐山师范学院学报,2010(10):35.
② 喜舍場直子.女綾織唄[M]//沖縄文学全集.沖縄文学全集編集委員会.東京:国書刊行会,1990:190—191.
③ 德拉埃斯马.怀旧制造厂[M].李练,译.广州:花城出版社,2011:108.

"与作为社会行为的叙事记忆或正常记忆相比,创伤记忆是顽固不变的,创伤记忆没有社会的成分;它是一种孤独的行为。"[1]未愈合的伤口被一层层重新拨开,虽然过程很痛苦,但是伤口重新上了"回忆"这剂药后就会逐渐弥合,直至痊愈。小说中,由起听了外祖母的诸多不幸后,对生命有了更深切的领悟,并询问外祖母最无助、最痛苦时有没有想过自杀。"冲绳人不会自杀,会想着怎么活下去。"[2]外祖母的回答铿锵有力,一方面,说明外祖母的创伤得到治疗后渐已痊愈;另一方面,强调冲绳人不会自杀,则是对日本本土炮制冲绳民众"集体自杀"言论的批判。

《风音》中,清吉和藤井都因身体原因没有参加战争,得以幸存,然而两人记忆的交叉点却是同一个人——加纳。清吉通过对加纳遗体的回忆,勇敢地面对当年自己的偷窃行为,打开了折磨他多年的心结,并勇敢地将钢笔返还,彻底地完成了创伤修复。同时,"哭泣的头骨"也激发了藤井对加纳的回忆。通过回忆,藤井终于破解了加纳生前对他说的最后一句话的含义,完成了心灵上的救赎。加纳头骨产生的风音,犹如哭泣一般,无时无刻不在提醒人们铭记战争的残酷。战后冲绳岛上随处可见战死士兵的骸骨,加纳的头骨只是其中微不足道的一个。虽然,小说中主人公的创伤得到了修复,这些骸骨也会随着时间的推移逐渐风化消失,然而战争的记忆不会随着白骨的风化而消失,而小说结尾风音的恢复,也是冲绳人战争记忆的延续。

---

[1] 宋赛南.根与路厄德里克的灾难生存书写研究[D].北京外国语大学,2013:92.
[2] 喜舎場直子.女綾織唄[M]//沖縄文学全集.沖縄文学全集編集委員会.東京:国書刊行会,1990:191.

6.2 弥合创伤的门径——哀悼

哀悼就是为失去的东西而悲伤甚至放声大哭。哀悼是面对现实的勇气和表现,也是显示自己已经恢复了情感能力,又有了感受喜、怒、哀、乐等各种情感的能力。① 对创伤事件中失去的东西进行哀悼,是以健全的心智、健全的情感机能过滤创伤,检查自己在创伤事件中的责任,使自己的心灵得到救赎,把创伤经历化为心路历程。在冲绳文学中,很多受创者都是通过"哀悼"进行创伤修复的。

《水滴》中,德正的创伤以"哀悼"的方式得以修复。创伤是心理的,也是肉体的,创伤自我与现实自我在肉身中直接碰撞,使受创者从自己的身体了解到创伤的根源,将创伤自我与现实自我统一起来,实现创伤的复原,使受创者成功走出阴霾。如此看来,身体在创伤治疗中占有举足轻重的地位。德正曾经对山洞里渴到极点的伤兵许下"马上把水给你们拿来"②的诺言,最终诺言变成了谎言。目取真俊用"水"的寓意巧妙地将德正的身体创伤与心理创伤结合起来,对于德正来说,战争时期救命的"水",战后却犹如毒液一般在他的身体中流淌,成为创伤之"源"。战争期间,德正受命照顾伤兵,却因饥渴难耐喝光了留给伤兵的所剩不多的救命水,喝到身体里的水经过五十年的"发酵",聚积在他的右腿。身体的变异招来了士兵们的鬼魂,他们疯狂地吮吸右腿流出的"水",德正意识到"让士兵们解渴是自己赎罪的唯一途径,于是不再害怕,甚至感到

---

① 李桂荣.创伤叙事——安东尼·伯吉斯创伤文学作品研究[M].北京:知识产权出版社,2010:38.

② 目取真俊.水滴[J].林涛,译.外国文学,2002(5):23.

一种快乐"①。战时私吞的水以这种超现实的方式,跨越时空,还给死去的士兵,德正希望以此兑现当年的诺言。在赎罪过程中,肉体遭遇的剧痛也是德正创伤修复的一个必经阶段。"在士兵的舔吮下德正的脚后跟痛痒难忍,以致于整张脸都扭曲了,舌尖对伤口的触碰令德正感到一阵钻心的刺痛从脚尖蔓延至大腿,身体也日渐消瘦。"②随着"水"被士兵吸走,德正感到身体开始轻松,"腿明显消肿,水也停止了流淌"③。身体的好转使德正终于有力气和勇气对石岭的鬼魂道歉:

"'石岭,原谅我……'石岭土黄色的脸上泛起了一层红晕,嘴唇也有了光泽……石岭用食指轻轻抹了抹嘴,站了起来,依然是17岁的样子。从正面看上去,无论是有着长长睫毛的眼睛还是瘦削的双颊以及鲜红的嘴唇都堆满了笑意。刹那间德正怒火中烧:'我这五十年的痛苦,你明白吗?'石岭只是微笑看着德正。当看见德正正挣扎着要起来时,石岭冲德正轻轻地点了点头:'谢谢你,这下我终于解渴了。'石岭用纯正的标准话致完谢后,强忍住笑意,行毕军礼深深地低下了头,之后再也没有看德正一眼,直到隐身进墙壁……拂晓,村庄里响起了德正的哀嚎声。"④

"哀悼过程是一种近乎歇斯底里的发泄,它的效果在于使受创者逐渐蜕变,摆脱罪恶轻蔑的自我观感,并勇于憧憬人际关系的重新产生,可以光明磊落,不再需要掩藏或躲避。"⑤德正在赎罪的过程中释放了心灵的重负,并且通过哀悼,最终得到了石岭的原谅,使自己的创伤得到修

---

① 目取真俊.水滴[J].林涛,译.外国文学,2002(5):22.
② 同上:19.
③ 同上.
④ 同上:26.
⑤ 赫尔曼.创伤与复原[M].施宏达,陈文琪,译.北京:机械工业出版社,2015:183.

复,完成了灵魂的救赎。

"哀悼对于许多受创者是可怕的,他们有时会抗拒,倒不是出于恐惧,而是出于自尊心。受创者有意识地拒绝哀悼,好似这样做是不向加害者认输的行为,在这种情况下,将患者的哀悼重新定位为勇敢而不是屈辱的行为是极其重要的。"①《织布女之歌》中,由起的母亲起初对"哀悼"是拒绝的,她不愿意将过去的创伤经历向任何人诉说。她隐藏着被日军强奸、改嫁丈夫的弟弟、同时失去两个男人的悲痛经历。但母亲一直压抑着自己的情感,故作坚强,每天都让自己在忙碌中度过。当听说女儿同居的对象是日本自卫队员时,她大声地冲女儿咆哮"我不是说过不喜欢自卫队吗?"②自卫队是母亲的噩梦,母亲这么多年来都对自卫队几个字闭口不提,直到听说女儿与自卫队员交往,她再也控制不住自己的情绪,她勇敢地唤醒了沉睡在心里的恐惧,以歇斯底里的状态表达出自己的真实想法。母亲被自卫队员强暴后,几十年都没有发出自己真实的声音,这一刻,母亲释然了。

如果说这次母女对话使母亲终于勇敢地面对曾经被强奸的经历,伤口得到了修复,那么接下来的母女争吵则让母亲情绪彻底失控。"常言说不会哭也是心智不健全的表现。制造创伤不是受害人的罪过,但不能从创伤中走出来却是受害人的罪过。"③小说中,母亲责备由起都四十岁了还不结婚,由起则把责任推给母亲,怪母亲嫁了两次,从小没有得到父爱。母亲心里最深的伤疤被女儿揭开。想到这些年所受的委屈,想到自己不能左右自己的命运,她终于放声大哭,并诉说了自己的无奈。这是她自从第一任丈夫死后的第二次哭泣。母亲通过咆哮、哭泣与过去的经

---

① 赫尔曼.创伤与复原[M].施宏达,陈文琪,译.北京:机械工业出版社,2015:177.
② 喜舎場直子.女綾織唄[M]//沖縄文学全集 第9巻 小説4.沖縄文学全集編集委員会.東京:国書刊行会,1990:195.
③ 李桂荣.创伤叙事——安东尼·伯吉斯创伤文学作品研究[M].北京:知识产权出版社,2010:38.

历和解,继而走出悲伤的阴影,完成了创伤修复。

伤口从裸露、结痂到愈合是一个漫长而痛苦的过程。受创者在经历、体验和学习中舔尝内心的苦痛,最终感悟生命的意义。哀悼意味着埋葬创伤,从创伤中彻底解脱。"哀悼的过程是获得新的力量的过程。哀悼是为了救赎,哀悼是为了忘却,哀悼是为了开始新的生活。"[①]《猪的报应》的哀悼形式是通过"对话"实现的。在小说结尾处,由畅子哀悼逝去的孩子而引发的三位女性间的对话,正是其摆脱创伤、重新生活的隐喻。

"……六岁那年,正是贪玩的时候……"

畅子哭了起来。尽管有在祈愿过程中哭泣的女人,但畅子的感情现在已经达到高峰……

"是和现在的老公生的孩子!"和歌子凑近正吉的耳朵轻声说。

"为什么哭?"美代握着畅子的手,"是来哭的吗?不是来朝拜的吗?"

"我,本来没想哭,妈妈桑,可是,眼泪出来了才知道自己哭。心里憋得慌。孩子的脸就在眼前晃来晃去。不行,不行,无论怎样分散注意力,小脸儿都变得越来越清晰……"

"所以才哭?哭是懦弱!"

"看,这里。"

美代把白上衣的下摆卷上去,把休闲裤往下褪了一点。正吉吃了一惊:小腹上横着一道长长的疤痕。"看见了?是为打掉孩子!不是丈夫的孩子!为了打掉那孩子割的!"

……

---

① 李桂荣.创伤叙事——安东尼·伯吉斯创伤文学作品研究[M].北京:知识产权出版社,2010:38.

"没有磨练,就不能达到彻悟。是吧,正吉?"和歌子说。①

　　畅子在人前哀悼孩子,说明她已经走出创伤。哭得越痛彻心扉说明解脱得越彻底,才能使积压在内心深处的不良情绪得到释放。这种宣泄方式只有在对创伤经历有所领悟的基础上才能实现。美代面对畅子的哀悼所展现的坚定目标、首度公开自我创伤的勇气、哀悼创伤时的坚强,正是受创者获得力量、解决问题、摆脱无助、拥抱新生活的第一步。而和歌子对生活的感悟,是对创伤过往的重新审视和评断,更是重塑自我,构建意识主体的激昂阐释。三位女性通过对创伤的哀悼,以健全的心智和情感机能过滤创伤,把创伤体验化为历史的心路历程,使自己的心灵得到救赎。

6.3　修复创伤的方法——移情

　　移情,就是把感情转移的意思,即把对特定对象的情感迁移到与该对象相关的人或事物上,在心理学尤其是分析心理学上具有重要的意义。当个体遭遇重大问题而难以应对时,心理压力会瞬间增大,内心的焦虑和紧张也会持续加剧,正常的生活将无法继续,生命的平衡将难以保持,可能会出现无所适从或者思维和行为紊乱等创伤性症状。对于这种失衡与失控的心理危机状态,移情的确具有良好的治疗效果。创伤理论学者拉卡普拉也认为,在试图理解创伤事件和受害者时,移情作用是明显的。

---

① 又吉荣喜.猪的报应[J].董炳月,译.世界文学,2006(1):203.

第 6 章 创伤修复

受创者常常会在创伤中失去对人的信任,他们总是沉浸在过去的痛苦中,不能自拔。所以与受创者很难进行沟通,而转移受创者的精神注意力是一种很好的治疗方法。《母亲们,女人们》中的镰户奶奶在冲绳战中失去了所有的亲人,给她的身心造成了无法弥补的伤害。从此她精神就变得不正常,常常坐在家里发呆。后来,美纱和母亲把镰户奶奶接到家里一起生活,镰户奶奶的病情竟好转了很多,可以与别人正常交流了,并且露出了难得的笑容。但是在此期间,美纱发现了一件奇怪的事情,那就是镰户奶奶经常错把母亲当成自己的女儿吉子,但母亲对此从未做任何解释,反而每次都痛快地应答。后来,母亲向她讲述了缘由。

> 我听她的一个亲戚说,吉子是镰户奶奶的大女儿。那场战争简直让镰户奶奶痛不欲生。本来她带着两个孩子去挖土豆,突然头顶上来了架飞机投下炸弹,两个孩子赶紧趴下,可还是被击中了。她自己脚也受了伤。这时吉子马上跑了过来,背起她准备逃走……但老奶奶脚受了伤哪里都去不了,只有吉子每天去挖土豆找水什么的,好像也在这途中中弹身亡了,毕竟那时没有人亲眼见到所以不是很确定。镰户奶奶一直等着她回来,等呀等呀,直到自己变得神志不清,可吉子最终还是没有回来。就在她拖着伤痕累累的步履蹒跚地不知往何处去的时候,战争也悄然结束了……①

战争使冲绳人背负了太多的痛苦与无奈,镰户奶奶只是其中的受创者之一。战争中失去亲人让她变得沉默,不愿和任何人交流,独自承受着创伤。镰户奶奶创伤的好转,都源于她把美纱的母亲当成了自己大女儿,进行了感情上的托付与移情。美纱的母亲在此作为转移情感的客

---

① 仲村渠ハツ.母たち女たち[M]//沖縄文学全集 第 8 卷小説 3.沖縄文学全集編集委員会.国書刊行会 1990:269.

体,她的处理方式也相当到位。她没有去逃避这个责任,而是尽力配合着受创者一起完成了感情上的托付与心灵上的洗涤。

"反向移情"是"移情"的升华,是"移情"发展的新阶段。精神创伤带有一定的传染性,当移情的客体遭遇移情主体的悲惨经历时,她们往往也会感同身受,并且会因此勾起自己的创伤记忆。①《织布女之歌》中,与外祖母和母亲的创伤修复方式不同,由起的创伤是通过"移情"和"反向移情"共同修复的。因为见不得光的情人身份,由起最终身心备受伤害。经过了十年时间的蛰伏,又和比自己年龄小的西村隆之同居。虽说新的恋情能够缓解第一次恋情的伤痛,但是真正让由起从阴影中走出来的是她辞职回乡的决定。由起离开了大都市,踏上了返乡的路程。在路上,她梳理了这些年在外面打拼的种种往事,觉得自己和本土化了的城市格格不入,所以她决定逃离。小说中运用了大量的文字描写由起家乡的自然景色:"天边的夕阳染红了彩霞,海面上一片平静。村子的入口看不到一个人,连路边空荡的座椅上都飘着家乡特有的味道。"②"灰色的夜路上树木和青草散发出淡淡的清香,这一切使由起感到安心。"③"创伤移情能让受创者从创伤中走出来,并且让无助的受创者成功地转移到新的人或事物上,最终使其创伤得到治愈。"④由起将自己在城里所受的部分创伤,移情到故乡,通过故乡的宁静来释放自己心中的负面情感。然而,旧伤虽然痊愈,新伤却仍然困扰着她。由起和小男友同居的事儿,在村里成为别人茶余饭后的谈资。别人的谈论使由起不得不面对心底最柔软的伤痛,她始终无法忘记那个"嘘寒问暖"的男人,无法忘记肚子里孩子的父亲。但是现实是残酷的,该来的她还是要面对。由起通过和外祖母的

---

① 赫尔曼.创伤与复原[M].施宏达,陈文琪,译.北京:机械工业出版社,2015:131.
② 喜舍場直子.女綾織唄[M]//沖縄文学全集 第9卷 小説4.沖縄文学全集編集委員会.東京:国書刊行会,1990:183.
③ 同上:186.
④ 赫尔曼.创伤与复原[M].施宏达,陈文琪,译.北京:机械工业出版社,2015:131.

对话、与母亲的争吵,完成了创伤的反向移情。弗洛伊德认为,反向移情在帮我们理解他人身上较我们自我而言异质性的内在特征时作用重大。因此,由起的灵魂进一步得到了升华。外祖母、母亲的不幸与痛苦刺激了由起,重新勾起了她过往的创伤回忆,使她深切地感悟到作为冲绳女人的创伤。最终喊出来那句"这一切都不是女人的错"[①]后,由起开始思考家里三代女人不幸的原因,并在这一过程中创伤得到修复。

  移情能够帮助受创者加固和重塑心理结构,并最终走出创伤的阴霾。虽然战争造成的生离死别是无法弥补的,但是当创伤成为幸存者使命的源泉时,也是一种精神的修复和灵魂的升华。《叫魂》中,乌塔通过"移情"方式完成了创伤的自我修复与救赎。乌塔的创伤源于战争中失去亲人和朋友的空虚。战争结束后,失去丈夫又没有孩子的乌塔和不到一岁就父母双亡的幸太郎于无形中形成了一种亲密的联系。乌塔帮助幸太郎的祖母一起把幸太郎抚养长大,视如己出,倾注其所有的情感;幸太郎也意识到了这一点,故而对乌塔格外关心。一方面,乌塔觉得对幸太郎的疼爱或许可以弥补阿美特的遗憾;另一方面,对于孤单的乌塔来说,看着幸太郎长大,成为她活下去的精神支柱。幸存者通过帮助或关爱曾经遭遇类似创伤的他人,将他人的命运与自己的命运连结在一起,形成精神联盟,由此,幸存者就可以减轻某种程度的个人抗争负担,进行自我疗伤。面对命运相似的帮助对象时,受创主体也会不自觉地产生情感的位移,即所谓的移情,表现为自我主动认同他者的情感经历或对事件的处理方式。幸太郎昏迷不醒时,乌塔每天都到海边为幸太郎叫魂。当她看到幸太郎的魂魄独自坐在海边发呆时,她激动地劝他回家,但幸太郎并没有答应。连着四五天,乌塔拖着疲惫的身体连续叫魂,一直到深夜。

---

  ① 喜舎場直子.女綾織唄[M]//沖縄文学全集 第9卷 小説 4.沖縄文学全集編集委員会.東京:国書刊行会,1990:196.

她来到苏铁树旁,看到在淡蓝色的树影下,幸太郎的魂正注视着月光摇曳、波光粼粼的大海。乌塔年轻的时候,一到夜晚,年轻人就聚集到海滩,弹三弦、唱歌,对着月亮喝酒,经常玩到深夜。每次即兴对歌,大家全都竖起耳朵听。优美的歌词就会被传唱,声情并茂的歌手便成为大家仰慕的对象。他们一次又一次地在这样的夜晚聚会,乐此不疲。在聚会过程中乌塔跟清荣相识了,幸太郎的父母勇吉和阿美特结合到了一起。乌塔感到内心深处的疼痛,她仿佛听到从海边传来三弦音乐和对歌的声音。她记不起自己已经多久没有到海边来了。清荣、阿美特、勇吉都是因为战争死去的,只剩下自己一个人到了这把年纪。坐在海边,乌塔感到一阵悲伤。他对幸太郎的魂说:"你在看什么呢?"没有回音,月亮躲进了云层中,光线变暗了。幸太郎的身影似乎也消失了。"回家吧!幸太郎。"[①]

乌塔在为幸太郎叫魂的同时,也勾起了自己年轻时的回忆,并向读者交代了幸太郎的身世。她痛恨战争,是战争夺走了她的一切。而作为幸存者,她唯一能做的就是将自己全部的爱给予好友的孩子幸太郎。有一天,幸太郎的魂魄消失在了大海边,这里也是他的母亲阿美特的魂归之处。在乌塔看来,母子已然重逢于另一世界,战争造成的离别情伤,随着魂归大海的团聚而消退。移情使自我在认同他人情感的同时,邀请主体深入其价值和信仰,从而获取独特的认知维度,使主体在保持临界距离的同时理解他们的所感、所知和所想。对幸太郎的情感位移,使再次来到海边的乌塔,觉得自己仿佛已经死去,变成了魂灵,在记忆和现实的混沌中与自己达成和解,获得心灵的释然。这种相同的体验和交感的想

---

① 目取真俊.叫魂[J].王成,译.外国文学,2002(5):32.

象能够毫无阻挡地深入饱受创伤的内心,从而对其伤痛施以抚慰。

移情能获得独特的认知维度,使受创者在保持临界距离的同时,"对创伤的所感、所知和所想保持冷静性"①,并帮助遗忘创伤经历。"创伤经历受到意识的压制,潜伏在潜意识表层,干扰着受创者的生活,迫使受创者重复某一反常行为,并导致现实人际关系的破裂,摆脱对家庭或其他共同体的依赖,打破既定社会关系中所形成的自我建构。要想走出创伤,受创者必须将创伤记忆由潜意识上升至意识,由内在记忆转化为外在现实。"②可见,疏离是心理创伤的核心体验,而移情则是创伤修复的核心经验。《传令兵》中,友利父亲的创伤在于无法摆脱失去战友的悲痛,整日借助酒精麻痹自己,将家庭推向分崩离析的边缘。父亲因为执迷于寻找伊集的鬼魂而对家人漠不关心,造成夫妻争吵不断,他对创伤的偏执也使友利受到间接的伤害。友利恶劣的叛逆行为使父亲终于体认到创伤对生活的颠覆。为了挽救家庭,父亲卖掉了作为传递战争创伤媒介的相机,回归家庭。于是父母的关系变得日益和睦,家族生意如日中天,友利也顺利毕业。相机的处理,表明友利父亲已经将创伤成功移情到家庭生活的打拼中。同时,在创伤体验中完成顿悟,在自我重塑认同的过程中积极应对负面情绪,抵抗创伤的困扰,并对他人造成的过往伤害进行补偿。命运多舛的友利一家,在目取真俊的笔下被影射为惨遭战争蹂躏的冲绳原型;友利父亲对家庭的挽救和对创伤的自我修复也暗示着冲绳作家对冲绳命运的反思和对未来的探索。在目取真俊看来,沉迷于创伤只会加深冲绳人的精神愤恨和萎靡,使其为自己的消极思维和怪诞行为寻找托辞,并在原本已经不堪的现实中进一步沉沦。相反,只有在创

---

① 王卉.菲利普斯创伤书写中的移情——以《更高的地面》和《血的本质》为例[J].英美文学研究论丛,2013(2):290.

② 师彦灵.再现、记忆、复原——欧美创伤理论研究的三个方面[J].兰州大学学报,2011(2):136.

伤中寻求和激发潜藏的思辨意识和觉醒意识,进而构建完整的主体性身份,才能还给千疮百孔的冲绳一个美好的未来。

6.4 抚慰创伤的钥匙——民俗文化

"文化是一个共同体的'社会遗产':由一个民族在他们特殊生活条件下不断发展的活动中创造,并且从一代传向另一代的物质手工艺品,集体的思想和精神制品,以及各种不同的行为方式的总体。"①"民俗文化是依附于人民的生活、习惯、情感与信仰而产生的文化。由于民俗文化的集体性,说到底,民俗培育了社会的一致性。民俗文化增强了民族的认同,强化了民族精神,塑造了民族品格,集体遵从,反复演示,不断实行,这是民俗得以形成的核心要素。"②在美国和日本夹缝间残喘的冲绳,既得不到美国的认同,又无法融入日本本土,因此冲绳人既不是美国人,也做不好日本人。冲绳人的部分创伤源于主体身份的迷惘。面对这种创伤,对冲绳人而言,本民族的文化便成为抚慰创伤和开启主体觉醒意识的"钥匙"。冲绳作家将民俗文化根植于文学作品中,让人物从中汲取力量,获得认同,最终实现创伤的修复。

"在一般情况下最明显,最习以为常,也是研究最少的文化侧面,以最微妙和最深刻的方式影响着人们的行为。"③在冲绳作家笔下,民俗文化既能从身体层面对创伤进行表面的修复,又能从思想层面对冲绳的创

---

① 刘跃进.文化就是社会化——广义"文化"概念的逻辑批判[J].北方论丛,1999(3):51.
② 段文.浅谈民俗音乐的社会功能[J].艺海,2009(8):43.
③ 拉里萨姆瓦,等.跨文化传通[M].陈南,等译.北京:生活·读书·新知三联书店,1988:26.

伤进行深入的治疗。在《猪的报应》中,冲绳的民俗文化就成为修复女主人公们身体创伤的媒介。

　　身体作为某种文化意义的载体,本身也有着自己的等级秩序。与心和脑相比,其分泌物往往就被视为污秽、低贱的。而分泌物中以粪便等排泄物最为卑贱。"粪便及其同等物(腐烂物、感染物、疾病、尸体等)代表了来自身体外部的危险:自我受到非自我的威胁,社会受到其外部的威胁,生命受到死亡的威胁。"①

　　又吉荣喜的《猪的报应》对身体既定的等级秩序进行变向的颠覆,将粪便升华至一种宗教仪式般的神圣,将排泄过程视为一种灵魂救赎。如此一来,排泄就成了身体疗法的另一种类型。小说中,"猪肉宴"最终造成了女人们的集体腹泻。准确地说,应该是猪肝中毒引发的腹泻。

　　这里我们不得不说一下"猪"所承载的文化意义。"猪"在冲绳文化中,具有重要位置。"猪在祭祀和神话、民谣中,通过人们的无意识行为得以在民间传承和供奉。"②又吉荣喜本人也曾说过:"冲绳的猪可以驱赶恶魔,预言灾难等。无论是冲绳人还是冲绳神都特别喜欢猪。猪肉是传统祭祀仪式中必不可少的供品。"③又吉荣喜还感受到"冲绳这块土地所蕴育的巨大力量是与猪重合在一起的,猪其实已经成为冲绳传统的象征"④。如果说猪是冲绳本土文化的象征,那么"猪肝"也就是冲绳文化的"核心",是冲绳文化之"魂"。三位女主人公的创伤都始于并投射在怀孕上,也就是说,她们创伤的根源来自于腹部(或是子宫)这一女性的"核心"。女主人公经过腹泻的试炼,把体内积聚的"脓"全部排空,内心的伤痛也因此得到暂时的抚慰和治疗。

---

① 克里斯蒂娃.恐怖的权力——论卑贱[M].张新木,译.北京:生活·读书·新知三联书店 2001:102.
② 高良勉.批评:又吉荣喜著『豚の報い』[N].沖縄タイムス,1996年1月8日:9版.
③ 又吉荣喜.随想[N].沖縄タイムス,1996年1月18日:13版.
④ 又吉荣喜.ワールド——アメリカの影と沖縄の基層[J].EDGE,1996年春号:38.

美代因为食物中毒被送进诊所,夜里,梦见有个小孩子不停地挠她的肚子,她嘴里虽然喊着不要不要,却觉得异常舒服。于是捧着肚子笑起来,一笑,手黏糊糊的,原来是在梦里,她控制不住把粪便排泄在了床上。美代梦中排便这一场景旨在叙述肉体净化对治疗心理创伤的重要作用。美代曾经堕胎,对未出生的孩子心存愧疚,这种创伤就外化在肚子上。前文中提到,她曾经因为堕胎而在腹部留下一道长疤,所以在创伤闪回的睡梦里还会梦到孩子。孩子挠她的肚子即意味着抚慰她的伤口,而排泄则暗示帮助她将心理上的郁结彻底排除。肉体的净化过程也是创伤修复的过程。但是,在这一疗伤过程中,受创者要历经一段痛苦的挣扎,这种痛苦在小说中主要体现在三位女主角腹泻后所经历的肉体折磨上。痛苦其实是疗伤的必经阶段,也是肉体净化的关键。这场猪肉宴被和歌子戏称为"最后的晚餐"。提到"最后的晚餐",很容易联想起基督耶稣临死前与其十二门徒共享的晚宴。晚宴中,耶稣让门徒喝下杯中的红酒,说红酒代表他的血,世人都犯了罪,神要用他的血洗净罪恶,使世人得到赦免。可见,女人们的"最后的晚餐"是对耶稣和十二门徒晚宴的一种文学戏仿,以此揭示其隐含的救赎功能。

"失去了认同感,就是失去了方向感。这就意味着人无法在生存中获得自身存在的证明,所以处在一种迷失的状态,这是创伤的一种表现形式。"[①]《迷路》中,主人公松代因其美日混血的特殊身份,处在一直不能被周围人认同的痛苦中。松代从小一直想去美国找母亲,后因接触到冲绳本土的民俗文化,幼小的心灵得到了安慰,同时她也拥有了巫女的超能力。这种巫女文化是冲绳人的精神象征,松代获得超能力也预示着她的灵魂已经归属于冲绳。具有超能力的松代在奶奶的陪伴下很"冲绳式"地成长着,她的所有生活习惯已经和冲绳融为一体。对于外表是美

---

① 丁玫.艾·巴·辛格小说中的创伤研究[D].上海外国语大学,2012:21.

国人、内在是冲绳人的松代来说,她更加渴望得到别人的认同。奶奶去世后,她迷茫了一段时间,她认为这个世界上最懂她的人去了。于是,离开了生长的故乡。到了大都市后,她无论在哪里都能引起别人的关注,这种"既不是……也不是……"的身份让她觉得孤独和迷茫。在好友佐知住院并且病情不见好转时,她决定用冲绳最原始的宗教仪式为佐知祈福。松代的这一行为,是向代表西方文化的医院挑战,是两种文化的正面碰撞。她想回归传统冲绳民俗文化,向世人证明她的冲绳身份。然而,在实施过程中阻力重重。她的男友玉井和好友顺子都对她产生了极大的不信任感,这种感觉让她再次陷入了压抑和忧郁之中。后来,玉井因车祸去世,使得松代更加自责。她认为如果早去朝拜也许玉井就不会死。她在内心深处更加趋向冲绳的传统文化。于是,松代再次申请去美军基地内的地下遗址进行朝拜,然而审批手续异常复杂,不仅要得到美军的同意,还要得到日本政府防卫设施局的同意。"他者的形成必须发生在二元对立的关系中,而且对立的双方存在着某种不平等或压迫关系。同时利用武力、语言、意识形态对他者行使霸权,对其进行排挤、支配和控制。"①冲绳的他者境遇不止是二元对立,而是美国和日本共同压制下的殖民地。冲绳人祖先的遗址被美军踩在脚下,去祭拜还得经过美国人的同意,冲绳人的他者之痛充满了失语感与无力感。最后,松代竟然还受到了日本本土人的刁难。

"不,直截了当地说吧。"课长抽搐着凹陷的脸颊说道,"如果说是基督教的话,不,至少也要是佛教,因为全世界受众较广,所以也能被美国理解,这样就能得到进入参拜的权利。但……""基地内的美国人认为会有异样的美国人进去朝拜,难道他们不会觉得丢了美

---

① 张剑.他者[J].外国文学,2011(1):127.

国人的脸？不，如果再往坏处想的话，他们会因为你混血的外貌，而把你当成间谍。""虽然有些失礼，但你确实怎么看都像美国人。一旦让你在那个遗址做朝拜的话……"他欲言又止，把脸转向顺子。①

松代最后决定剃光头，穿和尚袈裟进基地朝拜。松代请顺子做袈裟。此时的顺子也被松代的执着感动了，她终于认可松代是个纯正的冲绳巫女。松代终于不用再去羡慕护士的制服了，因为她已拥有属于自己的独特"制服"。"制服"在小说中是一个相对稳定的意向，它象征着身份。小说开篇伊始，松代就特别羡慕有着公共认知的"制服"，这也是她想找回自己身份的一种隐喻。松代深知内心的信仰比什么都重要，已经完全不在乎证明身份的外衣了。决定穿袈裟服的松代，希望通过自己信奉的神灵来救下佐知，并且愿意跨越宗教差异换上别的宗教服装。对接受了神的使命的松代来说，没有什么东西可以成为阻碍。作者在小说结尾处，用巧妙的叙事手法，将松代找回自己身份，获得他人认同的体验书写得畅快淋漓，让读者大呼过瘾。松代穿上佛教的衣服进入基地进行朝拜，这表明她已经真正找到了自我，并将困扰她多年的创伤治愈了。

"文化是人的基本社会属性之一，是人的生存环境。人类生活的任何一方面无不受着文化的影响，并随着文化的变化而变化，文化决定了人的存在。"②民俗文化不仅能治愈个人创伤，对集体创伤也有着修复作用。《织布女之歌》的问世，正值世界妇女解放运动发展十多年之后，女权主义思想在世界上广泛传播，并产生了很大的影响。日本人、冲绳人、女性，这三个标签奠定了喜舍场直子的多元文化写作，她找到了治愈冲绳女性集体创伤的钥匙——冲绳的民俗文化。小说中的村子位于冲绳

---

① 大城立裕.迷路[M]//後生からの声——大城立裕短編集.東京:文藝春秋 1992:57—58.
② 洪春梅.菲利普·罗斯小说创伤叙事研究[D].天津师范大学,2014:34.

的北部,自然条件优越,盛产芭蕉布。当地女人很多都以织布为生。伤愈后的由起主动要求加入外祖母和母亲织布的工作中来。回归到当地的传统劳作中去,是其身份回归的体现。此外,伤愈后的母亲聚集了二十多个同村的朋友,她们当中大部分都因为战争成了寡妇。每人都拿出亲手制作的冲绳的传统美食。席间,女人们谈笑风生,"'有丈夫的女人很幸运呀。''最糟糕的是女人身体枯竭,变得没有激情''激情啊,再多干些田里的活吧,哈哈。'"[1]作者把聚会的场景生动地呈现出来,对冲绳女性的乐观、逐渐走出创伤、找回自我的状态拿捏得非常到位。饭后,女人们在传统乐器的伴奏下,唱起了家乡的歌谣,跳起了家乡的舞蹈。女人们的狂欢,预示着冲绳民俗文化治愈了女性的集体创伤。

6.5 治愈创伤的根本——重建自我

"在创伤中,受创者的自我被毁灭,信念被动摇,人际环境被破坏。因此,要彻底走出创伤困境,必须做到'重建自我'。所谓'重建自我'就是受创者要制定目标,探寻新的生活意义,建立更持久的信念,最终完成主体性的构建。"[2]现实生活中的冲绳在美国和日本双重压迫下,找不到自己的身份,依然没有完成冲绳共同体主体性的构建。冲绳作家将这种希望幻化到文学创作之中,为我们描摹出一幅幅冲绳在多重文化夹缝中的创伤图,以沦肌浃髓之笔再现了冲绳民众对冲绳命运的失望与希望,

---

[1] 喜舎場直子.女綾織唄[M]//沖縄文学全集 第9卷 小説4.沖縄文学全集編集委員会.東京:国書刊行会,1990:205.

[2] 李桂荣.创伤叙事——安东尼·伯吉斯创伤文学作品研究[M].北京:知识产权出版社,2010:39.

诉说了冲绳作家面对文化身份迷失所产生的焦虑与沉思。与此同时，"重建自我"也成为彻底治愈创伤的重要途径。

"自我身份的建构——因为在我看来，身份，不管东方的还是西方的，法国的还是英国的，显然是独特的集体经验之汇集，最终都是一种建构——牵涉到与自己相反的'他者'身份的建构，而且总是牵涉到对与'我们'不同的特质的不断阐释和再阐释。每一时代和社会都重新创造自己的'他者'。因此，自我身份或'他者'身份决非静止的东西，而在很大程度上是一种人为建构的历史、社会、学术和政治过程，就像是一场牵涉到各个社会的不同个体和机构的竞赛……简而言之，身份的建构与每一社会中的权力运作密切相关，因此决不是一种纯学术的随想。"[①]自我和他者的建构不仅仅是一种思想领域内的文化创造、虚构和阐释，更是一种与政治、权力密切相关的物质过程，反映了权力的存在和变动，也必然折射出建构者的观念和态度。《鸡尾酒会》中，主人公因为多重文化的影响，出现思想游离，造成了自我身份的不确定性，成为沉默的"他者"。但在东西文化碰撞中，最终完成了他者的发声，重新构建自我身份。小说中，第三天女儿毫发未损地回到了家，主人公开始犹豫并最终决定放弃起诉。米勒为了安抚主人公，特地开了一次鸡尾酒会，主人公不情愿地参加了。席间听说一个在基地做女仆的冲绳人，因为一点不能称之为错误的错误被起诉后，主人公压制在心底的隐忍和愤恨瞬间爆发，也终于顿悟冲绳人必须凭借自己的力量觉醒、崛起，才能真正捍卫自己的权利。于是，经历过痛的领悟后终于打破沉默，毅然踏上起诉之路，在法庭之上真正"发声"。萨义德的"东方主义"戳穿了西方话语的霸权，使被殖民的"他者"开始觉醒，并意识到只有打破殖民者为其编织的牢笼，与殖民者进行面对面的对抗，方能重建其文化和权力的主体性，才能真正地

---

① 萨义德.东方学[M].王宇根，译.北京：生活·读书·新知三联书店，2007：426—427.

与其共存共荣。《鸡尾酒会》中,主人公最后决定起诉,正是其作为"他者"的发声和话语权重构的开始,预示着其主体性的重新回归。

书写创伤,诉说苦难,并不是冲绳作家进行创伤书写的最终目的,冲绳作家的最终目的是实现对创伤的超越和升华,实现自我的重建。《冲绳少年》中,东峰夫借助主人公恒吉对飞扬跋扈的美军的忿恨、对基地街生活的无奈、因说冲绳方言而受到歧视的委屈、对父母受尽屈辱后竟保持沉默的困惑等种种不满,为最后的逃离与反抗进行铺垫。作为冲绳人,恒吉的命运和所有同胞一样,背负着本民族的感伤与苦痛。然而,面对如此境遇,冲绳人有的选择顺从,有的选择隐忍,有的选择沉默,而恒吉却选择了反抗,并以此来进行主体性的构建。在东峰夫的笔下,恒吉的反抗也经历了一个变化的过程,从最初无意识的抗拒发展到思想上的追寻,最后完成了行动上的逃离。小说的开篇处,母亲让恒吉腾出房间"做生意",恒吉不愿意,但拗不过母亲,只能在心里咒骂"べろやあ",飞快地向外跑去。咒骂既是无意识的体现,也是无能为力的暴露,只能以"奔跑"这种行为对现实表达自己内心的不满与无奈。一次,恒吉没有回家,在海边住了一晚,早上起来看到"潮水退向远方的海面,白色沙滩渐渐浮现。"① 恒吉在一瞬间产生了去"无人岛"的幻想。梦想中的家园在恒吉的脑中萌生,这也是恒吉在思想上试图摆脱"他者"身份的一次探寻。思想终将支配行为,当现实与梦想之间变得越来越遥不可及,恒吉便将幻想付诸行动,决定离家出走。为了购买离家出走的东西,恒吉向母亲索要之前送报纸的工钱。母亲不给,恒吉就踢着母亲的腿大哭着不肯罢休。母亲无奈,给了他一美元,恒吉不小心撕成了两半,后来索性全部撕碎逃跑了。这一情节暗示恒吉已经开始向家里的权威——母亲发出了反抗的信号。再者,恒吉撕碎钱的行为看似偶然,实则必然。因为母亲

---

① 東峰夫.オキナワの少年[M]//沖縄文学選.岡本恵徳ほか編.東京:勉誠出版,2003:149.

给他的钱是家里妓女的皮肉钱。恒吉对这样的钱是厌恶至极的,他认为一旦接受了这个钱就是对现实的妥协,于是他不再沉默,用实际行动证明了要逃离的决心。此后,恒吉为逃离准备了水、粮食和必备的生存技能。在一个风雨交加的夜晚,他扬帆起航,奔向梦想中的家园,实现了行动上的反抗,完成了主体性的构建。

斯皮瓦克[①]认为,"作为弱势族群的他者往往处于失声状态,即使发声也常常被淹没在主流话语之下,只能借凭些许的异质轨迹若隐若现,同化于强势话语的宏大叙事中。"[②]只有不断地争取话语权,使"他者"自觉地增补自我,言说自我,建立自我,才能摆脱"他者"的从属地位,重塑主体自我的认知,形成与强权文化进行对话甚至对抗的交流模式。东峰夫作为冲绳作家,正是以此为目标致力于冲绳民众话语权的构建,对冲绳民众更是哀其不幸,怒其不争。《冲绳少年》带有一定的自传色彩,东峰夫对"他者"与"追寻"这一主题的认知是建立在他本人对冲绳多舛命运的感悟之上的。这部作品书写了少年恒吉对现实的不满和对梦想的追逐,从某种意义上说,也是作者希望以此唤醒冲绳民众的主体意识,改变冲绳的"他者"身份的文学性尝试。东峰夫下笔不凡,运用精湛的手法使叙述时而隐晦曲折,时而放声疾呼;既铿锵有力,又妙趣横生;既有现实主义的手法,又有象征主义的描述。透过其代表作《冲绳少年》,可以管窥独具匠心的创作技巧和充满民族情怀的哲思。东峰夫将正在发育的少年作为小说的主人公,旨在影射历史发展中的冲绳。少年的反抗是一种追寻,与冲绳作家对冲绳命运的探寻如出一辙。

冲绳作家笔下的人物都有着各自的故事,各自的创伤。然而,在所

---

① 佳亚特里·C.斯皮瓦克(Gayatri C. Spivak,1942—),是当今世界首屈一指的文学理论家和文化批评家,西方后殖民理论思潮的主要代表。

② Spivak, Gayatri C. *Outside in the Teaching Machine* [M]. New York & London: Routledge,2008:9.

有的创伤修复方式中,最无奈的方式就是以生命为代价完成主体性的构建。从《嘉间良心中》这一小说名字,读者一看便知这是一部悲剧。在日语里"心中"是"殉情""一同自杀"之意。在小说的结尾处,女主人公以死亡的方式,完成了对自我主体性的构建,修复了自己的创伤。这虽然是悲剧性的无奈之举,但是"悲剧中并不只有眼泪,还有笑容。因为,悲剧夺走了人生宝贵的东西,也给予人生宝贵的启示,生命逝去,而信念胜利。凤凰涅槃,并不是为死而死,而是为生而死,但是凤凰涅槃仍然是一种悲剧,一种伤痛,因为在这个过程中,必须要经历死亡的惨淡与战栗。"①清用结束生命的方式完成了自我重建,她保住了"美军情人"这个唯一的身份,用死亡完成了自我的升华,让读者感受到生命的力量和难以言表的诉说。

当代冲绳人在忙碌与颠沛流离的生活中,不堪重负。《水上往还》叙述了冲绳共同体内部身份认同的焦虑。在小说的最后,明子完成了自我的重建。天亮之前,卡雷爷爷带着父女俩驱船离开西表岛。随着船只远离故乡,明子越来越不安,凝视着眼前的父亲和灵位牌,她想到,即使如愿将祖母牌位接回家里供奉,父亲也依旧为病魔所苦。当船穿过深水区与浅水区之间的珊瑚礁时,明子站起来,看着深不见底的水域环绕着岛屿,矗立着的岛屿就像一堵延伸到地球内部的黑墙。下一刻,明子冲动地从金造怀里抢过灵位牌,扔进无底深渊。在灵位牌淹没在水中后,她转向金造,用一种不受意志控制的声音向金造说道:"这才是祖母想要的。她不要那些所谓的纪念仪式,这才是她真正需要的。"②明子选择让祖母的牌位回归大海——故乡西表岛与移居地冲绳本岛"之间"的位置,完成了自己家族身份的构建,同时也暗示了冲绳这一共同体的重建。《水上往还》笔下凸显的是从"他者"到"自我"的主体重生过程。崎山多

---

① 周桂君.现代性语境下跨文化作家的创伤书写[D].东北师范大学,2010:102.
② 崎山多美. 水上往還[J].文學界,1989(4):134.

美在作品中将灵位牌扔进大海的实验性影射,在某种程度上与霍米·巴巴的"第三空间"理论完美契合。霍米·巴巴[①]打破了二元对立的思维模式,缔造出具有包容性、混杂性的第三空间,"他者"与"自我"在此空间内彼此对话、交涉、谈判、影响并渗透,进而在尊重差异的基础上催生出新生事物。"灵位牌"的隐性书写,也是冲绳作家对冲绳未来做出的大胆思考。

---

① 霍米·K.巴巴(Homi K. Bhabha,1949—)是当代著名的后殖民理论家,与萨义德和斯皮瓦克一起被誉为后殖民理论的"圣三位一体"。

▼
第 7 章

结　语

冲绳战的惨痛经历、战后的歧视问题以及"复归"后希望的破灭，都在历史前行的轨迹中一点点地沉积到冲绳民族的灵魂深处。在战后冲绳文学中，战争累积的创伤、种族歧视的创伤、女性群体的创伤等并没有击垮一直与苦难同行的冲绳，曾经的苦难在岁月变迁中逐渐升华为通过自我救赎寻求自我发展的精神力量。冲绳作家，以独特的视角钩沉历史，于超然中将个人情感转化为民族情结。对于冲绳作家而言，书写创伤不仅仅在于提醒冲绳人不要忘记历史，更在于从历史中汲取前进的勇气，在表面看似静止的经验世界和记忆氛围中对历史进行前瞻性地想象，并通过自身力量来寻求民族自我发展的救赎之路。

近年来，日本军国主义复活迹象明显。日本政府没有正视对邻国犯下的罪行，肆意篡改历史教科书，否认战争罪行，企图为侵略战争翻案。如果日本政府不对其所犯下的罪行进行反思，就会重蹈历史覆辙。因此，用文学的形式书写历史、书写创伤，不仅对日本重新正视冲绳历史有着重要意义，对于促使日本反思其对亚洲邻国的侵略罪行也有重要的启示意义。

要了解一个民族的文学，首先要了解她的历史。琉球王国曾经是一个经济和文化繁荣的海岛城邦，与邻国相处融洽。1609年萨摩入侵琉球，琉球的历史就此被改写，在此后400余年的时间里不断被日本侵占、出卖、利用，与日本的关系堪称剪不断，理还乱，彼此纠缠，爱恨交错。"400年间，琉球/冲绳的地理位置给它留下很少的自治空间，实际上她再也没有独立。"①失去主权的琉球在1879年被日本强行并入版图,成为"冲绳"。此后,日本将冲绳作为保护本土的桥头堡。1945年,历时3个月的冲绳战使冲绳变成了人间炼狱。随着日本战败,冲绳又以"琉球"之名,成为美国军事殖民地,被美军占领长达27年之久。1972年"复归"日本,"琉球"又变回"冲绳",虽然名字反复更改,但始终没有摆脱被殖民的命运,战争的阴影一直笼罩在冲绳的上空。冲绳宛若一叶孤舟,在东亚的大海上漂移,不知归向何方,只任命运操控于海浪与飓风之间。

文学作为重现与消解历史的载体,被认为是重现历史的最佳媒介。冲绳文学,作为日本文学土壤中开出的奇葩,是一种非主流的文学类型。冲绳文学主要以冲绳人及其生活经历为背景或描述对象。由于冲绳的文化、风俗人情、地域方言都与日本本土大相径庭,因此冲绳作家的经历和表述都具有鲜明的民族和文化特色。冲绳作家在多语言的纠葛中,磨炼了表现手法,形成了独特的冲绳风格。冲绳文学带着民族的爱与恨,书写着独属于她们的苦难与创伤,冲绳作家肩负起历史使命,在世界文学史上由衷地发出自己的呐喊。

"战争创伤"是冲绳文学书写中的典型经验内容。冲绳战留给人们的创伤是一场难以苏醒的噩梦。冲绳战的创伤对象既包括个体又涵盖族群;既包括从美军、日军刀枪下死里逃生的平民幸存者,又涵盖战后依然徘徊在战时与现实之间的冲绳士兵,更涉及没有经历战争的幸存者后代,这些都是极具象征意义的创伤载体。冲绳作家作为冲绳历史的叙说者,肩负起特殊使命,愤然起笔倾吐着战争带来的创伤。在众多的冲绳作家中,目取真俊对战争题材的涉猎最为频繁,也最为深刻。在目取真俊的笔下,创伤如同复杂纵深的迷宫,从不同途径揭示出冲绳乃至人类

---

① 麦考马克,乘松聪子.冲绳之怒:美日同盟下的抗争[M].董亮,译.北京:社会科学文献出版社,2015:268.

于战争潜在层面上的生存困境和思想迷惘。不管是从士兵参战视角进行书写的《水滴》《传令兵》,还是着眼于被残害的普通民众视角进行创作的《叫魂》,抑或是交叉着日本士兵与冲绳民众战争记忆的《风音》,目取真俊的书写重点在于揭示幸存者对战争的恐惧和困顿。时过境迁,冲绳人将战争给予的痛楚尘封在记忆深处,但这并非意味着记忆的消逝,苦难的结束。记忆如幽灵般于不经意间出现,唤醒幸存者过去的伤痛经历,加剧战争对其心灵的折磨和重创,完成在历史中的代际传递。但"在战争记忆残酷性的背后,又隐匿着具有悖谬性的文学价值"。凭借召唤过去这种方式,记忆成功地建构了小说人物的身份,即他们既是冲绳战的受害者,又是幸存者,想忘又忘不掉的"战争的记忆"俨然成为他们"记忆中的战争"。作为新一代冲绳作家,目取真俊以其独特的视角于文学书写中客观地再现了创伤记忆,并从战争催生出的恐惧、空虚和绝望中挖掘出关于生的感悟、痛的思索,完成了对受创主体的灵魂救赎。

"种族创伤"是对种族殖民与种族歧视的心理的反应。"作为弱势族群的'他者'往往处于失声状态,即使发声也常常被淹没在主流话语之中,只能借凭些许的异质轨迹若隐若现,同化于强势话语的宏大叙事中。"[①]在冲绳一百多年的历史中,世世代代耗尽血泪只为改变凸显在他们身上的民族文化与主流文化间的分裂与冲突,而"双重意识""他者身份""权力话语""文化疏离"正是其"恐慌""困惑"和"意识游离"的滋生土壤。双重意识、身份迷失、人性扭曲、文化疏离这种环环相扣的冲突最终造就了挥之不去的种族创伤,给冲绳打上了精神殖民的创伤烙印。沉重归属感和种族隔阂交织出现在《鸡尾酒会》《迷路》《冲绳少年》《水上往还》四部冲绳小说的字里行间,变相地诠释了冲绳

---

① Spivak, Gayatri C. *Outside in the Teaching Machine* [M]. New York & London: Routledge, 2008:9.

作家那种无法使自己的灵魂超脱于这种尴尬的思想禁锢的种族创伤。四部小说为我们描摹了一幅冲绳在多重文化夹缝中被"他者"化的创伤图,以沦肌浃髓之笔再现了冲绳民众对冲绳命运的失望与希望,诉说了冲绳作家面对文化身份迷失所产生的焦虑与沉思。面对美国的压迫和日本本土的歧视,冲绳作家在思索之后开始对冲绳的未来进行透彻的探寻与大胆的构想。冲绳作家对话语权的构建尝试在某种程度上也间接地鼓舞了世界其他弱势族群争取话语权的斗志,为边缘族群的身份重塑提供了借鉴。

"女性创伤",是对冲绳女性独特遭遇的历史再现。因为冲绳女性身份的特殊性,女性创伤在战后冲绳文学书写中亦有着重要的地位。冲绳女性不仅受到"男权社会"的戕害,还遭到美国、日本等"强权社会"的压制;既经历过战争的残酷,又体会过种族的歧视。冲绳女性处于社会底层,她们终生都在与种族、性别所造成的伤痛抗争。父权制下的冲绳女性背负着太多的压制与禁锢,承载了太多无法言说的伤痛。在美军、大和、男权当道的社会,冲绳女性身体受创的同时,心灵也被扭曲。多重身份的冲绳女性在历史创伤中不断失声,沦为沉默的他者,并且在特定的历史环境下,部分冲绳女性沦为美军的泄欲工具,不断沉沦,致使其身份迷失。伴随着女性主体性的迷惑,女性独特的创伤记忆也随之开启。创伤记忆使冲绳女性正视身心所受的创伤,直面与男人爱恨交错的情感。从阐释冲绳女性"整体创伤"及"普遍性"的《织布女之歌》到诠释冲绳女性"个体创伤"及"特殊性"的《嘉间良心中》;从"外部身体层面"揭示冲绳女性创伤的《猪的报应》到"内部精神层面"呈现冲绳女性创伤的《母亲们、女人们》,这些作品皆从不同的角度折射出冲绳女性对冲绳命运的感同身受。冲绳女性被男性和美国、日本等特权阶级排除在公共权利和声音之外,她们清楚地知道,所谓"人类进步"的历史叙述,隐藏了非人道的、残忍的、野蛮的,且常常是暴力的性别、种族和阶级压迫。为此,冲绳作家扮演着双重角色,一方面,他们以独立的世界观解构压迫者的历史叙述;另一方面,他们把充满智慧和洞察力的女性写作作为对抗的工具,以修正和重写正统的历史。

在现实生活中,冲绳的创伤具有延宕性,难以治愈。但在冲绳作家创造的文学世界中,创伤借助作品的虚构加工,得以层层剖开。冲绳作家往往通过回忆与诉说、哀悼、移情、民俗文化、重建自我等文学修复方法,对作品中人物的创伤症候和表征进行修复。本书分别从战争、种族、女性三种创伤类型进行了论述,但创伤修复的方法却不能按照这三种类型进行分类,因为不同的创伤类型可能出现相同的创伤症候。从创伤修复的过程中,读者可以窥见冲绳作家的苦闷。文学在创伤的治疗中承载着重现和消解的功能,冲绳作家通过创伤叙事这种艺术形式将冲绳这一共同体的修复过程投射在文学中人物的个人遭遇上。创伤叙述不仅包括口头倾诉,还包括书写叙述。"书写疗法,是以重新经历创伤的治疗方法书写创伤经历的过程"①。其实,这在某种程度上也体现了冲绳现代小说的特征。"一个国家或民族的文学的产生和发展,都不同程度地反映着一个国家或民族的文化嗜好。"②一方面,在冲绳现代文学中,那些优良的传统文化和习俗对促进日本的主流文学和评论的发展有着巨大的作用。另一方面,冲绳作家也在奋力展示他们作为现代人,与日本本土的作家一样,也会存在一些复杂的心理问题,也同样具有能够克服困难的意志。冲绳作家虽暂时无法改变冲绳的现状,但是通过修复与弥合作品中人物的创伤,来寄语冲绳美好的未来。

对冲绳文学创伤的书写不是为了控诉与同情,而是当下冲绳人在面临各种问题时所折射出的反思。再现冲绳所遭受的诸多历史创伤,并非

---

① Henke, Suzette A. *Shattered Subjects*: *Trauma and Testimony in Women's Life-writing*[M].New York: St. Martin's Press, 2000: XII - XIII.
② 宿久高.日本文学的"超政治性"摭议[J].日本学论坛,2001(3):2.

仅仅为了使这些创伤远离冲绳,更是为了使它们不要再发生在任何其他人身上。运用冲绳人的创伤体验来描绘人类如何为生存和发展而进行努力和斗争,从这一角度来说,战后冲绳文学已经超越了单纯的地域范围,上升到了一种普世人文关怀的高度,体现出冲绳作家深刻的人文意识。

参考文献

日文专著（按作者姓氏的五十音图顺序排列）

1. 新崎盛暉.沖縄現代史[M].東京：岩波書店,2005.
2. 新崎盛暉.未完の沖縄闘争[M].東京：凱風社,2005.
3. 石坂蔵之助.沖縄 基地 文学[M].東京：新日本文学会,1999.
4. 伊藤整.小説の方法[M].東京：岩波書店,2006.
5. 浦田義和.占領と文学[M].東京：法政大学出版局,2007.
6. 大江健三郎.沖縄ノート[M].東京：岩波書店,1970.
7. 大城貞俊.アトムたちの空[M].東京：講談社,2005.
8. 大城貞俊.「沖縄文学」への招待[M].那覇：琉球大学,2015.
9. 大城立裕.大城立裕全集[M].東京：勉誠出版,2002.
10. 大城立裕.後生からの声——大城立裕短編集[M].東京：文藝春秋,1992.
11. 大城立裕.光源を求めて——戦後五十年と私[M].那覇：沖縄タイムス社,1997.
12. 大城立裕.カクテル・パーティー[M]. 東京：岩波書店,2011.
13. 岡本恵徳.沖縄文学の地平[M].東京：三一書房,1981.

14. 岡本恵徳.現代沖縄の文学と思想[M].那覇:沖縄タイムス社,1981.

15. 岡本恵徳.沖縄（ふるさと文学館）[M].東京:ぎょうせい,1994.

16. 岡本恵徳.現代文学にみる沖縄の自画像[M].東京:高文研,1996.

17. 岡本恵徳、髙橋敏夫.沖縄文学選——日本文学のエッジからの問い[M].東京:勉誠出版,2003.

18. 岡本恵徳.沖縄文学の地平[M].東京:三一書房,1981.

19. 沖縄文学全集編集委員会.沖縄文学全集:小説Ⅱ[M].東京:国書刊行会,1990.

20. 沖縄文学全集編集委員会.沖縄文学全集:小説Ⅲ[M].東京:国書刊行会,1990.

22. 沖縄文学全集編集委員会.沖縄文学全集:小説Ⅳ[M].東京:国書刊行会,1990.

23. 沖縄文学全集編集委員会.沖縄文学全集:評論Ⅰ[M].東京:国書刊行会,1992.

24. 沖縄文学全集編集委員会.沖縄文学全集:評論Ⅱ[M].東京:国書刊行会,1992.

25. 沖縄文学全集編集委員会.沖縄文学全集:小説Ⅰ[M].東京:国書刊行会,1993.

26. 沖縄文学全集編集委員会.沖縄文学全集:戯曲Ⅰ[M].東京:国書刊行会,1993.

27. 沖縄文学全集編集委員会.沖縄文学全集:戯曲Ⅱ[M].東京:国書刊行会,1994.

28. 奥田博子.沖縄の記憶——「支配」と「抵抗」の歴史[M].東京:慶

應義塾大学出版会,2012.

 29. 加藤宏、武山梅乗.戦後・小説・沖縄——文学が語る『島』の現実[M].東京:鼎書房,2010.

 30. 鹿野政直.戦後沖縄の思想像[M].東京:朝日新聞社,1987.

 31. 久保田淳等.日本文学史〈第 15 巻〉琉球文学、沖縄の文学[M].東京:岩波書店,1996.

 32. 小森陽一等.岩波講座 文学〈13〉ネイションを超えて[M].東京:岩波書店,2003.

 33. 小森陽一等.岩波講座 文学〈別巻〉文学理論[M].東京:岩波書店,2004.

 34. 崎山多美.くりかえしがえし[M].東京:砂子屋書房,1994.

 35. 崎山多美.ゆらてぃくゆりてぃく[M].東京:講談社,2003.

 36. 霜多正次.沖縄島[M].東京:東邦出版社,1972.

 37. 霜多正次.守礼の民[M].東京:東邦出版社,1973.

 38. 新城郁夫.沖縄文学という企て——葛藤する言語・身体・記憶[M].東京:インパクト出版会,2003.

 39. 新城郁夫.到来する沖縄——沖縄表象批判論[M].東京:インパクト出版,2007.

 40. 新城郁夫.沖縄を聞く[M].東京:みすず書房,2010.

 41. 叙説舎.叙説 15——文学批評 特集:検証戦後沖縄文学[M].福岡:花書院,1997.

 42. 鈴木智之.眼の奥に突き立てられた言葉の銛——目取真俊の〈文学〉と沖縄戦の記憶[M].東京:晶文社,2013.

 43. 関沢まゆみ.戦争記憶論——忘却、変容そして継承[M].京都:昭和堂,2010.

 44. 仲里効.悲しき亜言語帯:沖縄・交差する植民地主義[M].東

京:未来社,2012.

45. 長堂英吉.海鳴り[M].東京:講談社,2001.

46. 長堂英吉等.終わらぬ戦争[M].東京:集英社,2012.

47. 中野好夫、新崎盛暉.沖縄戦後史[M].東京:岩波書店,1976.

48. 仲程昌徳.近代沖縄文学の展開[M].東京:三一書房,1981.

49. 仲程昌徳.沖縄の戦記[M].大阪:朝日新聞社,1982.

50. 仲程昌徳.沖縄文学論の方法——「ヤマト世」と「アメリカ世」のもとで[M].東京:新泉社,1987.

51. 仲程昌徳.アメリカのある風景——沖縄文学の一領域[M].那覇:ニライ社,2008.

52. 仲程昌徳.沖縄文学の諸相——戦後文学・方言詩・戯曲・琉歌・短歌[M].那覇:ボーダー,2010.

53. 中村隆英、宮崎正康編.史料・太平洋戦争被害調査報告[M].東京:東京大学出版会,1995.

54. 岡本太郎.沖縄文化論——忘れられた日本[M].東京:中央公論社 1996.

55. 日本教職員組合、沖縄教職員会.沖縄の母親たち——その生活の記録[M].東京:合同出版,1968.

56. 比嘉政夫.沖縄からアジアが見える[M].東京:岩波書店,1999.

57. 東峰夫.オキナワの少年[M].東京:文藝春秋,2012.

58. 福間良明.戦争社会学の構想[M].東京:勉誠出版,2013.

59. 平敷武蕉.文学批評は成り立つか——沖縄・批評と思想の現在[M].那覇:ボーダーインク,2005.

60. 平敷武蕉.沖縄からの文学批評——思想と批評の現在[M].那覇:ボーダーインク,2007.

61. 法政大学沖縄文化研究所編.いくつもの琉球・沖縄像[M].東

京:法政大学国際日本学研究センター,2007.

62. 外間守善.沖縄の言葉と歴史[M].東京:中央公論新社,2000.

63. 外間守善.沖縄学への道[M].東京:岩波書店,2002.

64. 前泊博盛.沖縄と米軍基地[M].東京:盛角川書店,2011.

65. 又吉栄喜.豚の報い[M].東京:文藝春秋,1999.

66. 宮地尚子.トラウマ[M].東京:岩波書店,2013.

67. 宮田登ほか編.日本民俗文化大系:神と仏——民俗宗教の諸相[M].東京:小学館,1994.

68. 目取真俊.魂込め[M].大阪:朝日新聞社,1999.

69. 目取真俊.沖縄「戦後」ゼロ年[M].東京:日本放送出版協会,2005.

70. 目取真俊.沖縄地を読む時を見る[M].横浜:世織書房,2006.

71. 目取真俊.水滴[M].東京:文藝春秋,1997.

72. 目取真俊.平和通りと名付けられた街を歩いて——目取真俊初期短編集[M].東京:影書房,2003.

73. 目取真俊.魚群記(目取真俊短篇小説選集1)[M].東京:影書房,2013.

74. 目取真俊.赤い椰子の葉(目取真俊短篇小説選集2)[M].東京:影書房,2013.

75. 目取真俊.面影と連れて(目取真俊短篇小説選集3)[M].東京:影書房,2013.

76. マイク モラスキー.占領の記憶/記憶の占領—戦後沖縄・日本とアメリカ[M].東京:青土社,2006.

77. 森岡健二.沖縄の文学[M].秦野:東海大学出版会,1967.

78. ようこ.おんな・部落・沖縄——女性史をとおして[M].東京:未来社,1974.

79. 柳田国男.沖縄文化叢説[M].東京:中央公論社,1975.

80. 歴史学研究会編.日本史史料5 現代[C].東京:岩波書店,1997.

日文论文(按作者姓氏的五十音图顺序排列)

1. 蟻塚亮二.沖縄戦のトラウマによるストレス症候群[J].戦争責任研究 2013(81).

2. 伊野波優美.又吉栄喜『豚の報い』にみる「沖縄文学」のカーニバル化[J].地域文化論叢,2012(14).

3. 岩川ありさ.トラウマと文学:女性たちが語りはじめる[J].UTCPUehiro Booklet,2013(2).

4. 村上呂里.〈南〉への道——東峰夫『オキナワの少年』の場合[J].日本文学,2001(1).

5. 上原綾乃.東峰夫『オキナワの少年』論[J].沖縄国際大学語文と教育の研究,2001(2).

6. 村上陽子.循環する水——目取真俊『水滴』論[J].日本近代文学,2009(5).

7. 村上陽子.喪失、空白、記憶——目取真俊『風音』をめぐって[J].琉球アジア社会文化研究,2007(10).

8. 大城立裕.沖縄文学・同化と異化[J]新潮,2001(5).

9. 大城立裕.第十回「新沖縄文学賞」選評[J].新沖縄文学,1985(62).

10. 大野隆之.『オキナワの少年』試論:＜マイナー文学＞の視座から[J].日本文学,1998(2).

11. 大原祐治.「二者択一」の論理に抗する:目取真俊『水滴』論[J].学習院大学国語国文学会誌,2008(3).

12. 小原耕一.霜多正次の文学と思想における「ポストコロニアル」の位相[J].葦牙,2008(7).

13. 勝山俊介.霜多正次『沖縄島』[J].民主文学,1996(8).

14. 加藤宏.戦後沖縄文学における「伝統のゆらぎ」「近代のゆらぎ」──大城立裕・目取真俊・又吉栄喜の小説から[J].研究所年報,2008.

15. 小嶋洋輔.目取真俊『魂込め』──癒されぬ「病」[J].千葉大学人文社会科学研究科研究プロジェクト報告書,2009(3).

16. 崎山多美、黒澤亜里子、岡本由希子.座談会 沖縄──ディストピアの文学[J].すばる,2007(2).

17. 崎山多美.水上往還[J].文学界,1989(4).

18. 鈴木智之.コンタクトゾーンにおける読者:〈沖縄文学〉を読むことをめぐって[J].社会志林,2013(4).

19. 島尾敏雄.第十回「新沖縄文学賞」選評[J].新沖縄文学,1985(62).

20. 新城郁夫.知念正真『人類館』論──他者化をめぐる言葉の闘争[J].日本東洋文化論集,2000(6).

21. 新城郁夫.言語的葛藤としての沖縄──知念正真『人類館』の射程[J].昭和文学研究,2000(3).

22. スミンキー・ポール.崎山多美の『水上往還』──不明瞭な境界に彷徨うアイデンティティ[J].沖縄国際大学外国語研究,2010(14).

23. 外間守善.沖縄文学の全体像[J].沖縄文化研究,1979(6).

24. 保坂廣志等.沖縄戦と心の傷(トラウマ)とその回復[J].人間科学,2002(9).

25. 保坂廣志等.沖縄戦の記憶──戦争トラウマとそのかたち[J].人間科学,2003(12).

26. 牧港篤三.1985 第十回「新沖縄文学賞」選評[J].新沖縄文学,1985(62).

27. 又吉栄喜、池沢夏樹.土地の輝き、霊の力[J].文学界,1996(3).

28. 又吉栄喜.ワールド——アメリカの影と沖縄の基層[J].EDGE,1996 年春号.

29. 松島淨等.＜沖縄文学＞試論——沖縄近代文学の展開と現代[J].明治学院大学社会学部附属研究所年報,2000.

30. 目取真俊.沖縄戦の記憶[J].文學界,2006(5).

31. 目取真俊、宮城晴美.対談 終わらない「集団自決」と、「文学」の課題[J].すばる,2007(2).

32. 目取真俊.地を這う声とナショナリズム[J]すばる,2007(2).

33. 目取真俊.魂魄の道[J].文學界,2014(3).

34. 目取真俊.伝令兵（小説特集）[J].群像,2004(10).

35. 山里勝己.闘う沖縄文学[J]. 文學界,1996(3).

中文专著（含译著）(按作者姓氏拼音排序)

1. 贝贝尔,奥古斯特.我的一生[M].北京:生活·读书·新知三联书店,1965.

2. 贝斯特,科尔纳.后现代理论[M].张志斌,译.北京:中央编译出版社,2004.

3. 波伏瓦.第二性Ⅰ[M].郑克鲁,译.上海:上海译文出版社,2011.

4. 波伏瓦.第二性Ⅱ[M].郑克鲁,译.上海:上海译文出版社,2011.

5. 陈顺馨,等.妇女、民族与女性主义[M].北京:中央编译出版社,2004.

6. 大江健三郎.冲绳札记[M].陈言,译.北京:生活·读书·新知三联书店,2010.

7. 费尔曼,肖珊娜.见证的危机:文学、历史与心理分析[M].刘裘蒂,译.台北:麦田出版社,1992.

8. 弗洛伊德.精神分析引论[M].张爱卿,译.南京:江苏文艺出版社,2010.

9. 弗洛伊德.梦的解析[M].刘佳伊,译.北京:当代世界出版社,2007.

10. 赫尔曼.创伤与复原[M].施宏达,陈文琪,译.北京:机械工业出版社,2015.

11. 怀特.形式的内容:叙事话语与历史再现[M].董立河,译.北京:文津出版社,2005.

12. 加兰,等.创伤治疗:精神分析取向[M].许育光,等译.台北:五南图书出版股份有限公司,2007.

13. 金利卡.多元文化的公民身份——一种自由主义的少数群体权利理论[M].马莉,张昌耀,译.北京:中央民族大学出版社,2009.

14. 康纳顿.社会如何记忆[M].纳日碧力戈,译.上海:上海人民出版社,2000.

15. 柯倩婷.身体、创伤与性别——中国新时期小说的身体书写[M].广州:广东人民出版社,2009.

16. 克里斯蒂娃,茱莉亚.恐怖的权力——论卑贱[M].张新木,译.北京:生活·读书·新知三联书店,2001.

17. 拉里萨姆瓦,等.跨文化传通[M].陈南,等译.北京:生活·读书·新知三联书店,1988.

18. 李桂荣.创伤叙事:安东尼·伯吉斯创伤文学作品研究[M].北京:知识产权出版社,2010.

19. 李海泉.日本作为他者:原住民、发展与文化[M].北京:世界图书出版公司北京公司,2009.

20. 刘立善.日本文学的伦理意识[M].沈阳:春风文艺出版社,2002.

21. 麦考马克,乘松聪子.冲绳之怒:美日同盟下的抗争[M].董亮,译.北京:社会科学文献出版社,2015.

22. 荣格.分析心理学与梦的诠释[M].杨梦茹,译.上海:上海三联书店,2009.

23. 萨义德.东方学[M].王宇根,译.北京:生活·读书·新知三联书店,2007.

24. 施瓦布.文学、权力与主体[M].陶家俊,译.北京:中国社会科学出版社,2011.

25. 霜多正次.守礼之民[M].迟叔昌,译.上海:作家出版社,1964.

26. 霜多正次.冲绳岛[M].金福,译.上海:作家出版社,1964.

27. 苏忱.再现创伤的历史:格雷厄姆.斯威夫特小说研究[M].苏州:苏州大学出版社,2009.

28. 宿久高.日本文学研究[C].长春:吉林大学出版社,1994.

29. 宿久高.中日新感觉派文学研究[M].长春:吉林大学出版社,2010.

30. 孙歌.主体弥散的空间:亚洲论述之两难[M].南昌:江西教育出版社,2002.

31. 陶国山.话语实践与认同建构:论文学话语下的认同建构[M].上海:上海文艺出版社,2012.

32. 田崇雪.文学与感伤[M].北京:中国社会科学出版社,2006.

33. 王长新.日本文学史[M].北京:外语教学与研究出版社,1982.

34. 王向远.王向远著作集1:东方文学史通论[M].银川:宁夏人民出版社,2007.

35. 王欣.创伤、记忆和历史:美国南方创伤小说研究[M].成都:四川大学出版社,2013.

36. 王岳川.后殖民主义与新历史主义文论[M].济南:山东教育出版社,1999.

37. 韦勒克,等.文学理论[M].刘象愚,等译.南京:江苏教育出版社,2005.

38. 温越,等.流散与边缘化:世界文学的另类价值关怀[M].兰州:甘肃人民出版社,2011.

39. 沃弗雷.21世纪批评理论导读[M].青岛:中国海洋大学出版社,2006.

40. 吴奕锜,等.寻找身份:全球视野中的新移民文学研究[M].北京:中国社会科学出版社,2012.

41. 西乡信纲,等.日本文学史[M].佩珊,译.北京:人民文学出版社,1978.

42. 谢必震,等.中琉关系史料与研究[M].北京:海洋出版社,2010.

43. 新崎盛晖.冲绳现代史[M].胡冬竹,译.北京:生活.读书.新知三联书店,2010.

44. 徐明真.村上龙青少年主人公作品研究[M].北京:知识产权出版社,2013.

45. 杨冬.文学理论:从柏拉图到德里达[M].北京:北京大学出版社,2009.

46. 杨小滨.中国后现代:先锋小说中的精神创伤与反讽[M].愚人,译.台北:"中央研究院"中国文哲研究所,2009.

47. 怀特海德.创伤小说[M].李敏,译.开封:河南大学出版社,2011.

48. 扎列茨基.灵魂的秘密——精神分析的社会史和文化史[M].季广茂,译.北京:金城出版社,2013.

49. 翟静.边缘世界:霍米——巴巴后殖民理论研究[M].北京:文化艺术出版社,2011.

50. 张德明.西方文学与现代性的展开学与现代性的展开[M].北京：中国社会科学出版社,2009.

51. 张晶.论审美文化[M].北京：北京广播学院出版社,2003.

52. 张磊.中外当代边缘小说探析[M].北京：北京联合出版公司,2012.

53. 赵冬梅.心理创伤的理论与研究[M].广州：暨南大学出版社,2011.

54. 赵一凡等.西方文论关键词[M].北京：外语教学与研究出版社,2007.

55. 中国社会科学院.现代汉语词典[M].北京：商务印书馆,1997.

中文论文（按作者姓氏拼音排序）

1. 陈才俊.田中正俊与日本人的"战争体验"[J].读书,2006(6).

2. 大城立裕.鸡尾酒会[J].王建民,译.外国文艺,2004(1).

3. 段文.浅谈民俗音乐的社会功能[J].艺海,2009(8).

4. 冈本惠德.水平轴思想——关于冲绳的"共同体意识"[J].胡冬竹,译.开放时代,2009(5).

5. 郭勤.试析当代日本作家目取真俊的小说《叫魂》[J].日本研究,2008(3).

6. 郭若冰,杨树旗.冲绳岛争夺战[J].广东金融电脑,1997(6).

7. 韩冷.战争与强暴的同构[J].河南广播电视大学学报,2007(3).

8. 胡澎.驻日美军在冲绳的性暴力问题[J].中日关系史研究,2010(2).

9. 黄颖.冲绳战的文学记忆——以目取真俊的小说为中心[J].福建师范大学学报,2012(4).

10. 李芒.冲绳风暴——霜多正次的《冲绳岛》[J].世界文学,1964

(Z1).

11. 李芒.霜多正次的冲绳三部曲及其他[J].世界文学,1963(5).

12. 李若愚.近百年来东亚历史中的"琉球问题"[J].史林,2011(8).

13. 李薇.冲绳问题的复杂因素及其本质[J].日本学刊,2010(5).

14. 林庆新.创伤叙事与"不及物写作"[J].国外文学,2008(4).

15. 刘家鑫.霜多正次小说《冲绳岛》中的祖国情结[J].时代文学,2010(3).

16. 刘军.女性主义方法研究[J].妇女研究论丛,2002(1).

17. 刘永辉,鲁力进.冲绳与日本本土的文化差异——以冲绳人对「本土」一词的理解为视角[J].怀化学院学报,2010(4).

18. 刘跃进.文化就是社会化——广义"文化"概念的逻辑批判[J].北方论丛,1999(3).

19. 目取真俊.叫魂[J].王成,译.外国文学,2002(5).

20. 目取真俊.水滴[J].林涛,译.外国文学,2002(5).

21. 师彦灵.再现、记忆、复原——欧美创伤理论研究的三个方面[J].兰州大学学报,2011(2).

22. 宿久高.论语言交流与生活、文化形式变异之关系[J].吉林大学社会科学学报,2001(1).

23. 宿久高.日本文学的"超政治性"摭议[J].日本学论坛,2001(3).

24. 谭晶华.当今的日本文学与社会[J].译林,2004(1).

25. 唐永亮.近代以来冲绳人群体认同的历史变迁[J].日本学刊2015(4).

26. 陶东风.文化创伤与见证文学[J].当代文坛,2011(5).

27. 陶家俊.创伤[J].外国文学,2011(5).

28. 陶家俊.他者的表征——析两部维多利亚小说中的殖民话语[J].外国文学,2001(5).

29. 王成.用文学传递冲绳的声音——评目取真俊的短篇小说《水滴》[J].外国文学,2002(5).

30. 王成.战争的记忆与叙述[J].读书,2005(3).

31. 王冬梅.女性身体的疾病隐喻与政治编码[J].当代文坛,2010(6).

32. 王卉.菲利普斯创伤书写中的移情——以《更高的地面》和《血的本质》为例[J].英美文学研究论丛,2013(2).

33. 王宁.全球化时代的后殖民理论批评[J].文艺研究,2003(5).

34. 王欣.文学中的创伤心理和创伤记忆研究[J].云南师范大学学报,2012(6).

35. 新崎盛晖.现代日本与冲绳[J].孙军悦,译.开放时代,2009(3).

36. 杨绍梁,刘霞敏.创伤的记忆:"他者"的病态身份构建——浅析莫里森新作《慈悲》[J].天津外国语大学学报,2012(6).

37. 杨晓.新兴"创伤文学"理论对创伤小说的成功诠释[J].外国文学研究,2013(1).

38. 应伟伟.莫里森早期小说中的身体政治意识与黑人女性主体建构[J].当代外国文学,2009(2).

39. 又吉荣喜.猪的报应[J].董炳月,译.世界文学,2006(1).

40. 张剑.他者[J].外国文学,2011(1).

41. 章汝雯.《梅丽迪亚》的艰难探索[J].山东外语教学,2009(6).

42. 赵冬梅.弗洛伊德和荣格对心理创伤的理解[J].南京师大学报(社会科学版),2009(6).

43. 周朝晖.鸡尾酒的滋味——大城立裕:首个斩获芥川奖的冲绳作家[J].书屋,2014(9).

44. 周异夫.战后初期日本文坛的战争反思[J].社会科学战线,2015(5).

45. 朱慧足.两个归岛书写:夏曼·蓝波安(兰屿)与崎山多美(西表岛)[J].中外文学,2009(4).

英文专著与论文(按作者姓氏字母排序)

1. Caruth, Cathy. *Trauma*:*Explorations in Memory*[M].Baltimore:The John Hopkins University Press,1995.

2. Chu, Huei-Chu. From War Memories to Memory Wars:Literary Representations of Memories of World War Ⅱ in Taiwan and Okinawa[J].*Journal of Cultural Studies*,2011. No.12.

3. Du Bois,W. E. B. *The Souls of Black Folk*[M].Chicago:A. C. McClurg and Company of Chicago, 1903.

4. Henke,Suzette A. *Shattered Subjects*:*Trauma and Testimony in Women's Life-writing*[M].New York:St. Martin's Press,2000.

5. Kerr,George H. *Okinawa*:*The History of an Island People*[M].Boston& Tokyo:Tuttle Publishing, 2000.

6. La Capra,Dominick. *Writing History*,*Writing Trauma*[M].Baltimore:The Johns Hopkins University Press,2001.

7. Spivak, Gayatri C. *Outside in the Teaching Machine*[M].NewYork& London:Routledge,2008.

学位论文(按作者姓氏拼音排序)

1. 丁玫.艾·巴·辛格小说中的创伤研究[D].上海外国语大学,2012.

2. 丁玥澍.离散与乡愁:后殖民语境下的身份认同[D].云南民族大

学,2012.

3. 高巧缇.承载情感的意象之舟[D].渤海大学,2014.

4. 洪春梅.菲利普·罗斯小说创伤叙事研究[D].天津师范大学,2014.

5. 刘绍峰.琉球群岛地缘关系的时空演变及其区域影响[D].东北师范大学,2014.

6. 刘洋.疾病书写与疾病隐喻[D].华东师范大学,2013.

7. 梅晓云.文化无根:以V.S.奈保尔为个案的移民文化研究[D].西北大学,2003.

8. 杨邦勇.亚洲视阈下的琉球兴亡史研究[D].福建师范大学,2012.

9. 周桂君.现代语境下跨文化作家的创伤书写[D].东北师范大学,2012.

报纸(含日文报纸)

1. 陈言.冲绳:也热辣,也哀愁[N].光明日报,2011年5月17日:14版.

2. 高良勉.批評:又吉栄喜著『豚の報い』[N].沖縄タイムス,1996年1月8日:9版.

3. [日]又吉栄喜.随想[N].沖縄タイムス,1996年1月18日:13版.

附　录[①]

附录1　新冲绳文学奖　入围作品一览表
（主催　沖縄タイムス社）

		受賞作	佳作	候補作
1975	第1回	受賞該当作なし	又吉栄喜 『海は蒼く』 横山史朗〔勝連繁雄〕 『伝説』	宮里尚安 『常臥の館』 平山しげる 『じーふぁ』 新崎恭太郎 『怨霊島』 仲本朝彦 『内部に居る人が奇形な病人に見える理由』
1976	第2回	新崎恭太郎 『蘇鉄の村』	亀谷千鶴 『ガリナ川のほとり』 田中康慶 『エリーヌ』	平山しげる 『宿借』 崎間　良 『血脈への挽歌』

---

① 本附录的文字为日文，原因有二：一是因为国内译介不多，许多作品尚无汉译名称，笔者试译又恐难以十分准确；二是为了便于日语专业出身的研究者阅读。

续　表

		受賞作	佳作	候補作
1977	第3回	受賞該当作なし	庭　鴨野 『村雨』 亀谷千鶴 『マグノリヤの城』	又吉栄喜 『骨は土に埋もらず』 平山しげる 『某作家への手紙』 渡久地成公 『かくて夏は来ぬ』 屋嘉部久美子 『紫の旋律』
1978	第4回	受賞作なし	下地博盛 『さざめく病葉たちの夏』 仲若直子 『壊れた時計』	宮里尚安 『白いうねりの中で』 亀谷千鶴 『逃亡者』
1979	第5回	受賞作なし	田場美津子 『砂糖黍』 崎山多美 『街の日に』	渡久地成公 『遙なるわが望郷の旅路』 小橋　玲 『夏の流れ』 下地博盛 『戻らざる他郷』
1980	第6回	受賞作なし	池田誠利 『鴨の行方』 南　安閑 『色は匂えと』	たかゆきひと 『カプリチオを弾く弦が切れる時』 外間ちのり 『軌跡』 山久裕理 『起承転・結婚』

续 表

		受賞作	佳作	候補作
1981	第7回	受賞作なし	吉沢庸希 『異国』 當山之順 『租界地帯』	玉木一兵 『ドロロンドロロン』 江場秀志 『老婆の家』 瑞慶覧長和 『新糞尿譚』
1982	第8回	仲村渠ハツ 『母たち女たち』	江場秀志 『奇妙な果実』 小橋 啓 『螢』	香村佳男 『海鳴』 清原つる代 『母が逝った夏』 玉木一兵 『梅雨期』
1983	第9回	受賞作なし	山里禎子 『フルートを吹く少年』	山城達雄 『パラオの少年たち』 白石弥生 『三面鏡』 城原まり 『もう二度と帰らない』 崎山多美 『海辺の抄』 喜捨場直子 『センダン草を摘む女』
1984	第10回	吉田スエ子 『嘉間良心中』 山入端信子 『虚空夜叉』	佳作なし	清原つる代 『片隅のビートルたち』 綾門 礼 『波ノ上ブルース』

续　表

		受賞作	佳作	候補作
1985	第11回	喜舎場直子『女綾織唄』	目取真俊『雛』	竹本真雄『少年の河』 真久田　正『果報の島』 平田健太郎『夾竹桃』 びん・おさむ『忌籠り』
1986	第12回	白石弥生『若夏の来訪者』 目取真俊『平和通りと名付けられた街を歩いて』	佳作なし	玉城政嗣【玉城まさし】『ギブリ』 上原　昇『琉米センター通り』 久手堅倫子『命ぬジーファー』 世持二巌『終わらぬ夏』
1987	第13回	照井　裕『フルサトのダイエー』	平田健太郎『蜉蝣の日』	香村安紀『ントの場合』 仲原りつ子『骨肉』 尚橋弘明『太陽の島の風』 喜納堅二『流離』

续 表

		受賞作	佳作	候補作
1988	第14回	玉城まさし 『砂漠にて』	水無月慧子 『出航前夜祭』	星野葉子 『ふるさと』 久手堅倫子 『命ぬジーファー』 月之浜太郎 『生まり島』 喜納堅二 『無名塾てんまつ』
1989	第15回	徳田友子 『新城マツの天使』	山城達雄 『遠来の客』	香村安紀 『ントの場合』 久手堅倫子 『心張り』 清原つる代 『柩』 後田多八生 『蒸発』
1990	第16回	後田多八生 『あなたが捨てた島』	佳作なし	南かつ枝 『黄楊の櫛を差した女』 玉代勢　章 『濁流』 崎山麻夫 『遭遇』 清原つる代 『鯨の入江』 松元憲雄 『影法師たちの夏』

续 表

		受賞作	佳作	候補作
1991	第 17 回	受賞作なし	うらしま黎 『闇のかなたへ』 我如古驟二 『耳切り坊主の唄』	崎山麻夫 『姉貴の結婚』 山城達雄 『ベラウの花』
1992	第 18 回	玉木一兵 『母の死化粧』	佳作なし	うらしま黎 『墓』 真喜志興亜 『パラソルを持つ婦人』 清原つる代 『缶カラ道』 崎山麻夫 『一言』
1993	第 19 回	清原つる代 『蝉ハイツ』	金城尚子 『コーラルアイランドの夏』	しまむら恒 『太陽の時代―じゃなもいの半生―』 又吉弘子 『杜』 花城奈穂 『南島妖鳥記』
1994	第 20 回	知念節子 『最後の夏』	前田よし子 『風の色』	新田雅一 『温室栽培のエキゾティックな赤い場所』 山城達雄 『ベラウの花』 崎山麻夫 『スモール』 加勢俊夫 『分娩台』

续 表

		受賞作	佳作	候補作
1995	第21回	受賞作なし	崎山麻夫 『桜』 加勢俊夫 『ジグソー・パズル』	真久田　正 『アンジェラの伝説』
1996	第22回	崎山麻夫 『闇の向こうへ』 加勢俊夫 『ロイ洋服店』	佳作なし	真久田　正 『玉響の庵』 波照間修一 『キング・ワズ・ヌード』 嘉陽春子 『窓』
1997	第23回	受賞作なし	国吉高史 『憧れ』 大城新栄 『洗骨』	河合民子 『果実』 玉村由奈 『ホタルの海』
1998	第24回	山城達雄 『窪森』	佳作なし	真久田　正 『燈台のある風景』 竹本真雄 『優しくぞ降りそそぐ』 島しおり 『長い廊下』
1999	第25回	竹本真雄 『燠火』	鈴木次郎 『島の眺め』	真久田　正 『海の引き』 上原利彦 『あの時、曽祖母は…』 鈴木次郎 『少女たち、そして少年たち』

续表

		受賞作	佳作	候補作
2000	第26回	受賞作なし	美里敏則 『ツル婆さんの場合』 花輪真衣 『墓』	松原 栄 『黄砂の街…在外公館日記抄』 具志恒輝 『シージンアガルー(琉球双六)』 島宏史 『悲しみの井戸』
2001	第27回	真久田 正 『鱬〈魚艮〉』	伊礼和子 『訣別』	田畑毛成 『不幸の種』 福井雅 『かたぶい』 香川浩彦 『雨』 木笹扶子 『一陽来復』
2002	第28回	金城静枝 『千年蒼茫』	河合民子 『清明の頃』	松原 栄 『大人たち』 木笹扶子 『水時計』 樹乃タルオ 『セカレーリヤ』
2003	第29回	玉代□章 『母、狂う』	比嘉野枝 『迷路』	新里哲 『瑞運丸』 松原 栄 『サービス ステーション』 立花かつや 『蒼天、見えざる果て』

続　表

		受賞作	佳作	候補作
2004	第30回	赫星十四三 『アイスバー・ガール』	樹乃タルオ 『淵』	松原　栄 『帰国』 あづまや東次 『ニュウ・ジャズ・タウン』 もりおみずき 『落在』 大澤広一 『この夏の続き』
2005	第31回	月之浜太郎 『梅干駅から枇杷駅まで──ゆいレールに乗って』	もりおみずき 『郵便馬車の駅者だった』	松原　栄 『リュウキュウ　ヨハネ』 立花かつや 『ちんなん』 安谷屋長英 『呪縛』
2006	第32回	上原利彦 『黄金色の痣』	佳作なし	香深空哉人 『アポカリプス・オキナワ』 松原　栄 『戸籍』 立花かつや 『丁字路』 美澤あり 『オモロ体験』

续表

		受賞作	佳作	候補作
2007	第 33 回	国梓としひで 『爆音、轟く』 松原　栄 『無言電話』	佳作なし	立花かつや 『エイプリルフール』 森田　保【森田たもつ】『ボタン』 平安名尚 『福木は残った』 あづまや東次 『ガジュマルに抱かれて』
2008	第 34 回	森田たもつ 『蓬莱の彼方』 美里敏則 『ペダルを踏み込んで』	佳作なし	津見熊伍 『言乃葉節』 南ふう 『朽葉』 政利也 『ホワイトマーケット』
2009	第 35 回	大嶺邦雄 『ハル道のスージグァにはいって』 富山陽子 『フラミンゴのピンクの羽』	佳作なし	又吉康隆 『盛吉』 比嘉野枝 『故郷からの客』 南ふう 『ReySマンション』
2010	第 36 回	崎浜　慎 『始まり』	ヨシハラ小町 『カナ』	候補作不詳

续表

		受賞作	佳作	候補作
2011	第 37 回	伊波雅子『オムツ党、走る』	當山清政『メランコリア』	比嘉野枝『通夜の来訪者』 岡楽真『注文は一輪の花』 伊波祥子『アキラという風に乗る』
2012	第 38 回	伊礼英貴『期間工ブルース』	平岡禎之『家族になる時間』	赤兎時雨『うるまにゆれる』 野原誠喜『仲村渠正嗣を尋ねて』 上江洲正枝『赤翡翠』
2013	第 39 回	佐藤モニカ『ミツコさん』	橋本真樹『サンタは雪降る南の島に住まう』	松田良孝『里帰り』 香深空哉人『ムーンリバーの女』 闘王琉『ラヂオ・ソング』
2014	第 40 回	松田良孝『インターフォン』	儀保佑輔『断絶の音楽』	闘王琉『スピリット・オブ・ラヂオ』 國吉優紀『家族になろう』 野原誠喜『マナティー君の像』
2015	第 41 回	長嶺幸子『父の手作りの小箱』 黒ひょう『バッドデイ』	佳作なし	西原太郎『知念村の旅』 梓弓『山羊と幽霊』 南城めぐみ『はがき』

续 表

		受賞作	佳作	候補作
2016	第42回	梓弓 「カラハーイ」	佳作なし	弁ヶ嶽登 「油喰坊主と運玉義留」 城耕悠 「開かずの扉」 儀保佑輔 「オンステージ」 中川陽介 「娘ジントーヨー」
2017	第43回	儀保佑輔 「Summer vacation」	仲間小桜 「アダンの茂みを抜けて」	名嘉真加那 「橋に蹲(うずくま)る」 野原誠喜 「ゆがふ7号」 比嘉野乃花 「ひまわり」
2018	第44回	高浪千裕 「涼風布工房」 中川陽介 「唐船ドーイ」	佳作なし	多嘉良美佐子 「三十六年目のラブレター」 岸本勝次 「ドラゴン」 南城めぐみ 「ナンテンの真っ赤な実」

附録2 琉球新報短篇小説奨　入囲作品一覧表
（主催　琉球新報社）

		受賞作	佳作	候補作
1973	第1回	嶋　津与志 『骨』	宮里尚安 『トタン屋根の煙』 中里友豪 『予感』	田仲康慶 『失業』 洋　太郎 『榕樹の如く』
1974	第2回	受賞作なし	富川貞良 『龕の家』 山川文太 『ワイド・ショウ』 新崎恭太郎 『ネクタイ』	仲村致彦 『木曽路の先客』 本部豊次 『赤い粒』 仲本朝彦 『帰郷』
1975	第3回	受賞作なし	源河朝良 『青ざめた街』 宮里尚安 『翁の館』 富川貞良 『蟻っ子の詩』	大城正男 『山里軍曹』 下地春義 『セールスマン』 新崎恭太郎 『白い花火』
1976	第4回	又吉栄喜 『カーニバル闘牛大会』	コミネユキオ 『赤いピーポー』 宮里尚安 『風化の里』	田仲康慶 『風葬』 磯田恵子 『或る殺意』 佐千田貴之 『心のプリズム』

续 表

		受賞作	佳作	候補作
1977	第5回	中原 晋『銀のオートバイ』	田中 慶『弟の結婚式』	屋嘉部久美子『夜のメロディ』 磯田恵子『日蝕』 コミネユキオ『日没のハーリー』 神村洋子『紅い花』
1978	第6回	下川 博『ロスからの愛の手紙』	コミネユキオ『迷彩色になったサンドバッグ』 迎里勝弘『蟹釣り遊び』	仲若直子『迷い仔』 源河朝良『行きずりの朝』 神村洋子『逆流』
1979	第7回	仲若直子『帰省の理由』	コミネユキオ『夾竹桃の揺れる風景』	小橋 啓『突然の海』 赤嶺豊次『再会』 大志路寿克『730の悲劇』 富永 健【平田健太郎】『炎夜』

续表

		受賞作	佳作	候補作
1980	第8回	比嘉秀喜 『デブのボンゴに揺られて』 玉木一兵 『お墓の喫茶店』	佳作なし	神村洋子 『ある一等兵の遺品』 大城正男 『白黒の戦』 村山　静 『秋に』 にわこうや 『地隙』 山久裕理 『感応分析』
1981	第9回	仲村渠ハツ 『約束』	吉沢庸希 『帰り支度』	仲原りつ子 『夏の終り』 山入端信子 『幻蛾』 福地あすみ 『硝子窓の少女』 竹本真雄 『少年よ、夏のむこうへ走れ』
1982	第10回	上原　昇 『一九七〇年のギャング・エイジ』	清水愛子 『蛍虫』 仲原りつ子 『イアリング』	竹本真雄 『少年の橋』 津波古弘子 『春雷』 清原つる代 『月の宴』

续　表

		受賞作	佳作	候補作
1983	第 11 回	目取真俊『魚群記』	島村佳男【世持二巌】『白い闇』 白石弥生『熱帯魚』	池宮城けい『伊集ぬ花』 清原つる代『マブニの犬』 山入端信子『森』 運天守『寡婦たちの村』
1984	第 12 回	山入端信子『鬼火』	平田健太郎『ニュータウン』 下地春義『父』	島村佳男【世持二巌】『寒村異聞』 喜舎場直子『憂愁の海辺』
1985	第 13 回	受賞作なし	宇久村泰子『日没前』 喜舎場直子『ジュリオの涙』 平みさを『それぞれのキジムナー』	山崎佳夫『落日』 池宮城けい『面会日』 竹本真雄『中国服の少年』
1986	第 14 回	白石弥生『迷心』	世持二巌『芋』 前川綾芽『記憶の周辺』	崎山麻夫『方解石』 謝花長弘『射殺』 翔　珉『暮色の海』

续 表

		受賞作	佳作	候補作
1987	第 15 回	香葉村あすか『見舞い』	池宮城けい『玻瑠窓の月』 平田健太郎『侵入者』	金城栄輝『世間う万衆ぬ話し物語い三貫女』 翔 珉『父の構図』
1988	第 16 回	知念正昭『シンナ』	宮城秀一『貝の風』 玉城淳子『おばあの世界』	中本今日子『蜃気楼のように』 香川浩彦『アザ』
1989	第 17 回	比嘉辰夫『故郷の花』	瑞城 淳『荷車』 安井 風『テニスに無関心なK叔母様への手紙』	いしみねごう『俊三』 加勢俊夫『ワントーのこと』 中本今日子『夢行列』
1990	第 18 回	いしみね剛『父の遺言』	竹本真雄『鳳仙花』 中本今日子『花染』	安井 楓『思い出の行方』 花城奈穂子『鳥獣の棲む所』 瑞城 淳『男同士』
1991	第 19 回	武富良裕『梅雨明け一九四八年初夏』	加勢俊夫『エビ捕り』 大湾愛子『手提げかご』	花城奈穂子『コーラルアイランドの夏』 森山高史『ひとりぼっちの夏』

续表

		受賞作	佳作	候補作
1992	第20回	加勢俊夫 『白いねむり』	又吉弘子 『煙』 崎山麻子 『軍人節』	岸本耀平 『パティオをわたる風』 花城奈穂子 『追憶のジャスミン村』
1993	第21回	河合民子 『針突をする女』	玉城淳子 『民子の海』 下地芳子 『人形』	知念節子 『最後の夏』 石原昌定 『炎天』
1994	第22回	玉城淳子 『ウンケーでーびる』	中川邦子 『雪どーい』 玉村由奈 『明日坂』	大湾愛子 『お気に召すまま』
1995	第23回	後藤利衣子 『エッグ』 安谷屋正丈 『マズムンやぁ～い』	崎山麻夫 『絆』	又吉弘子 『ある少年の物語』 清原つる代 『遺跡の村で』 大湾愛子 『母の乳房』
1996	第24回	伊禮和子 『出棺まで』	松浦茂史 『海とダイナマイト』	崎山麻夫 『アルバム』 谷川雅美 『デイゴの木にのぼったシロ』 又吉弘子 『長い夜』

続　表

		受賞作	佳作	候補作
1997	第25回	松浦茂史 『コンビニエンスの夜』 崎山麻夫 『ダバオ巡礼』	佳作なし	清原つる代 『台風一過』 うみのもずく 『システム・オブ・ロマンス』 富永尚也 『陰を追うもの』
1998	第26回	神森ふたば 『ゆずり葉』	備瀬　毅 『なだりの道』	永坂　壽 『月光虹』 清原つる代 『お墓シンポジウム』 鈴木次郎 『カンナ』
1999	第27回	古波蔵信忠 『三重城とボーカの間』	仲程悦子 『蜘蛛』	清原つる代 『滝壺』 島田龍一 『ゲーセン　チャンプ』 伊波伊久子 『ララの記憶』
2000	第28回	てふてふP 『戦い・闘う・蠅』	香川浩彦 『子を見に行く』	国吉高史 『年日祝い』 もりおみずき 『旗』 清原つる代 『盆参り船で』

续表

		受賞作	佳作	候補作
2001	第29回	松田 陽 『マリーン カラー ナチュラル シュガー スープ』	伊波伊久子 『水色の魚』	仲間サーコ 『クラッシュ』 花輪真衣 『恵比寿ギルティ』 仲程悦子 『ぶちくん』
2002	第30回	国吉真治 『南風青人の絵』 大城裕次 『ブルー・ライヴの夏』	佳作なし	永坂 壽 『回遊魚』 香川浩彦 『名前のない馬』 島南海子 『火柱』
2003	第31回	垣花咲子 『窓枠のむこう』	永坂 壽 『客地の犬』	佐々木正栄 『スクラップ―あるベトナム帰還兵の手記―』 伊波伊久子 『明け雲のハベルのゆくえ』 もりおみずき 『鯉夕焼け』
2004	第32回	もりおみずき 『花いちもんめ』	佳作なし	香川浩彦 『トシさんの紅いパンツ』 浜川 智 『祝福』 伊波希厘 『孵る日まで』

続　表

		受賞作	佳作	候補作
2004				宮里政充 『影絵』 富山陽子 『雨とクモ』
2005	第33回	荷川取雅樹 『前、あり』	富山陽子 『FOREVER STREET』	宮良邦夫 『秋の蝉』 屋嘉比飛鳥 『ダンディ・ライオン』
2006	第34回	富山陽子 『菓子箱』	大嶺則子 『離人』	垣花みゆき 『心の錨』 松原　栄 『クリスマスの記憶』
2007	第35回	崎浜　慎 『野いちご』	新垣美夏 『オブラート　スカイ』	森田たもつ 『スタンディング・オベーション』 當間春也 『楽園』 波照間七海 『ブーリット・プルーフ』 東宮貴緒 『記憶玉』
2008	第36回	森田たもつ 『メリー・クリスマス EVERYBODY』	石垣貴子 『風の綻び』	塩屋亀十 『(××××－1945)年後の五月』 夏泊弘実 『ねずみ』

续　表

		受賞作	佳作	候補作
2009	第37回	大嶺則子『回転木馬』	佳作なし	石垣貴子『彼女の庭』 金城　毅『ケラマツツジ』
2010	第38回	島尻勤子『バンザイさん』	佳作なし	金城光政『あの、白い小さな部屋で』 恵茉美『父といえば』 いなみせう子『卯月の雨』
2011	第39回	東江　建『二十一世紀の芝』	なかみや梁『ノブちゃんのひとり旅』	恵茉美『流れ星たちのうた』 八重瀬けい『月ぬ美らさ』
2012	第40回	野原誠喜『シーサーミルク』	金城光政『案内状』	大嶺邦雄『サシバの落し物』 儀保佑輔『屋上に用がある』
2013	第41回	照屋たこま『キャッチボール』	儀保佑輔『君のための伊良部』	石垣貴子『月とナイフ』 伊礼英貴『金縛り騒動』 とびぃあさと『お告げ』

続　表

		受賞作	佳作	候補作
2014	第42回	伊礼英貴『モヤシのヒゲ取ります一袋十円』	八重瀬けい『聞き屋リリィ』	金城光政『母のブラウス』 黒ひょう『魂り場』 赤兎時雨『毒蝶』
2015	第43回	受賞作なし	仲程悦子『Cランチ』	秋沙美洋『傷は眠らじ』 池宮城けい『水平線』 金城光政『赤い傘』
2016	第44回	芳賀郁「隣人」	糸数晃「サガリバナの咲く川辺で」	最終候補作5編
2017	第45回	石川みもり「火傷の痕と子守唄」	佳作なし	最終候補作5編
2018	第46回	石垣貴子「風の川　水の道」	佳作なし	最終候補作4編
2019	第47回	受賞作なし	新里健一郎「大麻とコーラと斬首刑」	最終候補作4編

附録3　九州芸術祭文学賞 受賞作候補作一覧

（主催　第1回～第6回：財団法人九州・沖縄文化協会　第7回～：財団法人〈公益財団法人〉九州文化協会）

		最優秀作	沖縄優秀作
1970	第1回	山田とし 『白い切り紙』	長堂英吉 『帰りなんいざ』 星　雅彦 『墓のある風景』
1971	第2回	森田定治 『オープン・セサミ』	該当作なし
1972	第3回	松原伊佐子 『巨人の城』	長堂英吉 『我羅馬テント村』
1973	第4回	小郷穆子 『遠い日の墓標』	本部　茂 『造作』
1974	第5回	きだたかし 『黎明の河口』	横山史朗【勝連繁雄】 『回帰』 比嘉加津夫 『雲の嶺』
1975	第6回	帚木蓬生 『頭蓋に立つ旗』	横山史朗【勝連繁雄】 『馬の背（ながに）』
1976	第7回	村田喜代子 『水中の声』	屋嘉部久美子 『弔いのあとで』
1977	第8回	又吉栄喜 『ジョージが射殺した猪』	新崎恭太郎 『自転車は坂を登ったにしても』

续 表

		最優秀作	沖縄優秀作
1978	第9回	佐藤光子『賄賂』	宮里尚安『大将の夏』
1979	第10回	最優秀作なし	宮里尚安『馬走らす』
1980	第11回	西谷 洋『秋蝉の村』	仲若直子『海はしる』
1981	第12回	蔵原惟和『黄色いハイビカス』	崎山多美『狂風』
1982	第13回	最優秀作なし	清原つる代『夜の凧上げ』
1983	第14回	最優秀作なし	山里禎子『内海の風』
1984	第15回	青崎庚次『黍の葉揺れやまず』	仲原りつ子『束の間の夏』
1985	第16回	最優秀作なし	山入端信子『龍観音』
1986	第17回	風見 治『鼻の周辺』	白石弥生『生年祝』
1987	第18回	岩森道子『雪迎え』	金城真悠『やまたん川』
1988	第19回	崎山多美『水上往還』	富永 健『義足』
1989	第20回	仲若直子『犬盗人』	清原つる代『ドラゴン交響楽』
1990	第21回	野島 誠『斜坑』	清原つる代『みんな眠れない』

续表

		最優秀作	沖縄優秀作
1991	第22回	中村喬次 『スク鳴り』	比嘉秀喜 『花火の夜』
1992	第23回	鶴ヶ野 勉 『神楽舞いの後で』	瑞城 淳 『遺念火(イニンビー)』
1993	第24回	阿部 忍 『ヒロの詩(うた)』	玉城淳子 『カジマヤー』
1994	第25回	吉井惠璃子 『フユ婆の月』	勝連繁雄 『霧の橋』
1995	第26回	田崎弘章 『静かの海』	下地芳子 『義父からの手紙』
1996	第27回	目取真 俊 『水滴』	北上 連 『神様の失敗』
1997	第28回	崎山麻夫 『妖魔』	川平和江 『空転の日々』
1998	第29回	最優秀作なし	勝連繁雄 『神様の失敗』
1999	第30回	大道珠貴 『裸』	伊禮和子 『告別式』
2000	第31回	最優秀作なし	大城貞俊 『サーンド・クラッシュ』
2001	第32回	最優秀作なし	前田よし子 『フリーマーケット』
2002	第33回	吉永尚子 『モモに憑かれて』	河合民子 『八月のコスモス』
2003	第34回	上原 輪 『糸』	玉木一兵 『背の闇』

续表

		最優秀作	沖縄優秀作
2004	第35回	最優秀作なし	仲村オルタ『ビューティフル・ワールド』
2005	第36回	最優秀作なし	香深空哉人『シャイアンの女』
2006	第37回	芝 夏子『ナビゲーター』	伊波希厘『にらいかないはどこに』
2007	第38回	小石丸佳代【小石丸知世】『巡る結婚』	伊波希厘『放し飼いのプリンスと』
2008	第39回	近藤勲公『黒い顔』	松原 栄『勝也の終戦』
2009	第40回	伊藤香織『苔の、むすまで。』	玉木一兵『コトリ』
2010	第41回	中瀬誠人【五本木二郎】『ひる寝』	當山 忠『桟橋』
2011	第42回	小山内恵美子『おっぱい貝』	崎浜 慎『子供の領分』
2012	第43回	最優秀作なし	伊波雅子『与那覇家の食卓』
2013	第44回	平野 宏『ワ～イ』	平田健太郎『墓の住人』
2014	第45回	佐藤モニカ『カーディガン』	新垣 俊『恋するように感じろ、たたかいの心を。』
2015	第46回	野見山潔子『黒い湿った土のにおい』	富山陽子『金網難民』

续　表

		最優秀作	沖縄優秀作
2016	第47回	尾形牛馬 「酒のかなたへ」	崎浜　慎 「夏の母」
2017	第48回	最優秀作なし	田場美津子 「ガイドレターと罰点」
2018	第49回	平田健太郎 「兎」	
2019	第50回	日巻寿夫 「縁(よすが)」	国梓としひで 「ダンシング・ボア」

附録4　おきなわ文学賞　入選一覧（2013—2018）
（主催　沖縄県文化振興会）

2013年おきなわ文学賞入選一覧			
部門	賞	タイトル	作者
小説	一席　沖縄県知事賞	二十年の眠りと涙を一粒	秋　沙美代
	二席　沖縄県文化振興会　理事長賞	スクラップ―あるベトナム帰還兵の手記	スズキクニオ
	佳作	サハチの海	中川　陽介
	佳作	最後の三日間	桝門　圭
	奨励賞	花の降る谷	野中　秋穂
シナリオ・戯曲	一席　沖縄県知事賞	該当作品なし	―
	二席　沖縄県文化振興会　理事長賞	該当作品なし	―
	佳作	終わらざる夏	森田　たもつ
	佳作	走れ、リヤカー	真壁　真治
随筆	一席　沖縄県知事賞	貴婦人の鉢	仲間　友美
	二席　沖縄県文化振興会　理事長賞	黄色の辞典	金城　光政
	佳作	白いピアノ	前泊　選香
	佳作	木っ端役人	大田　義信
	佳作	さよならは地層のように	與那嶺　明文
	佳作	背中と手	伊波　祥子

続　表

部門	賞	タイトル	作者
詩	一席　沖縄県知事賞	該当作品なし	—
詩	二席　沖縄県文化振興会　理事長賞	雨降り風吹きゃ花は散るのか	菅谷　聡
詩	佳作	ノック　ノック　カムヒア	とうてつ
詩	佳作	キャンディー	金城　光政
詩	佳作	鳩	ひろみ
詩	佳作	おじいちゃんのくちぐせ	岸本　周也
詩	佳作	ある日常	内間　和也
詩	佳作	がらんとした槽	與那嶺　明文
琉歌	一席　沖縄県知事賞	—	神里　千代子
琉歌	二席　沖縄県文化振興会　理事長賞	—	上原　仁吉
琉歌	佳作	—	金城　美代子
琉歌	佳作	—	玉城　倭子
琉歌	佳作	—	仲村　美保
琉歌	佳作	—	仲村　美南
短歌	一席　沖縄県知事賞	該当作品なし	—
短歌	二席　沖縄県文化振興会　理事長賞	—	枡田　美和
短歌	佳作	—	東恩納きよし
短歌	佳作	—	嶺井　雄八
短歌	佳作	—	五十嵐　裕唯

续 表

部門	賞	タイトル	作者
短歌	佳作	—	安里 琉太
	佳作	—	宮城 鶴子
	奨励賞	—	金城 千佳
俳句	一席 沖縄県知事賞	—	本木 隼人
	二席 沖縄県文化振興会 理事長賞	—	石堂 和霞
	佳作	—	伊波 信之祐
	佳作	—	野原 誠喜
	佳作	—	伊志嶺 佳子
	奨励賞	—	亀井 悠花
伝統舞台（組踊・沖縄芝居）戯曲	一席 沖縄県知事賞	太鼓の縁（てーくぬいん）	西岡 敏
	二席 沖縄県文化振興会 理事長賞	あだ花	屋良 美枝子
	佳作	重陽の月	南風原 貴哉
	佳作	風の島の王様	藤原 生子
	佳作	我瀬之子（がすぃぬしー）	伊良波 賢弥
2014年おきなわ文学賞入選一覧			
部門	賞	タイトル	作者
小説	一席 沖縄県知事賞	栄造（エイゾウ）	仲本 誠一郎
	二席 沖縄県文化振興会 理事長賞	金の屏風とカデシガー	中川 陽介
	佳作	天爵の倉（テンシャクノクラ）	いその たまき
	佳作	浦島奇聞（ウラシマキブン）	小菅丈治

续　表

部門	賞	タイトル	作者
シナリオ・戯曲	一席　沖縄県知事賞	該当作品なし	—
	二席　沖縄県文化振興会 理事長賞	燃ゆる日の落ち着く場所	大城　正文
	佳作	琉球路地物語（リュウキュウロジモノガタリ）	平敷　裕次郎
	佳作	キミハキラキラ	あがりはまとも
随筆	一席　沖縄県知事賞	孤高と心中した人	上地　庸子
	二席　沖縄県文化振興会 理事長賞	朝刊	大田　義信
	佳作	巌の陰（イワオノカゲ）	源　独善
	佳作	三線の花	田幸　亜季子
	佳作	灰色の風景と金髪娘のまっ赤な口紅	具志　須磨子
	佳作	三味線の友に	津波古　恵子
詩	一席　沖縄県知事賞	該当作品なし	—
	二席　沖縄県文化振興会 理事長賞	日常の中の異物	喜納　美由紀
	佳作	夜に数える	菅谷　聡
	佳作	一九四五年	渡部　真梨奈（ペンネーム：棉部　真琉奈）
	佳作	二十歳（はたち）	西　あおい
	佳作	日々のふあん	安里　佳也
	奨励賞	あめがやんだら	田村　白百合

续 表

部門	賞	タイトル	作者
琉歌	一席　沖縄県知事賞	—	上原 仁吉
	二席　沖縄県文化振興会 理事長賞	—	前原 武光
	佳作	—	仲村 美南
	佳作	—	大城 蘭子
	佳作	—	宮城 由美子
短歌	一席　沖縄県知事賞	—	久手堅 稔
	二席　沖縄県文化振興会 理事長賞	—	宮城 瑛美
	佳作	—	仲間 節子
	佳作	—	伊波 瞳
	佳作	—	小濱 琴美
	佳作	—	前城 清子
	佳作	—	野原 誠喜
	奨励賞	—	岸本 周也
俳句	一席　沖縄県知事賞	—	山城 発子
	二席　沖縄県文化振興会 理事長賞	—	井波 未来
	佳作	—	伊波 信之祐
	奨励賞	—	—
伝統舞台（組踊・沖縄芝居）戯曲	一席　沖縄県知事賞	該当作品なし	—
	二席　沖縄県文化振興会 理事長賞	遺念火ほたる（イネンビホタル）	屋良 美枝子
	佳作	走風ぬ金丸（ハイカジヌカナマル）	南原 あい

续　表

部門	賞	タイトル	作者
漫画	一席　沖縄県知事賞	該当作品なし	—
	二席　沖縄県文化振興会 理事長賞	ここに楽園を築こう	ガッパイ
	佳作	骨董虹彩堂（コットウコウサイドウ）	諸見里 杉子
	佳作	ハーイヤ 琉Q少年	なかむら さなぎ
	佳作	オキモ！沖縄を盛り上げます！	浅木 しおん

2015年おきなわ文学賞入選一覧

部門	賞	タイトル	作者
小説	一席 沖縄県知事賞	「幸子」と呼びたい！	山下 泉
	二席 沖縄県文化振興会 理事長賞	守礼之邦奇譚	仲眞 良邦
	佳作	はがき	新垣 絹代
	佳作	対峙	髙城 しもん
シナリオ・戯曲	一席 沖縄県知事賞	空はとおく、とおく	玉城 紀子
	二席 沖縄県文化振興会 理事長賞	踊離ヶ島炭坑綺譚	仲島 剛弘
随筆	一席 沖縄県知事賞	雀一羽	友利 榮吉
	二席 沖縄県文化振興会 理事長賞	勝ちゃんの夢	新城 加代子
	佳作	大きな存在	岡澤 菜々
	佳作	遺言	新垣 博也
	佳作	星空を見上げて	比嘉 恵子
詩	一席 沖縄県知事賞	該当作品なし	—
	二席 沖縄県文化振興会 理事長賞	コーヒーミル	佐藤 モニカ
	佳作	幼稚園の掃除人	国吉 真治

续　表

部門	賞	タイトル	作者
詩	佳作	赤いアドバルーン	高柴 三聞
	佳作	はいどぅなん	大石 直樹
	佳作	お父さん	西村 華
	佳作	夏の家族	沢口 リリキ
琉歌	一席 沖縄県知事賞	—	伊藝 峯子
	一席 沖縄県文化振興会 理事長賞	—	佐久間 盛矢
短歌	一席 沖縄県知事賞	—	浜﨑 結花
	二席 沖縄県文化振興会 理事長賞	—	伊波 瞳
	佳作	—	渡部 敦則
	佳作	—	金城 芳子
	佳作	—	松瀬 トヨ子
	佳作	—	北見 典子
	佳作	—	伊志嶺 節子
俳句	一席 沖縄県知事賞	—	仲本 恵子
	二席 沖縄県文化振興会 理事長賞	—	柴田 康子
	佳作	—	関谷 朋子
	佳作	—	下地 武志
	佳作	—	徳田 安彦
伝統舞台（組踊・沖縄芝居）戯曲	一席 沖縄県知事賞	千原への思い―銀色の里―（沖縄芝居）	南原 あい
	二席 沖縄県文化振興会 理事長賞	上がる虹雲―銘苅子異聞―（組踊）	田幸 亜季子
	佳作	佐弥波の根神（組踊）	西岡 敏
	佳作	ある朝鮮人陶工の半生（沖縄芝居）	長迫 英倫

续表

部門	賞	タイトル	作者
漫画	一席 沖縄県知事賞	該当作品なし	—
	二席 沖縄県文化振興会 理事長賞	おきないちゃー	せながえりな
	佳作	シーサータウン	城間 基
	佳作	エマージェンシーです、杏子さん	諸見里 杉子
	佳作	フィールドウォー	盛口 海

2016年おきなわ文学賞入選一覧

部門	賞	タイトル	作者
小説	一席 沖縄県知事賞	1号線、5号線、58号線	宇堅トラムクー
	二席 沖縄県文化振興会 理事長賞	非ルートビア同盟	夢月 七海
	佳作	敗者復活戦	新村 希望
	佳作	やさしい指	あがりはま とも
シナリオ・戯曲	一席 沖縄県知事賞	該当作品なし	—
	二席 沖縄県文化振興会 理事長賞	ちょーちか ちょーちか	みやぎ じゅん
	佳作	私たちの空	兼島 拓也
	佳作	おならの理屈	又吉 演
	佳作	「沖縄戦を語り継ぐのは悪いことか?」にまつわる女性三世代各々の暮らし	ぶひ子
随筆	一席 沖縄県知事賞	行き先	真壁 真治
	二席 沖縄県文化振興会 理事長賞	春立ちぬ	長山 しおり
	佳作	お盆	仲村 まりな
	佳作	自動販売機攻略	金城 三二

续　表

部門	賞	タイトル	作者
随筆	佳作	別世界へ旅立った妹	具志堅 澤
	佳作	那覇の町に生まれて	浦崎 敏子
	佳作	酔っぱらいのひとりごと	金城 光子
詩	一席 沖縄県知事賞	該当作品なし	—
	二席 沖縄県文化振興会 理事長賞	魔物	鈴木 小すみれ
	佳作	方舟忌	とうてつ
	佳作	掌中のりんご	うらか
	佳作	夜に咲いたひと	あさと よしや
	佳作	父さん	沢口 リリキ
	奨励賞	麦わらぼうし	金城 孝英
琉歌	一席 沖縄県知事賞	—	神里 千代子
	二席 沖縄県文化振興会 理事長賞	—	前原 武光
	佳作	—	源河 史都
	佳作	—	謝花 秀子
短歌	一席 沖縄県知事賞	—	与久田 正徳
	二席 沖縄県文化振興会 理事長賞	—	佐々木 正栄
	佳作	—	仲里 博恵
	佳作	—	仲本 恵子
	佳作	—	東恩納 きよし
俳句	一席 沖縄県知事賞	—	仲本 恵子
	二席 沖縄県文化振興会 理事長賞	—	本木 隼人
	佳作	—	翁長 園子

续 表

部門	賞	タイトル	作者
俳句	佳作	—	金城 杏
	佳作	—	下地 武志
	佳作	—	知念 幸子
	佳作	—	いとう れいな

2017年おきなわ文学賞入選一覧			
部門	賞	タイトル	作者
小説	一席　沖縄県知事賞	該当作品なし	—
	二席　沖縄県文化振興会理事長賞	さなぎの夢といつかの足音	増山　幸司
	佳作	こども部屋	與那嶺　明文
	佳作	自転車	長位　好長
シナリオ・戯曲	一席　沖縄県知事賞	Folklore(フォークロア)	兼島　拓也
	二席　沖縄県文化振興会理事長賞	逃亡者は果てを好む	真壁　真治
	佳作	ピカッと	兼島　拓也
	佳作	首里城は僕等のもの	金城　秀吾
	佳作	王の器	三原　明日香
随筆	一席 沖縄県知事賞	女童(みやらび)さんと私	成田　すず
	二席 沖縄県文化振興会理事長賞	母とつないだ手	比嘉　恵子
	佳作	想像力を無限大に	宮城　翔(かける)
	佳作	水色の小紋	長山　しおり
	佳作	ニワトリ観察記	うめだ　うめこ
	佳作	ヘルメット	ゆうな　正次
	奨励賞	大家族	大城　梨音

续 表

部門	賞	タイトル	作者
詩	一席 沖縄県知事賞	仲西へーい	安里　佳也
	二席 沖縄県文化振興会理事長賞	地元にピース	菅谷　聡
	佳作	背中	真壁　真治
	佳作	吃った夜に、とろとろと詩を煮詰める	偉功　吉助
	佳作	リフォーム	安藤　うらか
	佳作	雪雷花	関谷　朋子
	佳作	子宮におはよう	東浜　実乃梨
	奨励賞	魚釣り	島當　伸一郎
短歌	一席 沖縄県知事賞	該当者なし	—
	二席 沖縄県文化振興会理事長賞	—	島　みえこ
	佳作	—	金城　光子
	佳作	—	前城　清子
	佳作	—	与儀　典子
	佳作	—	金城　三二
俳句	一席 沖縄県知事賞	—	下地　武志
	二席 沖縄県文化振興会理事長賞	—	伊志嶺　佳子
	佳作	—	葦岑　和子
	佳作	—	関谷　朋子
	佳作	—	仲嶺　正子
	佳作	—	新屋敷　多知子
	佳作	—	赤嶺　佑基

续表

部門	賞	タイトル	作者
琉歌	一席 沖縄県知事賞	—	神里　千代子
	二席 しまくとぅば普及センター長賞	—	西原　幸子
	佳作	—	前原　武光
	佳作	—	多和田　吉雄
	佳作	—	仲田　正弘
	佳作	—	町田　政子
	佳作	—	宮城　朝喜
学校演劇戯曲	一席 沖縄県知事賞	輝け青春	津波　盛廣
	二席 しまくとぅば普及センター長賞	命の千人針	仲村　元惟
	佳作	田場大工	名嘉山兼宏
	佳作	北極星ぬ如し輝ちゅん！	真栄田　環
	佳作	ヒルサキツキミソウ	宮城　淳
	佳作	しまくとぅばの森へ	宮城　一春

2018年おきなわ文学賞入選一覧

部門	賞	タイトル	作者
小説	一席 沖縄県知事賞	葉子の月	棚原　妙子
	二席 沖縄県文化振興会理事長賞	通夜のあと	翠彩　えのぐ
	佳作	やまうむにーさん	田中　直次
	佳作	きゃんりーみきゅみきゅ	大城　史也
	佳作	孫の手	新垣　剛
	佳作	オーバーオールの天使	野木　シノブ

続表

部門	賞	タイトル	作者
シナリオ・戯曲	一席 沖縄県知事賞	該当者なし	—
	二席 沖縄県文化振興会理事長賞	該当者なし	—
	佳作	✕△□（まるばつさんかくしかく）	真壁 真治
	佳作	こころ、ころころ	玉城 紀子
随筆	一席 沖縄県知事賞	凛と咲くひと	上原 陽子
	二席 沖縄県文化振興会理事長賞	一通の手紙	城間 笑美子
	佳作	感謝	湧川 朋美
	佳作	「ニヌファブシ」の王子さま	大田 幸司
	佳作	血脈のゆくえ	浜端 良光
	佳作	母	西俣 友博
詩	一席 沖縄県知事賞	翻訳マシーンをたらいまわしにされた詩	奥間 空
	二席 沖縄県文化振興会理事長賞	月桃の花なみなみ、と	関谷 朋子
	佳作	ヨビカケ、コタール	星之亜理
	佳作	禁じられた実験	鈴木 すみれ
	佳作	うりずんの雨	てるや ゆうこ
	佳作	燃える家	野原 誠喜
	佳作	白	山城 優大
	奨励賞	ぼくの心	金城 孝哉

续 表

部門	賞	タイトル	作者
短歌	一席 沖縄県知事賞	—	下地　武志
	二席 沖縄県文化振興会理事長賞	—	宮城　鶴子
	佳作	—	里　のり子
	佳作	—	渡名喜　勝代
	佳作	—	新垣　幸恵
	佳作	—	山田　恵子
	佳作	—	前城　清子
俳句	一席 沖縄県知事賞	—	大城　房美
	二席 沖縄県文化振興会理事長賞	—	井本　とき子
	佳作	—	関谷　朋子
	佳作	—	新屋敷　多知子
	佳作	—	上間　絢子
	佳作	—	葦岑　和子
	佳作	—	大屋　一哉
琉歌	一席 沖縄県知事賞	—	山城　正夫
	二席 沖縄県文化振興会理事長賞	—	神里　千代子
	佳作	—	金城　美代子
	佳作	—	伊芸　峯子
	佳作	—	国吉　朝政
	佳作	—	宮城　朝喜
	佳作	—	比嘉　恒夫
	奨励賞	—	海山　空
	奨励賞	—	泉川　和花
	奨励賞	—	知念　捷

续　表

部門	賞	タイトル	作者
学校演劇戯曲	一席 沖縄県知事賞	壕ヌ子（ガマヌクヮ）	仲村 元惟
	二席 沖縄県文化振興会理事長賞	風の強い日の旗は美しい （うぷかじぬなかぬぱたぬかぎさ）	宮國　敏弘
	佳作	夕暮れ（あこーくろー）	真栄田　環
	佳作	かんしょ　かんしょ、かんしゃ （儀間真常ものがたり）	宮城　淳

索 引

A

哀悼　13，59，142—146，169

B

《棒兵队》　36

《悲情的亚言语带——冲绳·交叉的殖民地主义》　8

本土　3—5，7，15—16，23，28—34，37—41，45，47，50，55，71，73，77，85，92，99，105，110—111，113—115，119，126，131—132，141，152，166，168

比嘉辰夫　41

《剥离》　53

C

沉默他者　13，110

池宫城积宝　33

池田和　35

《冲绳岛》　9，35

《冲绳精神风景》　16

冲绳历史　6，15，23，30，32，116，137，165—166

《冲绳——历史和文学》　8

《冲绳少年》　7，13，92—93，96，98，159—160，167

《冲绳文学》　7，35

《冲绳文学的视野》　7

《冲绳县春秋》　33

冲绳战　3，5，27—28，31，37—39，45—48，51，53—54，57—58，60—61，65，67—68，73—74，112，128，131—132，137，147，165—167

《冲绳之伤的路径》　8

《充满希望的荒野》 39

《厨子瓮》 86

川野宗幸 34

《传令兵》 12,39,46,59—60,66,74,151,167

船越义彰 34,36

创伤 6—8,12—14,17—20,45—50,53—54,57,59—60,62—63,65—66,78—79,85,91,97,99—100,109—115,117,121—123,126—128,137—142,145—149,151,154,157—159,161,165,168—170

创伤记忆 31,45,59,66,72—73,103,109,140—141,148,151,167—168

创伤理论 8,19—20,63

创伤事件 57,62,126,138,142,146

创伤修复 137,140—143,145,148,151,154,161,169

创伤症候 14,59,62—63,71,113,114—115,122—123,127—129,137,169

《春阳孤影》 33

《从现代文学看冲绳的自画像》 7

《村雨》 40

D

大城将保 8

大城立裕 33—36,38—41,78—79,84—86,89

岛津与志 38

《抵抗的冲绳文学》 8

东峰夫 4,7,17,37—38,92—93,95—96,98,159—160

冬山晃 33

多重他者 5

E

《二世》 35

F

《反反复复》 40

《疯癫与文明》 92

峰哲也 33

弗洛伊德 17—20,71,149

G

冈本惠德 7,35

高桥敏夫 4,17

宫城松 34

宫里静湖　33

宫良保　33

《骨》　38

《故乡》　33

《归乡》　33

龟谷千鹤子　33

《龟甲墓》　36

国本稔　33

H

《海沧沧》　122

《黑暗之花》　35

《黑宝石》　33

《红色的蟹》　33

《虹鸟》　39

《后生之声》　41,86

后殖民主义　12,18

《花的尽头》　33

回忆　13,45,48—49,123,137—
　　138,140—141,169

回忆与诉说　13,137,140

J

《鸡尾酒会》　7,9,13,36,78—
　　79,158—159,167

吉田末子　17,40,116,119—120

疾病隐喻　53

集体记忆　10,67,127

《嘉间良心中》　13,40,116,133,
　　161,168

嘉手苅千鹤子　7

嘉阳安男　7,33—34

《假眠室》　39

江岛寂潮　33

《叫魂》　9—10,12,38—39,46,
　　53—54,59,66,74,149,167

《近代冲绳文学的展开》　7

精神创伤　45,71,130,148

精神迷惑　13

久保田淳　7

K

《空洞的回想》　35

跨代创伤　12,63,65

《狂欢节斗牛大会》　122

L

《老翁记》　33

历史创伤　13,18,59,109—110,
　　168—169

《琉大文学》　34—35

《琉球春秋》　33—34

《琉球新报》 33—34,36—38,40

《旅行幻想》 41

M

《卖恋爱的房子》 39

《猫火》 41

《美国的风景——冲绳文学的一个领域》 8

《迷路》 13,40,86,154,167

民俗文化 13,41,137,152—157,169

《明史·琉球传》 24

《明云》 34

《母亲们、女人们》 13,39,127,133,147,168

目取真俊 4,7,9—11,17,38—39,45—55,57—60,62,65—67,69,73—74,142,151,166—167

牧港笃三 16,33

N

《那霸巷空》 34

男权社会 13,109,115,122,127,131,168

南祯光 33

《年轻人之歌》 34

《鸟塚》 41

女性创伤 10,19—20,109—110,113,133,168

女性主义 12,14

P

谱久村雅捷 36

Q

崎山多美 17,40,99—100,161

强权社会 13,109,127,168

《乔治射杀的猪》 40,122

《群蝶之树》 39,53

R

《人类馆》 39

《日本文学史〈第15卷〉琉球文学、冲绳文学》 7

荣野弘 36

S

森冈健二 7

山城正忠 33

山川泰邦 34

山里胜己 8

山里永吉 33

山里贞子 41

《山峦开发之际》 36

山田绿 33

身份迷失 13,105,109,113,158,167—168

身体创伤 19,48,121,142,153

《神的使者》 33

《神灵达利的故乡》 41

《失眠的人》 34

《守礼之民》 9

双重他者 13,79,86,113

双重意识 5,13—14,77—78,82,85,105,167

霜多正次 7,9,11,35

《水滴》 7,9—102,12,38—39,46—48,50—52,57,59,66—67,74,142,167

《水上往还》 13,40,99,161,167

T

他者 3,5,8—9,14,31,77,79—80,84—87,91,93—95,97—98,109—110,115,118,121,126,149,155,158—160,162,167—168

他者化 5—6,8,79,85,89

他者身份 77,87,167

他者性 86,89,109

太田良博 33,35

《太阳的尽头》 39

田友子 40

田中正俊 57

《铁轨的彼岸》 38

庭鸭野 40

W

《王》 33

文化离散 13

《文学界》 8,40—41,86,99

《巫道》 86

《无明的祭祀》 86

X

西幸夫 34

喜舍场长顺 35

喜舍场直子 10,17,40,110,115

《现代冲绳的文学和思想》 7

《香扇抄》 33

《消失的岛屿》 41

小滨清志 41

《小青空》 33

《小说琉球处分》　36

心理创伤　18—20，49，70，142，151，154

《新城松的天使》　40

新城郁夫　8

《新冲绳文学》　7，36，38—40

新川明　6—7，35

新垣美登子　7，33—34

星雅彦　36

Y

延宕性　13，65，137，169

《岩波讲座》　4

《眼中深处的森林》　39

移情　13，57，137，146，148—149，151，169

异化　3，6，13，37，50，85—87，99，105，126

异化他者　33，85

《银合欢宅邸》　38，122

《迎面而来的冲绳——冲绳表象批判论》　8

又吉荣喜　4，7，9，17，38，40—41，122—123，126，153

玉木一兵　41

《约定》　40

《月刊时报》　7，33—34

Z

《在城市的日子》　40

《在逆光中》　36

《增补改订新潮日本文学辞典》　4，17

《战后冲绳文学批判笔记》　7

战争创伤　7，12，18—20，45—46，48，59—60，65—66，128，131，151，166

战争记忆　4，6，38，45—53，59，66，68，74，127—130，132—133，141，167

战争体验　30，36，46，53，56—58，92，131

战争意象　46，66—67

战争幽灵　46，59

《湛水师傅》　34

长堂英吉　36

知念正真　31，39

《织布女之歌》　13，40，110，133，140，144，148，156，168

滞后性　46，71

中今信　34

种族创伤　12，14，18—20，77，

82,85,105,167—168

仲程昌德　7—8

仲村渠初　17,39—40,127

仲里効　8

重建自我　137,157—158,169

《猪的报应》　7,9,13,38,40—

41,122,133,138,145,153,168

《紫荆花香》　33

《走在和平大街上》　39,53

族群隔阂　13,98,102

《罪的无罪》　34

图书在版编目(CIP)数据

战后冲绳文学的创伤书写 / 丁跃斌著. —南京：南京大学出版社，2020.7
(武陵译学丛书 / 蒋林，汤敬安，刘汝荣主编)
ISBN 978-7-305-23301-2

Ⅰ.①战… Ⅱ.①丁… Ⅲ.①日本文学－现代文学史 Ⅳ.①I313.095

中国版本图书馆 CIP 数据核字(2020)第 111463 号

出版发行	南京大学出版社		
社　　址	南京市汉口路 22 号	邮　编	210093
出 版 人	金鑫荣		
丛 书 名	武陵译学丛书		
主　　编	蒋　林　汤敬安　刘汝荣		
书　　名	**战后冲绳文学的创伤书写**		
著　 者	丁跃斌		
责任编辑	李　博　　　编辑热线　(025)83592401		
照　　排	南京紫藤制版印务中心		
印　　刷	江苏凤凰数码印务有限公司		
开　　本	718×960　1/16　印张 16　字数 201 千		
版　　次	2020 年 7 月第 1 版　2020 年 7 月第 1 次印刷		
ISBN	978-7-305-23301-2		
定　　价	78.00 元		

网　　址：http://www.njupco.com
官方微博：http://weibo.com/njupco
官方微信：njupress
销售咨询热线：(025)83594756

* 版权所有，侵权必究
* 凡购买南大版图书，如有印装质量问题，请与所购图书销售部门联系调换